Alexander Merow

Das aureanische Zeitalter

Alexander Merow

Das aureanische Zeitalter

Legionär Princeps

Roman

Teil I

Bibliografische Information der Deutschen Nationalbibliothek:
Die Deutsche Nationalbibliothek verzeichnet diese Publikation in der Deutschen Nationalbibliografie; detaillierte bibliografische Daten sind im Internet über http://dnb.d-nb.de abrufbar.

Herstellung und Verlag: BoD – Books on Demand, Norderstedt

ISBN: 978-3752611571

Inhalt

„Wir stehen hier in der Asche unserer Welt und haben am Ende doch gesiegt. Gesiegt im größten, schrecklichsten und zugleich auch bedeutungsvollsten Konflikt der gesamten Geschichte. In der Niederlage unserer Feinde liegt der Keim einer neuen Ordnung, die nun aus der verbrannten Erde erwachsen wird. Wir werden wieder auferstehen, herrlicher und stärker, als es sich viele von uns in diesen dunklen Stunden vorstellen können. Daran glaube ich felsenfest.

All die Opfer, die wir gebracht haben, werden nicht vergebens gewesen sein, denn wir haben eine Zukunft geboren, die einst hell und strahlend sein wird. Unsere Ordnung wird alles für immer verändern, sie wird Jahrhunderte überdauern und sich immer wieder im Inneren erneuern, auf dass sie unbesiegbar sein möge!"

(Artur Tschistokjow, Radioansprache nach seinem Sieg im III. Weltkrieg)

Das aureanische Zeitalter

Die Morgensonne schob sich zwischen den aufragenden Gebäuden von Asaheim gemächlich nach oben und hüllte die riesige Zentralstadt in ihren majestätischen Schein. Oben am Himmel flogen zahllose Gleiter und gewaltige Transportraumschiffe langsam über das sich von Horizont zu Horizont erstreckende Häusermeer hinweg und bewegten sich in Richtung des Weltraumbahnhofes am äußersten Ende der Metropole.

Der Kalender zeigte heute den 02. Mai des Jahres 15289 n. Chr., wenn man die Zeitrechnung der vorgeschichtlichen Menschheit zu Grunde legte. Seit nicht weniger als 91 Jahren herrschte Imperator Xanthos der Erhabene, man hatte ihn in seinen jungen Jahren auch »den Schönen« genannt, über die Erde und die ihr tributpflichtigen Kolonieplaneten, welche sich über die benachbarten Sonnensysteme und den Perseus-Spiralarm der Milchstraße verteilten.

Das von Xanthos dem Erhabenen regierte Imperium auf Terra bezeichnete sich stolz als das Goldene Reich, denn nirgendwo waren die Zeichen menschlicher Technologie und Zivilisation so markant wie hier. Keine in den Tiefen des Alls gegründete Kolonie konnte es mit seiner Herrlichkeit aufnehmen. Auf dem blauen Planeten, wo einst alles seinen Anfang genommen hatte, formte die Menschheit bereits seit Äonen den Boden und hatte ihn inzwischen von einem Kontinent zum anderen mit den strahlenden Zeugnissen ihrer Existenz bedeckt.

Das 16. Jahrtausend, nach alter Zeitrechnung, war in jeder Hinsicht eine Epoche des Aufstiegs; der letzte große

Krieg auf Terra, der im Osten Ajans stattgefunden und über eine Milliarde Menschenleben gefordert hatte, lag mittlerweile schon fast 1400 Jahre zurück. Seitdem herrschte Frieden, von sporadischen Konflikten auf ein paar Kolonieplaneten abgesehen.

Somit widmeten sich die Bewohner des Goldenen Reiches mehr denn je den Annehmlichkeiten eines von Technologie geprägten Lebens. Über 80 Milliarden Menschen bevölkerten die Erde, wobei sie Riesenstädte bewohnten, die manchmal halbe Länder bedeckten, bis in die luftigen Höhen des Himmels hinaufragten oder sich sogar bis auf den Boden des Meeres ausdehnten.

Vor 1000 Jahren war der Antrieb für Raumschiffe bereits so sehr verbessert worden, dass inzwischen gewaltige Entfernungen zwischen den Sternen zurückgelegt werden konnten und die Menschheit mit jedem weiteren Jahr tiefer in noch unerforschte Regionen der Milchstraße gelangte.

Alles in allem stellte das 16. Jahrtausend einen kulturellen Höhepunkt der menschlichen Entwicklung dar, wie er seit den Zeiten des legendären Imperators Gunther Dron nicht mehr erreicht worden war.

Der stetige Weiteraufstieg des goldenen Menschentums schien keine Grenzen zu kennen und die Schrecken der Vergangenheit waren nicht viel mehr als belächelte Mythen aus unaufgeklärten Zeiten.

So schien die Sonne auf Asaheim und die glückliche Erde herab, um ihre Strahlen bis in den letzten Winkel einer Welt zu senden, die sich mit jedem Tag neu am Glanze ihrer eigenen Erhabenheit labte.

Für die reichen Aureaner, jene Angehörigen der höchsten Kaste der Menschheit, die seit über sechs Jahrtausenden das Rückgrat der terranischen Zivilisation darstellte, waren Probleme, die sich auf das tägliche Überleben bezogen, schon seit Generationen so gut wie unbekannt.

Diese Menschen lebten in einem Zustand höchsten Komforts und waren nicht selten vollkommenen vergeistigt. Sie verfügten meist über einen überquellenden Wohlstand und kamen schon mit dem Bewusstsein, dass es ihnen im Leben niemals an etwas mangeln würde, auf die Welt.

Waren sie vor langer Zeit noch die führenden Köpfe gewesen, wenn es darum gegangen war, Kriege zu führen, neue Planeten zu kolonisieren oder den technischen Fortschritt voran zu treiben, so hatte sich in ihren Reihen inzwischen eine gewisse Lethargie eingeschlichen.

Der Gefahr des gesundheitlichen Verfalls, in einer Epoche, in der ihnen jede körperliche Arbeit von Dienern oder Maschinen abgenommen wurde, versuchten sie durch eine fast besessene Ausübung sportlicher Tätigkeiten entgegen zu wirken. Sport wurde seit vielen Generationen groß geschrieben und hatte einen gesellschaftlichen Status erlangt, der beinahe religiöse Züge annahm.

Wer nicht vorweisen konnte, dass er seinen Körper durch sportliche Betätigung gesund hielt, wurde von seinen Kastengenossen schief angesehen. Allerdings hatte der Kult des Sports in den letzten drei Jahrhunderten ein wenig von seiner einstigen Bedeutung eingebüßt. Somit kam es immer häufiger vor, dass Kinder aus reichen Familien schon in jungen Jahren faul und des rundum abgesicherten Lebens überdrüssig wurden.

Zudem lebten auch nicht mehr alle Aureaner in einem Zustand des ewigen Wohlstandes. Wenn man es genau betrachtete, nahm die Zahl derer, die in einer Zeit der automatisierten Produktion nutzlos waren, mit jedem Jahr stetig zu.

Die gewaltigen Megastädte auf Terra quollen mittlerweile vor Menschen über. Zwar konnten diese dank eines umfangreichen Systems der sozialen Absicherung noch immer auf einer hohen Stufe existieren, doch lebten sie im Endeffekt ohne jemals eine Aufgabe zu haben.

Demnach belasteten Milliarden Bürger, die nirgendwo mehr als Arbeitskräfte gebraucht wurden, die Staatsfinanzen des Goldenen Reiches in erheblichem Maße. Irgendwann, so prophezeiten es die Gelehrten, würde das Sozialsystem des Imperiums, das viele Generationen lang funktioniert hatte, aufgrund dieser Entwicklung zusammenbrechen.

Archon Xanthos der Erhabene hatte dieses Problem schon vor Jahrzehnten erkannt und seiner Lösung einen großen Teil seiner Regierungszeit gewidmet.

Er unternahm nicht nur alles, damit jährlich Millionen Siedler die Erde verließen, um in den Kolonien eine neue Heimat zu finden, sondern bemühte sich auch, Milliarden von Aureanern ein Leben voller sinnvoller Arbeiten zu gewährleisten.

Vielfach wurden sie als Verwaltungskräfte in die aufgeblähte Bürokratie des Goldenen Reiches eingebunden, wobei auf Xanthos Geheiß sogar auf diverse Computersysteme verzichtet wurde, um an ihre Stelle Menschen aus Fleisch und Blut zu setzen.

Zuletzt gab es auch noch die Anaureaner, jene Angehörigen der unteren Kaste der Menschheit, welche die öden Regionen außerhalb des Goldenen Reiches in Massen bevölkerten.

Die strikte Trennung der beiden Kasten hatte der Codex Varna, jenes von Xanthos dem Erhabenen vor vier Jahren erlassene Gesetz, noch einmal bekräftigt, nachdem das noch aus der Epoche Gunther Drons stammende Kastensystem in den letzten Jahrhunderten zu bröckeln begonnen hatte.

Dennoch hatten die Anaureaner, die zusammen mit Cyborgs und Arbeitsdroiden gerne als entbehrliche Hilfsarbeiter auf Raumschiffe geschickt wurden, im Gefolge der Aureaner die Sterne bereist und sich mit ihnen über viele Planeten ausgebreitet.

Weiterhin hatte es die traditionelle Kastengesetzgebung auch nicht verhindern können, dass sich die reichen Patrizierfamilien immer mehr anaureanische Diener in ihre Häuser geholt hatten. Aus Sicht vieler Nobilen waren die Angehörigen der unteren Kaste durchaus als kostengünstige Arbeitskräfte nutzbar.

In den neu errichteten Kolonien waren die anaureanischen Helfer inzwischen fast unentbehrlich geworden, denn Terra mangelte es im 16. Jahrtausend mehr denn je an Rohstoffen. Demnach ging es im Falle vieler neu entdeckter Planeten nicht nur darum, den aureanischen Kolonisten eine Heimat zu geben, sondern auch zusätzliche Rohstoffquellen für die wachsende Menschheit zu finden. Oft gruben sich gewaltige Maschinen durch die Oberflächen der Himmelskörper, um alles an verwertbarem Material aus dem Boden herauszuwühlen, was sie finden konnten. Nicht selten erstreckten sich diese Abbauzonen über endlose Quadratkilometer, wobei Tausende von Arbeitern die Grabegebiete bevölkerten.

Das Sternenreich rund um den Planeten Dron, der einst nach dem verehrten Imperator des 10. Jahrtausends benannt worden war, hatte sich in den letzten Epochen zu einem eigenständigen Menschenimperium entwickelt, das seine Unabhängigkeit gegenüber Terra immer wieder in verheerenden Kriegen behauptet hatte.

Von allen menschlichen Kolonien, die sich jemals gegen das Goldene Reich erhoben hatten, war es allein dem Sternenreich von Dron gelungen, einen eigenen Machtstatus zu erkämpfen.

Zuletzt hatte es Imperator Marius Salax Mitte des 14. Jahrtausends in einem über 50 Jahre andauernden Krieg versucht, die selbstbewussten Kolonisten wieder im Namen der Erde zu unterwerfen. Doch obwohl er eine Kriegsflotte nach der anderen und Abermillionen gepanzerte Soldaten gegen das Sternenreich hatte anrennen lassen, war er am Ende geschlagen worden.

Mit unglaublicher Hartnäckigkeit hatten die Menschen von Dron, die Dronai, den terranischen Invasoren getrotzt und ihnen in einem jahrzehntelangen Guerillakrieg schwere Verluste zugefügt.

Seitdem schwelten die Feindseligkeiten zwischen Dron und Terra unter der Oberfläche. Offiziell hatten beide Seiten allerdings einen Friedensvertrag geschlossen, in dem die Unabhängigkeit der rebellischen Kolonie anerkannt worden war.

Xanthos der Erhabene hatte die Beziehungen zu den Dronai während seiner Regierungszeit indes immer weiter verbessern können. Gleiches galt für Hunderte von kleineren Menschenkolonien, die sich zwar häufig die Unabhängigkeit von der Erde wünschten, jedoch nicht die Macht besaßen, Terras Streitkräfte herauszufordern.

Dadurch, dass Xanthos seine Brüder auf den fernen Planeten äußerst zuvorkommend behandelte und die an Terra zu entrichtenden Tributraten mehrfach heruntergesetzt hatte, war es ihm gelungen, ein relativ harmonisches Verhältnis zu den Kolonisten herzustellen.

Nach Ansicht des Imperators war es falsch, den vielen Millionen Menschen, deren Vorfahren die Erde oft schon vor Jahrtausenden verlassen hatten, mit allzu großer Härte begegnen, denn dies hatte Folgen für den interstellaren Handel und konnte gar zu ausbleibenden Rohstofflieferungen führen.

Obwohl die letzten Epochen von Frieden geprägt gewesen waren, zeigte ein Blick auf die Geschichte der Menschheit ein anderes Bild. Dabei wurde schnell deutlich, dass eine derart lange Periode ohne Konflikte die Ausnahme darstellte.

Beständig hatten die Menschen in der Vergangenheit ihre Waffen gegeneinander gerichtet, wobei die Kriege zwischen Völkern und Glaubensgemeinschaften oft ganze Zeitalter lang gewütet hatten.

Das Goldene Reich war, wie die Chroniken zu berichten wussten, selbst in grauer Vorzeit durch einen apokalyptischen Kampf entstanden und im Laufe seiner langen Geschichte mehrfach in verfeindete Teilreiche zerbrochen, die sich wieder und wieder bekriegt hatten. Uralte Datenarchive zeugten von finsteren Epochen des Zerfalls. Andere beschrieben Kämpfe auf Mond und Mars; in Zeiten, in denen der Mensch noch kaum seinen Fuß auf die nächstliegenden Gestirne gesetzt hatte.

Besonders vor dem 10. Jahrtausend war Terra mehrfach von gewaltigen Kriegen verwüstet worden. Namen wie der des Sagenkönigs Artur oder des Einigers Gutrim Malogor, der die Erde im Namen der Aureanerkaste zurückerobert hatte, zeugten von endlosen Konflikten in der terranischen Geschichte, deren Nachwirkungen noch immer anhielten.

Auf Außerirdische war die Menschheit indes noch nicht getroffen. Allerdings ahnte man, dass die Weiten des Weltraums nicht leer waren. Bereits im 8. Jahrtausend hatte eine Forschungssonde die Überreste einer nichtmenschlichen Zivilisation auf dem Planeten Barrac aufgespürt. Außerdem hatte es noch den berühmt gewordenen »Elysia-Vorfall« im 12. Jahrtausend gegeben, als eine menschliche Handelsflotte von Schiffen unbekannter Herkunft angegriffen worden war.

In den letzten Jahren waren schließlich Gerüchte von der Präsenz einer offenbar feindlich gesinnten Alienspezies im Bereich des äußeren Perseusarms aufgekommen.

Da es sich bei dieser galaktischen Region jedoch um ein kaum besiedeltes Gebiet handelte, hatten die terranischen Machthaber die Berichte der Kolonisten weitgehend ignoriert.

Flavius sah mit melancholischem Blick auf den langsam größer werdenden blauen Planeten herab. Die Scutus näherte sich Terra, der geliebten Mutter Erde, mit noch immer beträchtlicher Geschwindigkeit. Bald sollte Flavius endlich wieder festen Boden unter den Füßen spüren.

Wie sehr hatte sich der junge Mann diesen Tag herbeigesehnt! In diesem Moment konnte er nicht verhindern, dass ihm ein paar Freudentränen die Wangen herunterliefen.

»Heute hast du es endlich hinter dir, Princeps!«, hörte er ein Mitglied der Schiffsbesatzung neben sich sagen. Er spürte, wie ihm der Mann väterlich auf die Schulter klopfte.

»Gott sei Dank!«, stieß Flavius aus. Er lächelte dem Astronauten zu.

»War es denn wirklich so schlimm?«, wollte dieser wissen.

»Reisen durch das All sind einfach nichts für mich. Das habe ich jetzt erkannt«, bemerkte der junge Raumfahrer, während er weiter die Erde betrachtete.

»Ich habe schon einen ganzen Haufen Flüge hinter mich gebracht und war bereits über 100 Jahre in Tiefschlafkammern, aber ich kann gut verstehen, dass das nicht jedermanns Sache ist«, gab der Mann zurück.

Flavius schwieg. Erfreut musterte er die weißen Wolkenfetzen über Terras tiefem Blau, das er nun immer genauer erkennen konnte. Nach einer Weile setzte das Raumschiff zum Landeanflug an; Princeps atmete erleichtert auf.

Noch einmal dachte er darüber nach, was er überstanden hatte, und fragte sich, warum er damals so dumm gewesen war, sich auf einen Weltraumflug einzulassen.

Vor 19 Jahren war Flavius als Mitglied eines wissenschaftlichen Untersuchungstrupps zum Planeten Furbus IV geschickt worden, um dort die Zerstörung einer Siedlerkolonie zu untersuchen.

Furbus IV war etwa 7,4 Lichtjahre von Terra entfernt und stellte lediglich eine Kolonie der untersten Klassifizierungskategorie dar. Die dort befindlichen Kolonisten hatten die Aufgabe gehabt, eine Mine zum Abbau von Erzen zu errichten, doch eines Tages war der Kontakt zu ihnen abgebrochen.

Fragmente von Funksprüchen hatten nach einigen Jahren die Erde erreicht, in denen von einem Überfall durch Unbekannte berichtet worden war. Irgendwann hatte sich niemand mehr gemeldet und es hatte weitere Jahre gedauert, bis die schwerfällige Bürokratie des Goldenen Reiches die bruchstückhaften Botschaften ausgewertet und die Anweisung zu einer Untersuchung der mysteriösen Vorfälle gegeben hatte.

Zu Beginn dieser Reise war Flavius gerade einmal 20 Jahre alt gewesen und hatte sich mit dem Flug zu einem fernen Planeten einen Traum erfüllt. Das jedenfalls hatte er am Anfang gedacht.

Damals hatte sich Princeps zu einem »wissenschaftlichen Mitarbeiter mit militärischem Zusatztraining« ausbilden lassen und war frohen Mutes an Bord der Scutus gegangen.

Die Tatsache, dass er seine Eltern und seine Geschwister über 19 Jahre lang nicht mehr wiedersehen würde, hatte er in seiner Euphorie, endlich einen Raumflug miterleben zu dürfen, ausgeblendet.

Doch bereits nach wenigen Tagen, nachdem das Raumschiff das heimatliche Sonnensystem hinter sich gelassen hatte, war Flavius Begeisterung der Furcht gewichen.

Mehrere Jahre Kälteschlaf hatten auf ihn gewartet, nur um am Ende eines nervenzermürbenden Raumfluges auf der Oberfläche eines trostlosen Planeten, fernab jeder Zivilisation, auszusteigen.

Zwar war Flavius Körper während des künstlichen Tiefschlafs so gut wie nicht gealtert, doch hatte er an Bord der Scutus dennoch kostbare Lebenszeit vergeudet.

Als seine Kameraden von der Crew die Kühlzelle über seinem Kopf verschlossen und seinen Geist für Hunderte von Tagen in der Dunkelheit eingesperrt hatten, hatte er gedacht, er würde das Grauen nicht überleben.

Dieser erste Weg zur Schlafkammer war der mit Abstand schrecklichste Augenblick seines ansonsten so behüteten Lebens gewesen, wie er es sich jetzt selbst eingestand. Flavius hatte geschrien und geweint und vollkommen die Nerven verloren. Mit drei Männern hatten sie ihn festgehalten und ihm dann mehrere Beruhigungsspritzen gegeben.

»Mach dir keine Sorgen!«, hatte einer der Ingenieure an Bord noch gesagt, bevor die Kammer geschlossen und versiegelt worden war.

Flavius war damals, als die dicke Stahltür der Kühlzelle über seinem Kopf eingerastet war, von einem Zustand furchtbarster Panik ergriffen worden. Aufgeregt hatte er in seine Atemmaske gekeucht, während sein Herz wie ein Dampfhammer gepumpt und das Adrenalin seine Blutbahn entzündet hatte.

Nach einer Weile hatten ihn die Narkosemittel endlich beruhigt, bis sein Bewusstsein schließlich wie ein verzweifelt glimmendes Streichholz erloschen war. Irgendwann hatte der Tiefschlaf eingesetzt und ihn erlöst. Wo sein Geist in der Zeit der künstlichen Totenstarre gewesen war, wusste er bis heute nicht.

Mitglieder von Raumschiffbesatzungen für interstellare Reisen einzufrieren, war im 16. Jahrtausend kein Kunststück mehr. Die dafür notwendige Technologie war immer weiter verbessert worden und die Zahl derer, die aus dem künstlichen Schlaf nicht mehr aufwachten, hatte sich inzwischen auf ein Minimum reduziert. Dennoch kam es ab und zu vor, dass der Körper eines in den Tiefschlaf versetzten Menschen im Laufe der oft Jahre andauernden Reise durch das All seine Funktion für immer einstellte.

Jetzt, wo die endlos erscheinende Reise vorbei war, gelang es Flavius endlich, über die ganze Angelegenheit zu schmunzeln. Tief im Inneren war der junge Astronaut sogar ein wenig stolz, es heil überstanden zu haben.

Flavius Princeps war ein Aureaner wie Milliarden andere. Seine Eltern gehörten nicht zu den reichsten Angehörigen ihrer Kaste, aber auch keineswegs zu den Ärmeren. Norec Princeps, sein Vater, verdiente sich seinen Lebensunterhalt als Beamter im weit verzweigten Bürokratiesystem des Imperiums und seine Mutter Crusulla arbeitete halbtags als Magisterin im größten Bildungswerk der Stadt.

Flavius war das Jüngste von drei Kindern und genoss demnach, nicht selten zum Unwillen seiner Geschwister, einen Sonderstatus, denn seine Eltern liebten ihn über alles. Umso schwerer war es ihnen damals gefallen, gerade ihn zu den Sternen reisen zu lassen.

Ein Aureaner wie Princeps hatte es materiell äußerst gut und gewöhnte sich schon früh an die Annehmlichkeiten eines Lebens voller Technologie. Es hatte Flavius in seiner Jugend nie an etwas gemangelt und die Vorstellung, eines Tages einmal nicht alle gewünschten Luxuswaren und Unterhaltungen per Knopfdruck zu bekommen, war für ihn fast unvorstellbar.

Zu anderen Zeiten hätten die Menschen gesagt, dass er wie ein Kaiser lebte, doch seine persönlichen Verhältnisse waren in dieser Epoche nichts Ungewöhnliches, da der größte Teil seiner unmittelbaren Umgebung auf ebenso großem Fuß lebte.

Princeps war athletisch gebaut, hatte ein langgezogenes, schmales Gesicht und wache blaue Augen. Seine Haare besaßen die Farbe von reifem Weizen und meistens trug er sie zusammengebunden als kleinen Knoten am Hinterkopf, wie es im Golden Reich allerorts Mode war.

Der junge Mann maß knappe 1,85 m und war damit ein wenig kleiner als die meisten anderen Goldmenschen seiner Generation. Offiziell war Flavius noch immer 22 Jahre alt, denn die Zeit in der Kühlzelle konnte aufgrund der Tatsache, dass man nicht dem Alterungsprozess ausgeliefert war, nicht zu seinen »echten« Lebensjahren hinzugerechnet werden.

Insgesamt stellte Flavius einen äußerst ansehnlichen Jüngling dar, wobei seine beeindruckende Schlagfertigkeit und hohe Intelligenz das Bild seiner Persönlichkeit perfekt abrundeten.

Gerne trieb er Sport und liebte vor allem den Holographischen Schwertkampf und das Phalangieren. Zudem war er ein begabter Zeichner und im Fach „Terranische Geschichte" kannte er sich besser aus als die meisten seiner Altersgenossen.

Trotzdem hatte Princeps schon seit frühester Jugend eine gewisse Unzufriedenheit empfunden, was dazu geführt hatte, dass er seiner behüteten Existenz stets mit einer gewissen Geringschätzung gegenübergetreten war.

Immer wieder hatte er sich Träumen von Abenteuern und interstellaren Reisen hingegeben und sich schließlich freiwillig gemeldet, um einen Flug zu den Sternen zu erleben.

Heute war dieser Flug, der bloß ein einziger Höllentrip gewesen war, endlich vorüber. Die Scutus stieß mit einem leisen Zischen durch die Atmosphäre des blauen Planeten und machte sich zur Landung bereit.

»Ich habe es überstanden!«, sagte Flavius leise zu sich selbst und spürte, wie eine weitere Freudenträne an seiner Wange herunterlief.

Niemals wieder würde er ein Raumschiff betreten, schwor er sich in diesem Augenblick. Den Rest seines Lebens würde er mit den Füßen auf Terras fester Erde verbringen.

Wieder auf Terra

Princeps hatte sich durch das Menschengewühl des Weltraumbahnhofes von Thoringan gekämpft und endlich den Hauptausgang des gewaltigen Gebäudekomplexes erreicht. Aufgeregt suchte er die an ihm vorbeihuschenden Menschenschwärme nach seinen Eltern und Geschwistern ab.

Schon eine halbe Stunde stand er hier, umgeben von hastigen und umtriebigen Scharen, während er gespannt nach seinen Lieben spähte, die er 19 Jahre lang nicht mehr gesehen hatte. Eine Zeitspanne, in der sich zwangsläufig viel verändert haben musste.

Schließlich erblickte Flavius sie. Seine Mutter Crusulla, deren graue Haare für ihn ungewohnt aussahen, stieß einen lauten Freudenschrei aus, als sie ihn erkannte. Sie rannte als Erste auf ihn zu.

Vater eilte ihr hinterher und Xentor, sein Bruder, und Karina, seine Schwester, folgten. Den beiden Geschwistern trotteten noch drei freundlich lächelnde Kinder hinterher. Offenbar hatten Xentor und Karina inzwischen Familien gegründet und Nachwuchs bekommen.

»Mein Junge!«, stieß Crusulla aus vollem Herzen aus und warf sich ihrem Sohn an den Hals. Flavius gab ihr einen Kuss auf die Wange und betrachtete freudig ihr gealtertes Gesicht.

Im nächsten Moment kam Norec und schüttelte Flavius die Hand. Der ansonsten so sachliche Beamte konnte sich diesmal die Freudentränen nicht verkneifen.

»Ist das Onkel Flavius?«, quiekte ein Mädchen, das nach der Hand ihres Vaters griff.

»Ja! Das ist dein Onkel!«, rief Xentor lachend. Er umarmte seinen jüngeren Bruder.

»Endlich bist du wieder auf Terra. Das ist der schönste Augenblick in meinem Leben«, weinte Crusulla vor Glück, um ihren Sohn wieder und wieder an sich zu drücken.

»Wie habe ich euch vermisst! Ihr habt euch ganz schön verändert«, bemerkte Flavius.

»Du willst sagen, dass wir älter geworden sind, nicht wahr?«, erwiderte Karina.

»Das blieb wohl nicht aus – in 19 langen Jahren«, gab Princeps zurück und war erleichtert, wieder zu Hause zu sein.

Sein Vater war jetzt 69 Jahre alt und seine Mutter 66. Xentor ging mittlerweile schon auf die 43 zu; Flavius konnte es kaum fassen. Selbst Karina hatte das vierte Lebensjahrzehnt inzwischen schon überschritten.

Sie alle waren für Princeps ein ungewohnter Anblick, was allerdings nach 19 langen Jahren nichts Ungewöhnliches war. Flavius hingegen fühlte sich, als wäre er in einer Zeitblase gefangen gewesen und erst vor kurzem wieder freigelassen worden. Und so war es in gewisser Hinsicht auch. Immerhin hatte er wie ein Stück Fleisch in einer Tiefkühlkammer gelegen, während der Rest seiner Familie gelebt hatte.

Vor allem seine Mutter redete auf dem Heimflug nach Vanatium ununterbrochen auf ihn ein, als wolle sie die Jahre seiner Abwesenheit mit übergroßer Zuneigung ausgleichen. Norec hingegen wollte wissen, ob sich der Flug zu den Sternen denn »gelohnt« hätte, doch Flavius druckste bloß herum und vermied eine klare Antwort.

»Es war ganz interessant«, murmelte er, obwohl er eigentlich sagen wollte, dass es grauenhaft gewesen war. Doch der junge Mann fürchtete sich, seine damalige Fehlentscheidung offen zuzugeben.

Als Flavius in den Habitatskomplex, in dem er seine Kindheit verbracht hatte, zurückkehrte, überkamen ihn nostalgische Gefühle und er brach einmal mehr in Tränen aus.

Zu Hause, in der Wohnung seiner Eltern, erwartete den Heimkehrer ein üppiges Festmahl; einschließlich einer minutenlangen Ansprache seines Vaters.

»Unser Sohn Flavius ist ein wahrer Held! Ohne solch mutige Raumfahrer, würde es unser Sternenreich nicht geben!«, betonte Norec stolz.

Die Familie verbrachte noch einen wundervollen Tag mit gutem Essen und langen Gesprächen. Trotzdem fühlte sich Flavius tief im Inneren von seinen Angehörigen entfremdet. Alles war zwar einerseits vertraut, jedoch andererseits auch vollkommen neu und manchmal geradezu verstörend.

Jetzt hatte der junge Raumfahrer erst einmal ein ganzes Jahr Urlaub. Es war eine gesetzliche Vorschrift, dass man nach einer mehr als sechs Monate andauernden Raumreise das Anrecht auf ein volles Jahr Freizeit hatte, damit sich Körper und Psyche erholen konnten.

»Mal sehen, was die nächsten Tage so bringen«, dachte Flavius, während er überlegte, was er nun mit seiner Zeit anstellen sollte.

Der Heimgekehrte hatte das Gästezimmer, wobei es sich eigentlich um sein ursprüngliches Kinderzimmer handelte, bezogen und sich dort notdürftig eingerichtet. Inzwischen war er bereits seit einer Woche wieder zu Hause.

Crusulla hegte und pflegte ihren Sohn nach wie vor ohne Pause, als wäre er noch ein kleiner Säugling. Meistens freute sich Flavius über so viel Mutterliebe, manchmal jedoch ging sie ihm auch auf die Nerven.

Der junge Mann hatte sein Zimmer bisher kaum verlassen und schlich nur gelegentlich einmal ins Wohnzimmer, um sich vor den Simulations-Transmitter zu hocken oder ein Nickerchen auf dem Sofa zu machen. Flavius fühlte sich ausgelaugt und müde. Gelegentlich litt er auch unter Schwindelanfällen, Orientierungsstörungen und Panikattacken, was er auf die Nachwirkungen seiner Raumreise zurückführte.

Jetzt, wo er wieder auf Terra in der Obhut seiner Eltern war, wusste er zunächst wenig mit seiner Zeit anzufangen. Das normale Leben verwirrte ihn und da Norec und Crusulla meistens bis spät nachmittags arbeiteten, verbrachte er die meisten Stunden des Tages allein. Das war seltsam und häufig auch unangenehm.

Schließlich raffte sich Flavius auf, die Wohnung seiner Eltern zu verlassen und herunter auf die Straße zu gehen. Nachdem er mit dem Aufzug 79 Stockwerke nach unten gefahren war und die große Eingangshalle seines Habitatskomplexes hinter sich gelassen hatte, ging er durch eine der großen Zugangstüren hinaus.

Hunderte von Menschen drängten sich dicht an dicht auf dem Bürgersteig zusammen. Jenseits des Gewühls konnte Princeps eine mit Gleitern im Fahrmodus vollgestopfte Straße erkennen. Dahinter schoben sich weitere Habitatskomplexe in den Himmel.

Flavius taumelte zurück und atmete schwer. Eine weitere Angstattacke kündigte sich an, denn an so viele Menschen musste er sich erst wieder gewöhnen. Hastig verschwand er in der Eingangshalle seines Wohnblocks und setzte sich dort in eine Ecke. Schweißperlen hatten sich auf der Stirn des jungen Mannes gebildet; verwirrt starrte er ins Leere.

»Alles klar?«, hörte er plötzlich eine sanfte Stimme über sich.

Flavius drehte den Kopf zur Seite und lächelte erschöpft.

»Ja, ich habe nur leichte Kopfschmerzen«, murmelte er.

Eine Frau hatte sich neben ihn gestellt; sie musterte ihn mit freundlicher Miene.

»Wohnen Sie auch in diesem Komplex?«, wollte sie wissen.

»Im 79. Stockwerk«, antwortete Princeps kurzatmig.

»Dann kann ich Ihnen ja auf dem Kopf herumspringen«, scherzte die Dame. »Ich wohne im 104. Stock.«

»Mein Kopf dröhnt schon genug, aber danke für das Angebot«, erwiderte Flavius mit einem gequälten Grinsen.

»Es ist aber nichts Ernstes, oder?«, fragte sie.

»Nein, nein! Das geht schon wieder vorbei«, kam zurück.

»Möchten Sie meinen Neuro-Sanator haben? Ich kann ihn aus meiner Wohnung holen."

»Schon gut! So schlimm ist es nicht! Ich bin übrigens Flavius. Flavius Princeps!«

»Asgara Trevoc!«, erklärte sie freudig und streckte ihre Hand aus.

»Ich kenne hier kaum noch jemanden, weil ich 19 Jahre lang im Weltall war«, sagte Flavius.

»Sie waren bei den Sternen?« Asgara erschien beeindruckt.

»Ja, auf Furbus IV!«

»Von diesem Planeten habe ich noch nie etwas gehört.«

»Ist auch nicht so wichtig. Jedenfalls bin ich jetzt wieder hier, kenne aber keinen mehr. Das ist irgendwie traurig. Ich bin in diesem Habitatskomplex aufgewachsen, fühle mich aber fremder denn je«, erklärte Princeps.

Asgara blickte mit ihren hellgrauen Augen auf ihn herab und neigte den Kopf zur Seite. Sie war hübsch, wie Flavius zugeben musste, und ihr Lächeln strahlte eine angenehme Milde aus.

»Das wird mit der Zeit bestimmt besser. Es tut mir leid, aber ich muss jetzt zur Arbeit. Vielleicht sieht man sich ja noch einmal, Herr Princeps«, sagte die junge Frau schließlich, um sich dann zu verabschieden.

Flavius schaute ihr hinterher und hielt sich anschließend erneut der Kopf. Mit einem leisen Murren ging er zu den Aufzügen und fuhr zurück in den 79. Stock. Irgendwie war heute nicht der richtige Tag, um durch die Straßen von Vanatium zu spazieren, dachte er, während er in die Wohnung seiner Eltern schlich.

Es dauerte noch mehrere Wochen, bis sich Flavius halbwegs akklimatisiert hatte. Letztendlich hatte er beschlossen, wieder etwas für seinen Körper zu tun und widmete sich seitdem dem Phalangieren, einem in der aureanischen Kaste äußerst beliebten Mannschaftssport.

Schon vor seiner Reise in den Weltraum war er im Phalangier-Club seines Stadtteils aktiv gewesen und nun hatte Flavius den Entschluss gefasst, das sinnlose Herumlungern mit schweißtreibendem Training zu vertauschen. Seiner gebeutelten Psyche würde der Sport ebenfalls gut tun, hoffte er.

So entfaltete Princeps schon in den ersten Tagen, nachdem er sich ordnungsgemäß beim örtlichen Phalangier-Club angemeldet hatte, eine fieberhafte Aktivität und befand sich meistens mehrere Stunden am Tag auf dem Übungsplatz.

Hier lernte er schnell weitere Burschen aus seiner Alterklasse kennen, wobei er sich den meisten gut verstand. Nach einiger Zeit hatte sich ein junger Mann namens Lucius an seine Fersen geheftet; er hielt Flavius unentwegt Vorträge über seine weiblichen Bekanntschaften und die Partys in der Stadt.

Princeps fand den selbstsicheren Teamkameraden zwar gelegentlich etwas anstrengend, doch brachte ihn dieser mit seinen flapsigen Sprüchen zumindest zum Lachen, was besser als nichts war.

Auch mit dem Trainer der „Löwen von Crax", wie sich örtliche Phalangier-Mannschaft nannte, kam Flavius gut zurecht. Somit war er froh, dass er im Zuge seiner sportlichen Tätigkeiten wenigstens die eine oder andere Bekanntschaft hatte schließen können.

Dank seiner intensiven Bemühungen auf dem Übungsplatz, gelang es ihm nach nur drei Wochen bis in die erste Reihe des Phalangier-Teams aufzusteigen. Flavius Eltern waren beeindruckt, als sie diese Nachricht hörten, während ihr jüngster Sohn tagelang mit stolzgeschwellter Brust über den Trainingsplatz lief.

Lucius war ebenfalls einer der besten Spieler in der 100 Mann zählenden Löwen-Mannschaft und war vom Trainer ebenfalls in die erste Reihe gerufen worden.

»Wir stehen jetzt immer zusammen vorne!«, hatte er Flavius verkündet und ihm grinsend auf den Schulterpanzer seiner Plastonirüstung geschlagen.

»Ich freue mich darauf!«, hatte Princeps seinem neuen Bekannten geantwortet und endlich einmal zufrieden gewirkt.

Von diesem Zeitpunkt an bildeten Lucius und er ein Zweierteam, das sich im Spiel gegenseitig abwechselnd mit Schild und Lanze schützte. In den Trainingssimulationen erwiesen sich die beiden als hervorragendes Gespann.

Schließlich begannen sich die Löwen von Crax auf die Bezirksmeisterschaften vorzubereiten, wobei Flavius fast pausenlos die Lanze schwang. Es galt, die „Falken von Crax", die „Craxer Hopliten", die „Vanatium-Crax Schildträger" und etwa ein Dutzend weitere Teams vom Spielfeld zu fegen.

Die Bezirksmeisterschaften zu gewinnen, war in dieser Zeit Flavius höchstes Lebensziel. Allmählich begann er sich wieder wie ein ganz normaler Mensch zu fühlen.

Mehrere Tausend Zuschauer hatten sich heute auf den Tribünen der großen Arena im Zentrum von Vanatium eingefunden. Flavius befand sich im Herzen des Kampfplatzes, wo um den Titel des Bezirksmeisters gerungen wurde.

Dieses einmal im Jahr stattfindende Sportspektakel erhellte auch an diesem Tag den ansonsten oft gähnend langweiligen Alltag der jungen Aureaner im Stadtteil Crax. Flavius gehörte nun ebenfalls wieder zu ihnen, wie ihm schnell bewusst geworden war. Doch das zog er weiteren Weltraumreisen definitiv vor.

Irgendwo auf der Tribüne befand sich vielleicht auch die hübsche Asgara aus seinem Habitatskomplex, nach der er in den letzten Wochen immer wieder Ausschau gehalten hatte.

Flavius kniff die Augen zu einem dünnen Schlitz zusammen und hielt seine Hand darüber, um die blendenden Sonnenstrahlen abzuhalten. Nach einigen Minuten gab er es auf, Asgara in der Masse der jubelnden Zuschauer zu suchen, denn dafür war diese viel zu groß.

»Stellt euch auf, Leute!«, schrie der Teamführer über den Platz und Princeps reihte sich in den 100 Spieler zählenden Block seiner Teamkameraden ein.

Gegenüber formierte sich die gegnerische Mannschaft ebenfalls zu einem starren Viereck; die Rivalen schlugen mit ihren drei Meter langen Lanzen aus Plastonit gegen ihre roten Schilde mit den Falkensymbolen, die aus dem gleichen Material angefertigt waren.

»Löwen! Löwen! Löwen!«, schallte es von der Tribüne; Flavius schenkte ein paar hübschen Frauen am Spielfeldrand ein Lächeln.

Eine Durchsage ertönte und die beiden Teamblöcke postierten sich hinter ihren jeweiligen Aufstellungslinien. Daraufhin schwoll das Geschrei der Zuschauer zu einem donnernden Getöse an.

Princeps musterte seine mit zahllosen kleinen Sensoren versehene Rüstung, die Bauch, Brust und Oberschenkel schützte. Er versuchte, sich zu konzentrieren.

»Mach heute keinen Mist mit deinem Schild!«, bemerkte sein Nebenmann Lucius, der mit ihm in der ersten Reihe des Teamblocks stand und nervös auf das Signal zum Start der ersten Runde wartete.

»Keine Angst, ich halte es dir immer vor die Nase«, antwortete Flavius, verschnaufte kurz und klappte das Visier seines Helms herunter.

Das Spiel begann und beide Teamblöcke bewegten sich zwei Nashörnern gleich aufeinander zu. Sofort nahm Flavius einen seiner beiden Wurfspeere in die Hand und schleuderte ihn mit voller Wucht auf den gegnerischen Block. Mit einem leisen »Klack« traf die mit Kontaktsensoren versehene Spitze der Waffe auf den Brustpanzer eines Gegners, dessen Rüstung rötlich zu leuchten begann.

»Treffer!«, jubelte Princeps, während der Spieler aus der gegnerischen Mannschaft fluchend vom Platz trottete.

Dann bohrten sich die langen Plastonitlanzen der beiden Teams mit einem lauten Krachen in den jeweils gegenüberliegenden Block und mehrere Rüstungen leuchteten auf beiden Seiten auf. Es gelang Flavius, einem Gegner die Lanze in den Unterleib zu rammen, so dass auch dieser vom Schiedsrichter ausgezählt wurde.

Beide Mannschaften hatten sich inzwischen wie zwei ringende Hirschkäfer ineinander verhakt und keine Seite schaffte es, die andere entscheidend zurückzudrängen.

Nach einigen Minuten ließ der Schiedsrichter die beiden Teams wieder Aufstellung nehmen und beendete die Runde.

»Wir führen 18 zu 16!«, bemerkte Lucius und klopfte Princeps auf die Schulter. »Guter Wurf übrigens!«

»Danke! Ich tue, was ich kann. Vielleicht treffe ich ja gleich den Teamkapitän«, gab jener zuversichtlich zurück.

Nach einer kurzen Verschnaufpause ging es weiter und die beiden Teamblöcke rannten in der nächsten Runde gegeneinander an.

Flavius war inzwischen so euphorisch und aufgeheizt, dass er ohne jede Deckung aus der Phalanx sprang und Lucius einfach hinter sich zurück ließ. Ohne weiter darüber nach zu denken, griff er an. Princeps wich mehreren

Wurfspeeren aus und rammte dem Kapitän der gegnerischen Mannschaft die Lanze so hart gegen den Brustpanzer, dass dieser einige Meter weit nach hinten geschleudert wurde.

Damit hatte das gegnerische Team seinen Anführer verloren; die Löwen von Crax erhielten auf einen Schlag zehn Punkte. Flavius badete ihm frenetischen Jubel der Zuschauer. Er stellte sich wieder in die erste Reihe der Phalanx und riss die Fäuste hoch.

Anschließend nahmen die Löwen ihre Kontrahenten Stück für Stück auseinander und zerlegten den feindlichen Kampfblock mit Wurfspeeren und Plastonitlanzen.

Spieler Princeps war der Held des Tages und seine Mannschaftskameraden bedankten sich bei ihm für seinen kühnen Vorstoß. Mit einem glücklichen Lächeln schlenderte Flavius am Ende des Tages vom Platz. Es war herrlich, wieder zu Hause zu sein.

Die Löwen von Crax hatten die Bezirksmeisterschaft gewonnen und Flavius war stolz auf seine sportlichen Leistungen, während der Jubel der Zuschauer noch lange in seinen Ohren nachhallte.

Jetzt saß er wieder in der Wohnung seiner Eltern im oberen Bereich des Habitatskomplexes G-4122. Draußen strahlte die Sonne und schickte ihre Lichtstrahlen durch das große Küchenfenster.

Vor ein paar Minuten hatte sich Flavius noch die neuesten Nachrichten aus aller Welt auf dem Simulations-Transmitter seines Vaters angesehen. Dann war ihm langweilig geworden und er hatte sich in die sonnendurchflutete Küche zurückgezogen.

Draußen flogen einige Gleiter am Himmel vorbei; sie glänzten vor dem blauen Horizont wie leuchtende Edelsteine. Flavius betrachtete sie mit nachdenklicher Miene.

Plötzlich hörte er, wie sich die Wohnungstür mit einem leisen Summen aufschob, nachdem der Erbgut-Scanner im Eingangsbereich das genetische Profil seines Vaters erkannt hatte. Dieser kam schnellen Schrittes nach oben und stellte sich schließlich in die Küche.

»Wie geht es dir heute, Junge?«, fragte er und setzte sich zu Flavius an den Tisch.

»Gut, alles klar!«, gab dieser lächelnd zurück.

»Du warst vorgestern Nacht ganz schön unruhig. Wir haben dich im Schlaf reden gehört. Was war denn los?«

Princeps wunderte sich, er zuckte mit den Achseln.

»Nichts! Ich habe geredet?«

»Ja, ich wollte dich schon gestern darauf ansprechen. Kannst du dich an keinen bösen Traum erinnern?«

»Nicht, dass ich wüsste, Papa." Flavius war verwundert.

»Dein Bio-Scanner hat auch erhöhte Adrenalinwerte angezeigt…«

»Mein Bio-Scanner? Hast du ihn dir angesehen?«

»Tut mir leid, aber deine Mutter und ich haben uns Sorgen gemacht. Ich will dir ja keine Angst machen, aber du wirktest vollkommen panisch und hast in deinem Bett wild um dich geschlagen.«

Flavius wusste nicht, was er erwidern sollte. Schweigend starrte er auf den Küchentisch. Anschließend zuckte er wieder mit den Achseln.

Norec Princeps stand auf, ließ sich von einem kleinen Automaten ein mineralisches Getränk machen und setzte sich. Dann fixierte er seinen Sohn mit seinen von kleinen

Fältchen umgebenen Augen und hob die weißgrauen Brauen an.

»Wie war es denn auf deiner Reise zu den Sternen? Du hast Mutter und mir bisher noch überhaupt nichts erzählt. Ist alles glatt gelaufen?«

»Es war die Hölle! Ich betrete nie wieder ein Raumschiff…«, sagte Flavius kleinlaut.

Sein Vater räusperte sich. »Und auf diesem Planeten gab es wirklich nichts zu sehen?«

»Naja, zu sehen gab es da schon etwas, aber ihr würdet es mir sowieso nicht glauben. Es war ein öder Ort mit wenig Vegetation und sehr kalt. Dort gab es nur eine kleine Siedlerkolonie mit einigen Hundert Menschen, aber die existiert jetzt auch nicht mehr.«

»Damals hast du uns nur gesagt, dass ihr irgendwelche Dinge erforschen sollt, bist aber nie ins Detail gegangen. Was habt ihr denn dort bloß gemacht? Lass dir doch nicht alles aus der Nase ziehen."

Flavius lächelte gequält und erklärte, dass man ihm anfangs selbst nicht genau gesagt hatte, was sie auf Furbus IV erforschen sollten. Angeblich hatte das wissenschaftliche Team, dem er als Assistent zugeteilt worden war, die Rohstoffe des Planeten genauer untersuchen und den Siedlern beim Aufbau von Mienen helfen sollen, doch das war nicht ganz die Wahrheit gewesen.

»Ich habe auf diesem Planeten seltsame Dinge gesehen, Vater«, murmelte Flavius und fummelte sich nervös an seinem Haarknoten am Hinterkopf herum.

»Was denn für Dinge?«, hakte Norec nach.

»Dort hatte wohl ein Kampf stattgefunden. Jedenfalls war die kleine Station der menschlichen Kolonisten vollkommen zerstört als wir dort ankamen. Es war total unheimlich. Nur noch Ruinen, die schon seit ein paar Jahren vor sich hin zerfielen, waren übrig geblieben.«

»Und wo waren die Kolonisten?«, wunderte sich Norec, der plötzlich mit größtem Interesse und weit aufgerissenen Augen zuhörte.

»Wir fanden zahlreiche Skelette von Menschen, aber niemand war mehr am Leben. Unser ganzer Trupp war total verunsichert, nachdem wir die zerstörte Siedlung erreicht hatten. Überall lagen Trümmer und Geripppe, aber das war nicht das, was uns am meisten beunruhigt hat…«

»So? Was dann, Junge?«, wollte der ältere Mann wissen. Er spitzte die Ohren.

»Da waren auch noch andere Überreste. Und die waren nicht von Menschen!«

»Was?«, stieß Norec aus, wobei er sich an seinem Getränk verschluckte.

»Ja, das ist die Wahrheit! Ich schwöre es! Wir haben Überreste von außerirdischen Wesen gefunden, allerdings auch nur Geripppe. Diese Kreaturen hatten eine mehr oder weniger humanoide Form, waren aber wesentlich kräftiger gebaut. Sie besaßen lange, starke Arme und recht kurze Beine.

Wir haben mehrere DNA-Proben von diesen Dingern mitgenommen. Du hättest diese Aliens sehen sollen. Sie hatten große Zähne in ihren massigen Schädeln und tief sitzende Augenlöcher.«

»Klingt verrückt. Das soll ich dir glauben?«, brummte Norec skeptisch.

»Doch, Vater, es ist die Wahrheit!«

»So wie du diese Wesen beschrieben hast, waren es sicherlich irgendwelche einheimischen Tiere, oder nicht?«

Langsam wurde Flavius zornig, er hämmerte mit der Faust auf den Tisch. »Nein! Ich wusste, dass du so reagierst! Nein, das waren keine Tiere! Wir haben neben diesen seltsamen Überresten auch Waffen gefunden. Sie sahen pistolenähnlich aus. Zudem da waren solche Dinger, die uns an Hackebeile und Sicheln erinnert haben.«

»Hackebeile?«, wunderte sich Norec.

»Was weiß ich, was das genau für Sachen waren? Jedenfalls waren es intelligente Kreaturen und keine Tiere, Papa!«

Der nüchterne Verwaltungsbeamte winkte ab. Dann machte er sich noch ein mineralisches Getränk.

»Das klingt doch sehr, sehr phantastisch, Junge«, bemerkte er kurz darauf.

»Wir haben auch eine Art Maschine nichtmenschlichen Ursprungs gefunden...«, fügte Flavius im nächsten Augenblick hinzu.

»Das wird ja immer besser«, bekam er als ungläubige Antwort zurück.

»Was soll's! Eigentlich dürfen wir mit niemandem darüber reden, denn die Untersuchungsergebnisse gehen direkt an höhere Stellen auf Terra. Vergiss meine Worte einfach!«, sagte Flavius und verließ enttäuscht den Raum. Norec nippte grübelnd an seiner Tasse und schüttelte den Kopf.

Nachdem er sich gründlich über seinen Vater geärgert hatte, da dieser ihn offenbar für einen Schwätzer hielt, verließ Flavius die Wohnung seiner Eltern und ging durch einen langen Gang mit vielen Fenstern. Kurz darauf kam er zu einem der Großaufzüge der 79. Etage seines Habitatskomplexes.

Hier hatten sich schon mehrere Dutzend andere Bewohner versammelt, wobei Flavius niemanden von ihnen kannte. Flüchtig lächelte er den Leuten zu.

Während er auf den Aufzug wartete, warf er einen Blick aus dem Fenster hinab auf das Häusergewirr unter sich. Hunderte Habitatskomplexe ragten zwischen den kleineren Wohnblöcken wie gigantische Säulen in den Himmel. Einige waren sogar noch höher, als das Gebäude, in dem Flavius mit seinen Eltern lebte.

Zwischendurch zogen Schwärme von Gleitern wie Vogelscharen am Horizont vorüber. Im 16. Jahrtausend war die aureanische Menschheit endgültig zu einer flugfähigen Spezies geworden, denn das Fliegen war inzwischen so selbstverständlich wie Essen oder Schlafen.

Wenn der gewöhnliche Aureaner mit 20 Jahren die Volljährigkeit erlangt und seine Prüfung zum „Vollbürger der Aureanerkaste" absolviert hatte, bekam er von seinen Eltern meistens einen Gleiter geschenkt.

Flavius besaß zurzeit kein eigenes Fluggerät, vermisste jedoch das Fliegen nach seiner Raumreise, deren Nachwirkungen noch immer an seinen Nerven zehrten, nicht sonderlich. Allerdings konnte sich ein Gleiter auch auf Rädern fortbewegen, wenn man nicht so gerne flog. Vor allem ältere Aureaner nutzten ihre Gleiter häufig auf diese Weise, denn sie blieben mit ihrem Fortbewegungsmittel lieber auf dem Boden, als noch durch die Lüfte zu zischen.

Ein leises Summen und eine hellgrün leuchtende Anzeige gaben Flavius zu verstehen, dass der Aufzug im 79. Stock angekommen war. Kurz darauf ging es nach unten.

Nach einigen Minuten war der junge Mann in der großen Vorhalle seines Habitatskomplexes angekommen und begab sich auf die Straße. Hier wimmelten Scharen von Menschen über die Gehsteige. Tausende Personen drängten sich über die breiten Fußwege vorwärts; einmal mehr war Flavius angesichts so vieler Menschen verstört. Wenn man bedachte, dass er jahrelang in einem Raumschiff eingesperrt gewesen war, war diese Tatsache auch nicht verwunderlich.

Schritt für Schritt tastete sich Princeps voran und durchquerte eine Fußgängerröhre, die über eine stark befahrene Straße führte. Ab und zu erhoben sich neben ihm, an dafür vorgeschriebenen Stellen, ein paar Gleiter in die Lüfte.

Warum Flavius heute überhaupt in das Gewirr der Straßen von Vanatium hinabgetaucht war, wusste er selbst nicht. Vermutlich hatte er einfach keine Lust mehr, den ganzen Tag in der Wohnung seiner Eltern zu verbringen. Außerdem hatte ihn das ignorante Verhalten seines Vaters doch mehr erzürnt, als er es sich eingestehen wollte.

Schließlich kam der junge Mann an eine Kreuzung, hinter der er einen der größten Parks der Stadt ausmachen konnte. Wieder riss ihn eine beschäftigte Masse mit sich, bis er kurz darauf das saftige Grün der Erholungsanlage erreicht hatte.

Eine Gruppe kleiner Mädchen spielte zu seiner Rechten auf einem großen Rasenstück. Sie versuchten sich gegenseitig zu fangen, lachten laut und schrien durcheinander. Ihre hellen Haare glänzten in der Sonne, so dass sie wie kleine Engelchen aussahen.

»Typische Aureanerkinder...«, dachte Flavius, während er nachdenklich durch das Parkstück ging.

Irgendwo im Hintergrund erklang eine sanfte Melodie. Im Augenwinkel konnte Princeps einen älteren Herrn in einem weißen Gewand erkennen, der die angenehmen Töne mit digital-holographischen Instrumenten erzeugte und ganz vertieft in seine Arbeit war.

Hier in Vanatium war alles beim Alten geblieben, zumindest in Crax. Es herrschte die gleiche heile Welt, wie vor seiner Reise zu den Sternen. Wo Flavius auch hinsah, erblickte er brave, aureanische Kastengenossen, die entweder kreativ tätig waren oder sich irgendeiner Freizeitaktivität hingaben.

Allerdings fiel Princeps bei seinem Rundgang durch die Stadt auf, dass die Anzahl der Anaureaner in seiner Abwesenheit leicht zugenommen hatte, was ihn sehr verwunderte

Normalerweise war es Angehörigen der unteren Kaste nur in Ausnahmefällen gestattet, eine aureanische Stadt überhaupt zu betreten. Mittlerweile tummelten sich jedoch immer mehr Ungoldene in Vanatium.

In seiner Kindheit hatte er hier so gut wie nie einen Anaureaner zu Gesicht bekommen, doch diese Zeiten schienen vorbei zu sein. Offenbar hatten die vornehmen Patrizierfamilien der Stadt bei den Behörden des Goldenen Reiches eine größere Anzahl von Sondergenehmigungen durchsetzen können, denn die meisten Unterkastigen in Vanatium waren allem Anschein nach Diener und Aushilfskräfte reicher Familien, die meist auf riesigen Wohnplattformen in luftiger Höhe residierten.

Flavius verließ den Park wieder und ließ sich von einem Gleiter in die Innenstadt bringen. Dort setzte ihn der Flugist in der Nähe der Marmorallee ab, der größten, breitesten und prunkvollsten Straße Vanatiums.

Ohne ein genaues Ziel zu haben, schlenderte Princeps umher. Er betrachtete die riesigen Schaufenster einiger

Kaufhäuser, welche voller teurer Waren und holographischer Präsentationen waren.

»Das Zeug braucht kein Mensch«, sagte plötzlich eine ergraute Frau neben ihm, während Flavius ein flackerndes Werbehologramm bestaunte.

Er lächelte ihr zu und nickte. »Viele von uns wissen halt nicht, was sie den ganzen Tag tun sollen – außer irgendwelches Zeug zu kaufen.«

Die ältere Dame, die noch immer schöne, aristokratische Gesichtszüge und wache Augen hatte, hob ihren langen Zeigefinger und sah Flavius ernst an.

Schließlich sagte sie: »Das ist das größte Problem unserer Zeit, junger Mann. Dieses ununterbrochene Kaufen und Verschwenden. Es nimmt immer mehr zu und gewisse Patrizier fördern es, weil sie noch mehr VEs verdienen wollen. Als ob sie nicht schon Luxus genug hätten. Sie haben so viel Reichtum und Unterhaltung, dass sich ihre Kinder vor Langeweile manchmal von den Wohnplattformen hinab in die Tiefe stürzen, weil sie es nicht gelernt haben, ihr eigenes Leben zu schätzen. Können Sie sich das vorstellen?«

Princeps lächelte. Vergnügt beobachtete er, wie sich die Dame immer mehr ereiferte.

»Sie haben ja Recht, gute Frau! Aber so ist es doch seit Generationen und es wird auch immer so bleiben«, gab er dann zurück.

»Wird es das?«, erwiderte die Fremde, wobei sie angesichts seiner Ignoranz erbost zu sein schien.

»Ja, warum sollte es sich jemals ändern?«

»Weil uns irgendwann die Natur dazu zwingen wird!«, sagte die Frau und hob erneut den Zeigefinger.

»Die Natur? Wie meinen Sie das jetzt?«

»Ich meine damit, dass wir langsam überzivilisiert sind! Wir haben nicht nur alles, sondern haben viel zu viel. Sehen Sie denn nicht, dass die einst stolze Aureanerkaste langsam vor die Hunde geht, junger Mann? Unsere Vorfahren waren anders. Sie waren wie die Dronai, die die alten Tugenden des Goldenen Reiches heute noch hochhalten!«

»Und deswegen hat das Goldene Reich so oft Krieg mit dem Sternenreich von Dron gehabt?«, fragte Princeps leicht provokant.

»Sie verstehen nicht, was ich sagen will, junger Mann«, gab die Dame zurück. »Die Dronai sind doch auch Aureaner, zumindest von ihrer Abstammung her, und sie haben seit der Gründung ihrer Kolonie die alten Werte unserer Kaste viel besser gepflegt als wir Terraner.

Wir sind doch mittlerweile auf dem besten Wege zur Dekadenz, weil gewisse Herrschaften aus der Nobilitas nur noch ihre Geschäfte vor Augen haben und den Imperator immer weiter beeinflussen, auf dass er das ganze Goldene Reich in einen einzigen, großen Marktplatz verwandelt…«

»Jetzt übertreiben Sie aber, Gnädigste." Flavius winkte ab und machte Anstalten zu gehen.

»Vielleicht werden Sie sich noch an meine Worte erinnern, werter Herr«, bemerkte die ältere Frau aufgeregt.

»Uns Aureaner konnte hier auf Terra auch in der Vergangenheit niemand besiegen – außer wir selbst! Entweder haben wir uns gegenseitig die Schädel eingeschlagen oder unsere eigene Gier nach noch mehr Reichtum und Macht hat uns ins Unglück fallen lassen. Denken Sie an meine Worte!«

»Ich bedanke mich für das interessante Gespräch«, erwiderte Flavius höflich und schüttelte der Dame die Hand. Dann ging er weiter die Marmorallee hinab.

Der Abschied des Xanthos

Imperator Xanthos der Erhabene blickte von einer Plattform auf dem Dach des Archontenpalastes herab auf das Häusermeer von Asaheim. Er wirkte nachdenklich.

Hinter ihm wartete sein engster Berater, Clautus Triton, der ihm seit fast 50 Jahren zur Seite stand. Der ebenfalls in die Jahre gekommene Mann, der aus einer der vornehmsten Adelsfamilien stammte, war in ein langes, rotes Gewand gehüllt. Schweigend betrachtete er den Rücken des Imperators.

»Über 9 Jahrzehnte herrsche ich jetzt über das Goldene Reich. Das ist eine lange Zeit, nicht wahr?«, sagte Xanthos leise.

»Ja, eure Majestät. So lange hat vor Euch kaum jemand über unser Imperium gewacht«, erwiderte der Berater, um sich daraufhin neben seinen Herrn zu stellen.

»Denkt er, dass ich meiner Aufgabe gerecht geworden bin?«, fragte Xanthos seinen Diener mit leicht melancholischem Unterton.

Dieser zögerte für einige Sekunden mit seiner Antwort und sprach dann: »Ihr habt in all den Jahren Euer Bestes getan. Daran zweifele ich nicht…«

»Glaubt er das tatsächlich?«

»Ja, Herr! Ich kann es nicht anders sagen!«

»Er soll mir nicht schmeicheln, sondern ehrlich sein. Habe ich wirklich alle meine Aufgaben erfüllt, Clautus?«, gab der Imperator zurück und lehnte sich über die Brüstung.

Sein Berater wartete erneut einen Augenblick mit seiner Antwort. »Ihr habt viel erreicht, Eure Herrlichkeit! Seht doch, wie wundervoll das Goldene Reich erblüht. Wie könnt Ihr da an Eurem Erfolg zweifeln?«

»Selbst die größten Imperien der Vergangenheit sind immer wieder zerfallen. Wann wird das Goldene Reich dieses Schicksal ereilen, Clautus?«, wollte Xanthos von seinem Diener wissen und sah ihn mit seinen alten Augen an.

»Darauf deutet nichts hin, Herr! Überhaupt nichts!«, versuchte ihn dieser zu beruhigen.

»Habe ich in den 9 Jahrzehnten milde regiert, Clautus?«

»Ich denke schon, Herr! Ihr wart ein Kaiser des Friedens und der Versöhnung…«, gab der Berater zurück.

»Zu milde vielleicht?«

»Nun, ich denke, es war alles genau richtig.«

»Denkt er denn nicht, dass ich ihr zu viel Macht eingeräumt habe?«

»Wen meint Ihr, Majestät?«

»Nun, ich denke, er weiß, wen ich meine«, antwortete der Herrscher.

»Der imperialen Nobilitas?«

»Ja!«

Clautus Triton schaute den Kaiser für einen Moment an, dann richtete er seinen Blick auf Asaheim.

»Er möge mir doch sagen, was er denkt«, drängte Xanthos; er trat vor seinen Gefährten.

»Die Patrizier haben sehr viel Einfluss bekommen, das ist schon richtig, Majestät!«, gab Clautus unsicher zurück.

»Zu viel, denkt er, nicht wahr?«

»Vielleicht ein wenig zu viel, Herr! Ja!«

»Sie beherrschen inzwischen den Senat von Asaheim. Oder sehe ich das falsch, mein Freund?«

Clautus nickte. »Ja, sie haben wohl den größten Einfluss gewonnen, wobei sie nur ihrem Egoismus folgen.«

Xanthos wischte sich mit der knochigen Hand durch seine schneeweißen Haare und sagte für eine Weile nichts.

»Das Problem ist, dass sie ihre ökonomischen Interessen denen der gesamten Aureanerkaste vorziehen, Majestät!«, fuhr Clautus fort.

»Und ich habe sie gewähren lassen, obwohl sie eigentlich nur die Berater des Imperators sein sollten. Meine Helfer und Mitstreiter sollten sie sein und keine selbstsüchtigen Schlangen. Denkt er auch so, mein treuer Clautus?«, sagte Xanthos traurig.

»Wollt Ihr meine aufrichtige Antwort hören, Majestät?«, vergewisserte sich Triton noch einmal.

»Ja, darum bitte ich die ganze Zeit, Clautus!«, erwiderte der Souverän.

»Nun, Ihr hättet sie schärfer in die Schranken weisen sollen, Herr«, gab der Berater zu.

»Aber ich habe es nicht getan, mein alter Freund. Jetzt ist es für mich dafür zu spät, doch ich werde meinen Nachfolger darauf einschwören, dass dies von Nöten ist. Denkt er, dass es so von Vorteil wäre?«

»Ja, Majestät!«, antwortete Clautus.

»Ich habe den Frieden gewahrt und gleichzeitig den Grundstein für den Unfrieden und das Chaos der Zukunft gelegt. In zwei Monaten ist meine Herrschaft vorbei und ich werde die wenigen Jahre, die mir noch bleiben, in meinem Domizil in Speras verbringen. Dann wird man einst sagen, dass ich schwach gewesen bin. Und leider ist es auch die Wahrheit«, murmelte Xanthos.

»Das ist so nicht richtig, Majestät«, entgegnete ihm der Diener kleinlaut, während der Imperator an ihm vorbei huschte.

»Doch! Das ist die bittere Wahrheit, der sich der Greis jetzt stellen muss«, flüsterte der Souverän, um daraufhin in seinem Palast zu verschwinden.

Es war noch recht früh. Jedenfalls betrachtete es Flavius so, da er in den letzten Wochen stets in den Genuss gekommen war, ausschlafen zu können. Sein Vater hatte ein paar seiner Kontakte spielen lassen und ihm ein Bewerbungsgespräch bei der Unterverwaltung des Wohnbezirks Vanatium-Degenan, am anderen Ende der Stadt, organisiert.

So hatte sich Princeps bereits in den frühen Morgenstunden aufgemacht und sich von einem Gleiter nach Degenan bringen lassen.

Anschließend war er zu dem Bewerbungsgespräch gegangen, wo ihn ein gelangweilter Verwaltungsmitarbeiter mittleren Alters erwartet hatte.

»Gut, ich denke, dass wir Sie hier gebrauchen können, Herr Princeps. Ihren Vater kenne ich übrigens ganz gut. Ich hatte früher viel mit ihm zu tun – auf Verwaltungsebene. Grüßen Sie ihn von mir!«, hatte dieser bereits nach wenigen Minuten gesagt und ihm dann die Stelle angeboten.

Flavius hatte eingewilligt, denn irgendetwas musste er ja arbeiten. Und in einer verstaubten Amtsstube herumzusitzen, war immer noch besser, als weitere Weltraumflüge ertragen zu müssen.

Er nahm sich fest vor, seinen noch laufenden Dienstvertrag als »wissenschaftlicher Assistent für Raumflüge und interstellare Forschungsreisen« am nächsten Tag zu kündigen und schlenderte zufrieden aus dem Verwaltungskomplex heraus. Damit war auch diese Angelegenheit geregelt. Jetzt galt es erst einmal, die Freizeit zu genießen, denn davon hatte Flavius noch mehr als genug übrig.

Der Aureaner lief durch die Straßen des ihm kaum bekannten Teils seiner Heimatstadt und sah sich ein wenig um. Vanatium-Degenan hatte schon zu Zeiten seiner Kindheit nicht den besten Ruf gehabt, denn hier lebten eher die ärmeren Angehörigen der Aureanerkaste. Zudem gab es hier eine Vielzahl von Fabriken und sehr viele Habitatsblöcke, die recht ungepflegt wirkten.

»Da sieht es in Crax doch besser aus«, dachte Princeps, während er die Wohnkomplexe um sich herum verächtlich betrachtete.

Nach einer Weile hatte er ein paar Straßenzüge durchquert und befand sich mitten im Herzen von Degenan. Gleiter rasten an ihm vorbei oder zischten über seinem Kopf hinweg durch die Luft. Quasselnde Männer und Frauen drängten ihn zur Seite; sie schenkten ihm keine Beachtung.

Flavius traute seinen Augen nicht, als er sich genauer umsah. Hier in Dengenan wimmelte es von Anaureanern. Hunderte hasteten über die Straßen oder lungerten zwischen den Habitatskomplexen herum.

Eine so große Anzahl Unterkastiger hatte Princeps in seinem Leben noch nicht gesehen. Was machten die alle hier? Und dann auch noch in seiner Heimatstadt? Arbeiteten sie etwa in den Fabrikkomplexen?

Der junge Mann war sichtlich verstört. Hier war es irgendwie unangenehm und einige der fremden Gestalten warfen ihm giftige Blicke zu, als er an ihnen vorbeiging.

Schließlich durchquerte Flavius einen langen Tunnel, um auf den dahinter liegenden Gleiterplatz zu gelangen. Er wollte so schnell wie möglich wieder zurück nach Crax; hier war es ungewohnt und verwirrend.

Als er eine Vielzahl von Stufen herunterging, stach ihm ein widerlicher Gestank in die Nase. Es roch nach Urin und Schmutz. Ein derartiger Mief war zuviel für Princeps duftverwöhnte Aureanernase.

Schnellen Schrittes versuchte er, durch die verdreckte Unterführung zu kommen und bemerkte die dunklen Individuen, die in den Ecken kauerten, in seiner Eile überhaupt nicht.

»Hey!«, hörte er plötzlich hinter sich. Ein metallischer Gegenstand polterte neben ihm über den Boden.

Flavius drehte sich um und sah vier junge Anaureaner auf sich zukommen. Sie grinsten hämisch und entblößten ihre gelben Zähne, als sie sich vor ihm postierten.

»Warum antwortest du nicht, Junge? Ich habe dich doch gerufen!«, krächzte einer der drei Gesellen.

»Keine Ahnung! Was wollt ihr?«, stammelte Princeps panisch.

»Der kleine Goldmensch hat Angst! Das kleine Goldhaar! Seht nur sein Goldhaar…«, zischelte einer der Anaureaner und strich Flavius über den Kopf.

»Nimm deine Finger weg!«, knurrte dieser, wobei er dessen Hand zur Seite schlug.

Vier finstere Augenpaare starrten Princeps an. Einer der Unterkastigen trat direkt vor ihn und grinste bösartig.

Flavius betrachtete das verdreckte Mondgesicht der braunhäutigen Gestalt, er hielt den Atem an.

»Packst du mich an, du reicher Goldjunge? Hä? Packst du mich an?«, schnaubte der Anaureaner.

»Ihr habt mich zuerst angefasst. Lasst mich in Ruhe!«, gab Princeps zurück, während er an die Wand gedrängt wurde. Als Antwort erhielt Flavius einen Faustschlag ins Gesicht. Schreiend landete er auf dem schmutzigen Boden der Unterführung. Die drei Angreifer lachten und traten ihm noch einmal kräftig in die Rippen, nachdem sie seine Taschen nach wertvollen Gegenständen durchsucht hatten. Anschließend rannten sie davon.

Vor Schmerzen stöhnend richtete sich Flavius auf und wischte sich das Blut von der Lippe. Er stieß einen leisen Fluch aus und humpelte aus der Unterführung herauf an die Oberfläche, um mit dem nächsten Gleiter aus Vanatium-Degenan zu verschwinden.

Soeben hatten ihn drei Anaureaner überfallen und ausgeraubt. Ein ungeheuerlicher Vorfall, wie Princeps fand. Und das in seiner Heimatstadt, mitten im Goldenen Reich! Der junge Mann konnte es einfach nicht fassen und als er seinen Eltern von seinem Erlebnis berichtete, verschlug es ihnen ebenfalls die Sprache.

Norec Princeps meldete den Überfall auf seinen Sohn am nächsten Tag sofort den örtlichen Behörden, doch diese kümmerten sich kaum darum.

»Es hat sich in Vanatium in den letzten Jahren nun einmal einiges verändert – und nicht unbedingt zum Positiven!«, erklärte der zuständige Beamte Herrn Princeps lediglich.

»Seit wann gibt es in Vanatium so viele Anaureaner? Was haben die hier überhaupt zu suchen?«, schimpfte der aufgebrachte Vater.

»Das ist eben so! Ist Ihnen das denn noch nicht aufgefallen? Vielleicht sollten sie ihren Habitatskomplex öfter verlassen«, erwiderte der Verwaltungsmitarbeiter genervt und schickte Norec fort.

Die Aussicht, demnächst jeden Tag nach Vanatium-Degenan zu müssen, um zu der neuen Arbeitsstelle zu gelangen, verbesserte Flavius Laune nicht sonderlich. Allerdings hatte er jetzt erst einmal frei und glücklicherweise waren von seiner einjährigen Ruhepause noch fast acht Monate übrig. Das war das einzig Gute, was der Flug zu den Sternen mit sich gebracht hatte.

Drei Tage nach dem Bewerbungsgespräch zog Flavius mit Lucius, seinem Teamkameraden aus dem Sportclub, zum ersten Mal um die Häuser und genoss das Leben in den Vergnügungsvierteln seiner Heimatstadt.

Mit Lucius konnte man bis zum Umfallen feiern. Der aus sehr reichem Hause stammende junge Mann, der keinem Lohnerwerb nachgehen musste, war ein Meister des Müßiggangs. Heute hatten sich Flavius und er schon zur Mittagsstunde ein paar synthetische Drinks genehmigt und sich dann mit einem Gleiter nach Vanatium-Rusing bringen lassen.

Hier befand sich das bekannteste Vergnügungsviertel der Megastadt, wo auf die bereits stark angeheiterten jungen Burschen alles wartete, was ihre genusssüchtigen Herzen begehrten. Partys, Frauen, Rauschmittel und alle vorstellbaren Sorten benebelnder Getränke. Zudem gab es an jeder Straßenecke Neurostimulatoren. Rusing war wahrlich ein dekadentes Paradies.

Lucius, der schnodderige, gutaussehende Blondschopf mit den glänzenden Augen und dem athletischen Körper, torkelte voraus und Flavius folgte ihm.

»Guck mal die da!«, sagte er und deutete auf eine Gruppe hübscher Aureanerinnen, die sich ihnen mit einem leisen Kichern näherten.

»Nicht übel!«, lallte Flavius benommen.

»Das Zeug haut gut rein, was?«, kam von Lucius.

»Jau! Aber voll!«, stammelte Princeps und merkte, wie sein Blick immer verschwommener wurde.

Die beiden kauften sich einen Neurostimulator bei einem freundlich lächelnden Händler und bogen dann in eine Nebenstraße ab.

»Du zuerst!«, sagte Lucius, wobei er seinem Kumpel das leuchtende Gerät in die Hand drückte.

Flavius zögerte für einen Augenblick, dann tippte er einige Knöpfe und hielt sich das leise summende Gerät an die Schläfe.

»Scheiße!«, stieß er nach wenigen Sekunden aus; er taumelte zurück. »Alter, haut das rein!«

»Du hast das verdammte Ding auf sexuelle Stimulation gestellt, du elende Sau!«, blökte Lucius, um dann laut aufzulachen. »Und auch noch auf Stufe 3!«

»Ja, sicher! Von nichts kommt nichts«, bemerkte Flavius und hielt sich den Kopf.

»Bist du eine Sau, Alter! Gib mal her! Jetzt ich!«, sagte Lucius mit einem erwartungsvollen Grinsen.

Anschließend hielt er sich den Neurostimulator ebenfalls an den Kopf und verpasste sich einen gehörigen Schwall „Glücksgefühle“.

»Alter, ich habe so Bock zu vögeln…«, rief Flavius.

»Kein Wunder bei Stufe 3! Ha! Ha!«, brabbelte Lucius. Er stieß einen Begeisterungsschrei aus.

Die jungen Männer trotteten wieder zurück auf die Hauptstraße und kehrten in ein von greller Leuchtreklame beschienenes Lokal ein. Hier wimmelte es von hübschen Mädchen und angetrunkenen Männern. Flavius schwankte an die Theke, wo er sich auf einem Barhocker niederließ.

»Was kann ich den Herrschaften bringen?«, fragte sie ein Kellner.

»Zwei Cypher-Shakes!«, antwortete Lucius, der fast von seinem Stuhl rutschte.

»Sehr wohl!«, bemerkte der Mann und verschwand wieder.

»Beim Göttlichen! Die geile Sau da hinten. Da! Die Rothaarige!«, lallte Flavius und krallte sich an der Theke fest.

»Hat tolle Beine. Wollen wir mal hingehen?«, fragte der benommene Lucius.

»Scheiße! Ja, warum nicht? Quatschen wir die süße Tussi doch mal an. Die hat ja auch ein paar scharfe Freundinnen«, erklärte Princeps und machte Anstalten, sich den Neurostimulator noch einmal an die Schläfe zu halten.

»Ey! Das reicht jetzt! Du klappst um, wenn du das Ding zu oft benutzt«, warnte Lucius, doch sein Begleiter ließ sich nicht beirren.

Ein weiterer Schub „sexueller Stimulation" raste durch Flavius Gehirn und anschließend war der junge Mann kaum noch in der Lage, geradeaus zu laufen. Mit wankenden Schritten näherte er sich der Gruppe hübscher Mädchen am Tisch gegenüber.

Der folgende Tag war ein einziges Desaster. Bis um 5.00 Uhr morgens hatten Flavius und Lucius Rusing unsicher gemacht, wobei Ersterer nicht müde geworden war, sich alle erdenklichen Getränke in den Rachen zu kippen und die Kraft des Neurostimulators bis zum Anschlag auszureizen.

Im Laufe der Nacht hatte sich Flavius mehrfach übergeben und auch sein Bekannter, der ebenfalls kaum noch einen klares Wort herausbekommen hatte, war gerade noch in der Lage gewesen, einen Gleiter für den Heimflug zu organisieren.

Irgendwie waren sie aber doch nach Hause gekommen, um den nächsten Tag mit üblen Kopfschmerzen zu verbringen.

»Verdammt!«, jammerte Flavius, hielt sich den dröhnenden Schädel und wälzte sich in seinem Bett von einem Ende zum anderen. Nach einer Weile, es war inzwischen schon Mittag, kam seine Mutter herein, um nach ihrem Sohn zu sehen.

»Was war denn heute Morgen los?«, wollte sie wissen.

»Nichts! Ich war mit Lucius feiern«, brummte ihr Sohn genervt.

»Etwa in Rusing?«

»Ja, wieso?«

»Dieses Viertel ist furchtbar! Was habt ihr denn dort zu suchen gehabt? Da treibt sich doch allerhand Gesindel herum«, meinte Crusulla.

»Keine Ahnung…Feiern halt…«

»Hast du etwa diese Neurostimulatoren benutzt, Flavius?«, fragte sie besorgt.

Dieser zog sich die Decke über den Kopf und hoffte, dass ihn seine Mutter noch eine Runde schlafen lassen würde.

»Nur einmal…«, stammelte er.

»Diese Geräte sind gefährlich!«, schimpfte Crusulla.

»Ach, war doch nur einmal!«, log ihr Sohn.

Flavius Mutter schüttelte den Kopf und ging wieder aus dem Zimmer heraus.

»Glaube nicht, dass das jetzt jedes Wochenende so läuft, mein Lieber«, gab sie ihrem Sprössling noch mit auf den Weg.

Dieser ignorierte ihr Geschwätz und konzentrierte sich stattdessen auf seinen furchtbaren Brummschädel.

Einige Stunden später, nachdem er noch etwas geschlafen hatte, schlich Flavius aus seinem Zimmer und setzte sich an den Küchentisch. Sein Vater saß ebenfalls dort; er murmelte ihm ein leicht verärgert klingendes »Hallo!« entgegen.

»Hast du dich gut amüsiert?«, fragte er dann.

»Ja, war gut!«, brachte Flavius nur leise heraus, während er sich ein Mineralwasser fertig machte.

»So, so…«, erwiderte Norec und trottete in die obere Etage der Wohnung.

Princeps machte sich auf dem Sofa vor dem Simulations-Transmitter breit und räkelte sich, noch immer benommen von der letzten Nacht, auf einem Haufen weicher Kissen. Schließlich schaltete er das Gerät an und blickte auf den vor seinen Augen entstehenden Holographie-Bildschirm.

»Möchten Sie sich in die Sendung einloggen?«, stand als Meldung am unteren Rand der leuchtenden Bildfläche. Flavius wischte die Meldung mit einer flüchtigen Handbewegung weg. Er hielt sich den Kopf, wobei er gequält aufstöhnte.

»Imperator Xanthos der Erhabene hat heute, nach 91 Jahren seiner gesegneten Herrschaft über das Goldene Reich, der aureanischen Öffentlichkeit verkünden lassen,

dass er in einer Woche aus seinem Amt ausscheiden wird. Damit endet die über neun Jahrzehnte andauernde Regierungszeit des großen Archons.
Unsere erlauchte Majestät wird als Friedenskaiser in die Chroniken Terras eingehen, denn Xanthos der Erhabene hat das Goldene Reich wie kaum ein anderer durch eine Epoche der Versöhnung und Eintracht geführt. Zu seinem Nachfolger hat er gestern den verehrten Credos Platon von Eusangia ernannt…«

Flavius Kopfschmerzen ließen es nicht zu, die holographische Bildfläche noch länger anzusehen. Zu sehr brannten die leuchtenden Farben in seinem gepeinigten Schädel. Schließlich schaltete er den Simulations-Transmitter wieder aus und schlich zurück ins Bett.
»Der alte Xanthos macht sich vom Feld«, sagte er leise zu sich selbst, obwohl ihn die Meldung nicht sonderlich interessierte. Dann kroch er wieder unter die Decke und verschlief den Rest des Tages.

Juan Sobos, der einflussreiche Großgrundbesitzer und Senator aus Braza, hatte ein Fest organisiert, das an Prunk und Protz kaum noch zu überbieten war. Etwa 1000 Gäste, allesamt Angehörige der aureanischen Nobilität oder wohlhabende Geschäftsleute, waren in seiner Sommerresidenz im Norden von Braza erschienen, um sich an dem zu laben, was ihnen Sobos in Fülle bot.
Der Besitzer gewaltiger Landgüter und Fabriken hatte ein ganzes Sammelsurium exotischer Blickfänge für seine Gäste auffahren lassen. Es reichte von extra für diese Feier geklonten, ausgestorbenen Tieren bis hin zu anaureani-

schen Bauchtänzerinnen und ganzen Schwärmen von Freudenmädchen aus dem Süden des Kontinents.

Mit einem zufriedenen Lächeln schritt der untersetzte Mann mit dem aschblonden Kraushaar und dem Doppelkinn an einer Gruppe Diener vorbei, während er das teure Spektakel begutachtete.

Fast der gesamte Senat von Asaheim war bei dieser Feier anwesend und Juan Sobos wusste genau, dass man den luxusgewohnten Herrschaften etwas Außergewöhnliches bieten musste.

»Madame Clerilla!«, stieß er mit gekünstelter Freude aus und küsste einer in die Jahre gekommenen Aristokratin die Hand.

Diese hatte ihr Gesicht hinter einer Goldmaske verborgen, die sie nun zur Seite schob, um Sobos ein kurzes Lächeln zu schenken.

»Es ist eine großartige Feier, Senator! So hatte ich es erwartet«, bemerkte die Dame. »Mein Mann ist auch ganz hin und weg, sage ich Ihnen…«

»Das freut mich«, erwiderte der Großgrundbesitzer und verbeugte sich. »Wo ist denn Senator Alphaios, wenn ich fragen darf?«

»Er stellt wohl einem dieser Mädchen nach«, erklärte die Frau nicht sonderlich erfreut.

»Verzeihen Sie ihm, Madame Clerilla! So sind wir Männer eben. Das ist unsere Natur. Wir halten die Augen immer nach allen Varianten des weiblichen Geschlechtes offen«, scherzte der Gastgeber. Dann schritt er weiter durch das endlose Meer seiner fröhlich lachenden Besucher. Es dauerte nicht lange, da war Sobos schon in das nächste Gespräch verwickelt.

»Es ist großartig, Senator! Sie haben sich diesmal wirklich nicht lumpen lassen!«, sagte ein älterer Herr mit zahlreichen Diamantringen an den Fingern.

Sobos schmunzelte. »Es freut mich, dass es Ihnen bei mir gefällt. Ich habe diese Sommerresidenz erst vor fünf Jahren erbauen lassen. Die Architektur kann sich sehen lassen, nicht wahr?«

»Ohne Zweifel! Ohne Zweifel!«, sagte der Mann und blickte mit Begeisterung auf die strahlend weißen Marmorgebäude um sich herum.

»Wie laufen die Geschäfte, Censor Fersius?«, fragte ihn Sobos.

»Ich kann nicht klagen. Seit einigen Jahren habe ich mich auf den interstellaren Rohstoffhandel in unserem Sonnensystem spezialisiert. Mittlerweile besitze ich Dutzende von großen Frachtschiffen.«

»Ach? Und was ist mit Ihren Landgütern in Canmeriga und Arica?«, erkundigte sich der Gastgeber ein wenig verwundert.

»Das läuft nebenher. Der interstellare Handel ist in letzter Zeit einfach lukrativer geworden. Trotzdem produzieren wir auf unseren Agrarkomplexen natürlich auch weiterhin Lebensmittel für Millionen Aureaner«, erklärte Fersius.

»Ich bleibe bei meinem Hauptgeschäft. Landbesitz ist seit Jahrhunderten das Rückgrat der ökonomischen Erfolge der Familie Sobos«, gab der Großgrundbesitzer lachend zurück.

Sein Gegenüber zog die Augenbrauen nach oben. »Nun, das wissen wir alle, Senator. Die Größe der Sobos-Ländereien ist nicht umsonst legendär, davon können die anderen Patriziergeschlechter nur träumen. Das muss auch ich zugeben. Wie auch immer, der interstellare Handel hat es mir jedenfalls angetan.«

»Jedem das Seine!«, flachste Sobos und ging weiter.

Inzwischen hatten sich ein paar anaureanische Tänzerinnen auf einer gewaltigen Bühne postiert und schwangen ihre schlanken Hüften zum Rhythmus eines lauten Getrommels. Zwischendurch erschallte das Gejohle ergrauter Herren aus der aureanischen Nobilität, die von dem Spektakel sehr angetan waren.

Auf einmal kam ein Mann auf Sobos zu und schüttelte ihm die Hand.

»Senator, ich wollte mich noch einmal für die Einladung zu dieser großartigen Feier bedanken«, sagte er.

Der Gastgeber stutzte und wirkte nachdenklich. »Mit wem habe ich die Ehre?«

»Malix Yussam! Ich bin ein Bankier aus Süd-Orian«, erklärte selbiger, wobei er Sobos mit seinen dunklen Augen anblickte.

»Ah, ich erinnere mich. Gefällt es Ihnen bei mir?«

»Es ist fantastisch, Senator. Ich fühle mich geehrt. Für mich als ehemaligen Anaureaner ist es eine besondere Ehre, heute dabei sein zu dürfen.«

Juan Sobos setzte einen gönnerhaften Gesichtsausdruck auf. »Dann haben Sie es meinem Einfluss zu verdanken, dass sie in die oberste Kaste aufgestiegen sind, nicht wahr?«

»Sozusagen!«, erwiderte Yussam.

»Und? Laufen die Geschäfte?«

»Außerordentlich gut, Senator! Seit mich die Familie Cilius offiziell adoptiert hat, kann ich nun auch im Goldenen Reich selbst meinen Tätigkeiten nachgehen. Im Übrigen verwalte ich inzwischen auch das Vermögen der ehrenwerten Cilius Sippe."

Sobos grinste, um daraufhin zu bemerken: »Wissen Sie, Aureaner oder Anaureaner, was spielt das heute noch für eine Rolle? Ich habe mich immer gegen dieses antiquierte Denken gewehrt. Wichtig ist doch, dass wir gute Geschäftspartner sind, Herr Yussam! Ich denke, Sie sehen das ähnlich, oder?«

»Mit Sicherheit, Senator! Auf jeden Fall ist es großartig, heute hier zu sein«, sagte der Bankier.

Sobos deutete auf den dunkelblauen Nachthimmel und sagte, dass das Feuerwerk jeden Moment beginnen müsste. Einige Minuten später knallte und zischte es, während über den Köpfen der begeisterten Gäste bunte Lichter aufleuchteten. Das berauschende Fest hatte in dieser Nacht noch einige Sehenswürdigkeiten zu bieten und zog die Anwesenden wieder und wieder in seinen Bann. Genauso hatte es Juan Sobos geplant und seine Pläne waren immer erfolgreich.

Anfang Oktober des Jahres 15289, nach vorgeschichtlicher Zeitrechnung, oder im Jahre 3978 nach Gutrim Malogor, dem großen Reformator, nach dem der gegenwärtige Kalender des Goldenen Reiches benannt worden war, schied Xanthos der Erhabene schließlich aus seinem Amt und übertrug den Imperatorentitel auf Credos Platon von Eusangia.

Der Abschied des bei der Mehrheit der Aureaner äußerst beliebten Herrschers wurde mit einer imposanten Veranstaltung gefeiert, die ganz Asaheim tagelang in eine Wolke aus verschwenderischem Prunk einhüllte.

Dann zeigte sich der kaum 26jährige Credos Platon dem jubelnden Volk in den Straßen der riesigen Zentralstadt, um sich in einem endlosen Triumphzug von seinen Kastengenossen huldigen zu lassen.

Wenige Tage später begab sich der neue Monarch mit einer ganzen Heerschar von Würdenträgern auf die traditionelle Reise zum Mars, wo er in der größten Metropole des Planeten ebenfalls von den begeisterten Massen begrüßt wurde. Der Flug zum Mars war seit Jahrtausenden eine feste Tradition im Goldenen Reich, denn kein neu eingesetzter Imperator konnte es sich leisten, der Bevölkerung des roten Planeten, dem zweitwichtigsten Zentrum des menschlichen Sternenreiches, nicht die Ehre seiner Anwesenheit zu schenken.

Credos Platon entstammte einer der angesehensten Familien der aureanischen Nobilität und war ein junger Mann, der auch optisch dem Idealbild eines Patriziers entsprach. Seine glatten, strahlend hellen Haare waren in einem Knoten am Hinterkopf zusammengefasst und seine Gesichtszüge wirkten fein und edel. Lediglich das Kinn des hochgewachsenen Mannes war »ein wenig zu kurz«, wie manche Schönheitsfanatiker in den Adelskreisen des Imperiums anzumerken hatten.

Politisch war der neue Archon bisher noch kaum in Erscheinung getreten. Auf Empfehlung des Xanthos war er im letzten Jahr in den Senat von Asaheim berufen worden, wo er sich allerdings ruhig, bescheiden und zurückhaltend gezeigt hatte.

Hunderte von anderen Patriziern beneideten den jungen Mann seit dem Tage seines Amtsantrittes im Verborgenen. Hatten sie doch gehofft, dass der alte Xanthos vielleicht einen der ihren als Thronfolger auswählen würde.

Doch schließlich war die Wahl des greisen Imperators auf Platon gefallen; einen unscheinbaren Jüngling, der von seiner politischen Ausrichtung her noch kaum einzuschätzen war.

Man sagte allerdings, dass Platon ein Freund der altaureanischen Tugenden war. Dazu gehörte die Wertschätzung von Ehre, Demut, Bescheidenheit, Tapferkeit und Fleiß.

Damit hatte der neue Souverän eine Geisteshaltung, die von vielen Senatoren und Nobilen als veraltet angesehen oder gar belächelt wurde.

So wurde Platon von Anfang an kritisch beäugt, während man in den Kreisen des Hochadels weiterhin darüber rätselte, warum Xanthos der Erhabene gerade ihn zu seinem Nachfolger ernannt hatte.

Juan Sobos und andere einflussreiche Senatoren suchten ihrerseits erst einmal Platons Nähe, denn sie wollten unbedingt wissen, welchen Charakter die politischen Ansichten des neuen Monarchen hatten.

Die Würdigung der altaureanischen Tugenden, die Platon bereits in einigen Gesprächen mit Sobos geäußert hatte, war diesem schon früh bitter aufgestoßen. Der wohlhabende Landbesitzer hatte für Dinge, die weder etwas mit Geschäften noch Reichtümern zu tun hatten, überhaupt nichts übrig. Als ihm Platon dann auch noch erzählte, dass er ein Bewunderer Malogors sei und auch den antiken Herrscher Gunther Dron sehr schätzte, hatte er bei Sobos schon einige Sympathien verspielt.

Bei vielen anderen Senatoren verhielt es sich nicht anders. Auch diese waren verwundert, derartige Worte aus dem Munde eines noch so jungen Mannes zu hören. Doch so lange Platon ihren Geschäften nicht in die Quere kam, konnte man ihn ruhig reden lassen.

»Wenn er sich uns gegenüber wie Xanthos der Erhabene verhält, nämlich passiv, dann soll er noch viele Jahre in Ruhe regieren«, meinte Sobos bei der Amtseinführung des neuen Archons mit dem ihm eigenen Sarkasmus.

Derweil widmete sich Platon in den ersten Tagen mit Eifer seinen Amtshandlungen, doch wirkte er dabei so harmlos, dass er den erfahrenen Senatoren um sich herum höchstens ein mitleidiges Lächeln entlockte.

Gewitterstimmung

Die große Politik an den Futtertrögen der Macht interessierte Flavius in diesen Tagen herzlich wenig. Ob der neue Imperator nun der einen oder anderen Senatsfraktion besser oder schlechter gesonnen war, hatte für ihn keinerlei persönliche Bedeutung.

Er war nämlich ganz darauf eingestellt, jeden Tag bis zum Beginn seiner langweiligen Arbeitstätigkeit im Verwaltungszentrum von Degenan mit dem größtmöglichen Genuss zu verbringen. Flavius hatte inzwischen ein inniges Verhältnis zu Neurostimulatoren und diversen Rauschmitteln aufgebaut. Und an der Seite seines Saufkumpans Lucius konnte er sicher sein, dass die Partys erst einmal nicht endeten.

Heute waren die beiden mit Lucius neuem Gleiter in die benachbarte Metropole Midheim geflogen; sie hatten sich fest vorgenommen, noch einmal exzessiv Spaß zu haben. Schon gegen Mittag waren sie im Gewühl des Vergnügungsviertels der Stadt untergetaucht und von einem Lokal zum nächsten getingelt.

Drei Schübe Glücksgefühle hatte sich Flavius bereits per Neurostimulatur durch den Schädel gejagt, Lucius sogar schon fünf. Letzterer grinste seitdem benommen vor sich hin und umarmte ab und zu vor lauter Freude wildfremde Personen.

»Juhuuu!«, rief Lucius und reckte die Arme in die Höhe, während um ihn herum Dutzende Jugendliche zu einem monotonen Rhythmus tanzten.

»Hey!«, fügte Flavius hinzu. Er deutete mit dem Finger auf eine hübsche Dame, die sich gerade einen Neurostimulator an die Schläfe hielt.

Sofort eilte Princeps zu ihr hin und stellte sich neben sie.

»Nicht zu viel, meine Süße!«, sagte er, wobei er die schlanke Brünette mit blutunterlaufenen Augen fixierte.

»Wer bist du denn, Kleiner?«, gab diese zurück und taumelte umher.

»Flavius! Und du, schöne Frau?«

Die hübsche Maid lächelte. »Luculla! Und das ist Cenia, meine beste Freundin.«

»Ich bin sehr erfreut«, sagte Flavius, während er Cenias Hand ergriff.

»Ist der niedlich«, tuschelte diese ihrer Freundin zu und machte dabei ebenfalls den Eindruck, als ob sie heute schon einige Neurostimulationsschübe genossen hätte.

»Was geht denn hier?«, erschallte es jetzt von hinten; Lucius legte seinen Arm um Flavius' Schulter.

»Ist das dein Freund?«, wollte Luculla wissen.

»Ja, das ist Lucius«, antwortete Princeps.

»Na, Mädels! Was macht die Party? Jawohl, ich … ich bin Lucius«, lallte selbiger.

»Jau! Das ist so geil hier! Ich liebe Percussionstanz!«, jauchzte Luculla. Sie begann, ihre ansehnlichen Beine zu dem mitreißenden Rhythmus zu schwingen.

»Wir wollten später noch in das Lokal dort hinten. Ist das gut? Ihr seid doch von hier, oder?«, bemerkte Princeps.

»Das ist okay! Warum?«, gab Cenia zurück.

»Vielleicht habt ihr ja Lust mitzukommen«, fügte Lucius hinzu.

Luculla stieß ein verwirrtes Kichern aus, ihre Freundin tat es ihr gleich.

»Ja, klar! Warum nicht? Juhuuu!«, rief die Schönheit und tanzte Flavius an.

Nach einer Stunde kehrten die beiden jungen Männer in das Lokal ein, während ihnen die Mädchen folgten. Es dauerte nicht lange, da hatten die vier schon mehrere berauschende Getränke zu sich genommen. Schließlich flegelten sie sich in eine gemütliche Sitzecke.

»Und ihr seid aus Vanatium?«, fragte Luculla, wobei sie sich bemühte, nicht unter den Tisch zu rutschen.

»Jau!«, murmelte Lucius und verpasste sich noch eine neurologische Dröhnung. Diesmal hatte er das Gerät auf „leichte Sexualstimulation“ gestellt, was Cenia offenbar aufgefallen war.

»Du Schlingel!«, flüsterte sie Lucius ins Ohr, doch dieser grinste bloß wie ein angetrunkener Ochsenfrosch.

»Wollt ihr heute noch nach Hause fliegen, Jungs?«, erkundigte sich Luculla.

»Ach, was! Das geht eh in die Hose«, gab Flavius lachend zurück.

Lucius winkte den Kellner heran und gab noch eine Großbestellung an diversen Getränken auf.

»Eigentlich könnt ihr ja dann auch bei mir übernachten, wenn ihr wollt…«, meinte die Brünette mit einem Augenaufschlag.

»Echt? Prima! Wohnt ihr hier in der Innenstadt?«, stammelte Lucius.

»Also ich wohne bei meinen Eltern. Das ist nur ein paar Habitatskomplexe von hier weg. Wir haben eine große Plattform, von wo aus man die ganze Stadt sehen kann«, erklärte Luculla.

»Ihr wohnt auf einer Plattform?«, wunderte sich Flavius.

»Ja, ich kann sie dir heute Abend zeigen, wenn du willst«, kam zurück.

Lucius schickte seinem Saufkumpan ein benommenes Schmunzeln zu und zog die Augenbrauen nach oben, während sich Luculla einen sanften Schub sexuelle Stimulation verpasste. Es sollte noch ein aufregender Abend werden.

Credos Platon hatte es nicht leicht, als er das Amt seines großen Vorgängers übernahm. Der junge Imperator traf bei vielen Angehörigen der höheren Stände auf eine derart dekadente Geisteshaltung, dass es ihn zutiefst entsetzte.

Er erschrak über das Ausmaß der Entartung in vielen Familien der Nobilität, wo selbst die größten Reichtümer nicht ausreichten, die maßlose Verschwendung und Genusssucht zu befriedigen; wo einer den anderen an Glanz, schwelgerischen Gelagen und berauschenden Festen zu übertreffen versuchte.

Viele der angesehenen Senatoren verbrachten ein Leben voller Verschuldung, während sie und ihre Frauen Scham und Sitte mit Füßen traten, sich Huren und zahllosen Liebhabern hingaben, bis irgendwann selbst die größten Vermögen verprasst waren.

Die jungen Aristokraten verschwendeten häufig ihr Leben in unendlicher Üppigkeit, Wollust und entnervtem Hedonismus. Die Erreichung höchster Freuden und Sinneslüste erschien vielen Angehörigen der führenden Patriziersippen inzwischen als das höchste Ziel.

Diesen sich im hauptstädtischen Modeleben bewegenden Nobilen waren die Begriffe von Ehre, Pflicht und Tugend schon seit Generationen abhanden gekommen. Sie schlossen sich denjenigen politischen Gruppen und Führern an, bei denen für ihre Selbstsucht und ihre niederen Begierden die größte Aussicht bestand und wurden in ihrem Handeln nicht durch Grundsätze oder Überzeugungen, sondern durch puren Eigennutz geleitet.

Platon selbst hatte diesem Denken glücklicherweise bisher entsagt, denn seine Eltern gehörten zu den selten anzutreffenden Aristokraten, denen die aureanischen Tugenden noch wichtig waren. Doch mit seiner Haltung und Erziehung stand er recht allein, wie er schon kurze Zeit nach seinem Amtsantritt feststellen musste.

So ragte er als einer der wenigen Ehrenmänner aus dem Meer seiner verlebten und verschuldeten Standesgenossen heraus, was ihm keinesfalls nur Freunde bescherte.

Der alte Clautus Triton, der sich bereits unter Xanthos dem Erhabenen als vertrauensvoller Gefährte erwiesen hatte, fand ihn jedoch schnell sympathisch und teilte die meisten seiner politischen Ansichten.

Juan Sobos hatte Platon hingegen schon direkt zu Beginn seiner Amtzeit darauf hingewiesen, dass er sich besser mit den einflussreichen Landbesitzern, Bankiers und Industriellen im Senat von Asaheim gut stellen sollte, wenn ihm an einer ruhigen Amtszeit gelegen war.

Ansonsten überließ es der neue Kaiser zunächst einmal seinem Diener Clautus, die schwierigen Klippen der Politik zu umschiffen. Der Berater war indes bemüht, dem jungen Monarchen immer weitere Hinweise und Ratschläge zu geben, damit dieser möglichst selten bei den Senatoren aneckte.

Doch Platon zeigte schnell, dass er durchaus einen eigenen Kopf besaß und hatte sich trotz seiner mangelnden Erfahrung bereits umfassende Reformen überlegt. So lag es ihm etwa am Herzen, das Problem der zunehmenden Beschäftigungslosigkeit im Reich zu lösen.

Weiterhin hielt er es für schädlich, dass die Großstädte immer weiter wuchsen und allmählich zu Horten fauler und degenerierter Einwohner wurden, die den größten Teil ihrer Lebenszeit ohne wirkliche Aufgaben verbrachten.

Zudem wurden immer mehr Anaureaner ins Imperium geholt, die die reichen Patrizierfamilien als billige Arbeitssklaven für ihre wirtschaftlichen Interessen missbrauchten, obwohl die alte Kastengesetzgebung derartiges eigentlich untersagte. All dies gedachte Platon so schnell wie möglich zu unterbinden.

Als ihm zahlreiche Kolonieplaneten nach und nach ihre Huldigungen und Glückwünsche übermittelten, war er erfreut, denn es war ihm wichtig, das von Xanthos dem Erhabenen gepflegte, gute Verhältnis zu ihnen aufrecht zu erhalten. Selbst der auf Terra stationierte Botschafter des Sternenreiches von Dron hatte ihm offiziell gratuliert und die Hoffnung geäußert, dass er die Friedenspolitik seines Vorgängers fortsetzte.

Bald sollte die erste Senatssitzung in Asaheim stattfinden, wobei sich Platon etwas vorgenommen hatte, was den Unmut der Mächtigen im ganzen Goldenen Reich entfachen konnte.

Als er Clautus davon berichtete, war dieser zutiefst verunsichert und besorgt; doch der junge Souverän appellierte an das Pflichtgefühl seines Beraters und war entschlossen, an seinen Plänen festzuhalten. Allerdings war sich Clautus im Gegensatz zu seinem ehrgeizigen Schützling bewusst, dass dieser mit seinen Vorhaben früher oder später eine gefährliche Giftschlange reizen würde…

Flavius reckte und streckte sich nach allen Regeln der
Kunst und erinnerte dabei an eine verschlafene Katze.
Die halbe Nacht hatte er sich mit holographischen Unter-
haltungsprogrammen um die Ohren geschlagen oder sich
in virtuelle Spielwelten eingeloggt. Dementsprechend
fühlte sich sein Schädel nach über zehnstündiger Beriese-
lung durch die neueste Vergnügungstechnologie auch
nicht besser an als nach einem Neurostimulationsrausch.
Er hatte es in den letzten Tagen definitiv zu weit getrieben, das musste sich Princeps eingestehen. Zu viele Drogen, zu viele Stimulationen, zu viele Rauschgetränke, zu
viele flüchtige Bekanntschaften.
Mit seinen Eltern hatte er vor ein paar Tagen einen heftigen Streit gehabt, denn diese waren nicht länger gewillt,
dabei zuzusehen, wie sich ihr Sohn langsam in einen ver-
gnügungssüchtigen Schnösel mit Drogenproblemen verwandelte.
Flavius hatte seine schimpfende Mutter und seinen be-
sorgten Vater indes einfach ausgelacht und war in der
oberen Etage der elterlichen Wohnung verschwunden,
wo sich sein Zimmer befand.
»Nimm dir ein Beispiel an Xentor und Karina! Die haben
sich vernünftige Beschäftigungen gesucht und ihr Leben
im Griff«, hatten die Eltern gepredigt, während Flavius
sie grinsend darauf hingewiesen hatte, dass er nach seiner
Raumreise »ein Recht auf Spaß« besaß.
Noch immer wirkte der Flug zu den Sternen in seinem
Inneren nach. Die psychischen Folgen waren nach wie
vor wieder präsent und zeigten sich in Alpträumen und
Schlafstörungen. Allein die Erinnerung an die stählerne
Tiefschlafkammer weckte in Flavius Horrorvisionen.

Zwar redete er mit niemandem darüber und mimte nach außen hin den fröhlichen Prototyp des ewig spaßigen Aureanerjünglings, doch sah es in seinem Herzen anders aus. Hier regierten Angst, Zweifel und Unsicherheit.

Die Rauschmittel lenkten Princeps allerdings zunächst davon ab, sich mit seiner beschädigten Psyche zu beschäftigen. Außerdem ließen sie ihn einigermaßen durchschlafen.

In etwa sieben Monaten sollte er mit seiner Arbeit im städtischen Verwaltungszentrum beginnen, aber bis dahin war es noch eine lange Zeit, wie es sich Flavius einredete. Und die wollte er genießen.

Für heute Abend hatte sich einmal mehr sein Saufkumpan Lucius angekündigt, denn es galt, dem Vergnügungsviertel von Vanatium einen weiteren, berauschenden Besuch abzustatten.

Princeps grinste, als er an die kommenden Stunden des Genusses dachte, und starrte dabei die Decke an. Plötzlich riss ihn das Piepen des Kommunikationsboten aus seinen Gedanken.

Verwirrt kramte Flavius das Gerät aus seiner Hosentasche und öffnete mit zittrigen Fingern einen kleinen holographischen Bildschirm, der den Raum mit einem bläulichen Schimmer erfüllte.

Es war Luculla, die hübsche Brünette, deren Anlitz ihm auf einmal von der elektronischen Leinwand entgegenlächelte.

»Hey, Flavius! Bist du noch am schlafen gewesen?«, fragte die junge Frau.

»Was? Nein!«, gab dieser zurück. »Was gibt's?«

»Ach, ich wollte mich nur mal melden. Wie geht es dir denn?«

»So weit alles klar, Luculla. Und selbst?«

»Ich hänge hier gerade auf unserer Terrasse herum und schaue mir die Stadt an. Da habe ich an dich gedacht…«

»Wieso? Sehe ich aus wie ein Habitatskomplex?«, scherzte Flavius.

»Sehr witzig«, sagte die Brünette und kicherte. »Was machst du heute Abend denn so?«

»Ich bin mit Lucius unterwegs. Hier in Vanatium«, antwortete Flavius, den das Gespräch anstrengte.

»Das war schön…letztes Mal…«, kam von Luculla.

»Ja, war es auch!«, gab Princeps zurück.

Luculla überlegte kurz, dann fragte sie: »Habt ihr beiden nicht Lust, noch einmal nach Midheim zu kommen?«

»Heute?«

»Ja, warum nicht? Cenia freut sich auch schon auf euch. Ich würde dich wirklich gerne wiedersehen.«

Flavius hielt sich den Kopf und hatte, wenn er ehrlich war, überhaupt keine Lust auf eine Unterhaltung mit Luculla.

»Also heute ist es eher ungünstig. Lucius und ich werden wohl in Vanatium bleiben. Vielleicht können wir uns ja mal in den nächsten Wochen treffen…«

»In den nächsten Wochen? Aber ich denke, du hast noch ein paar Monate frei?«, bemerkte die junge Frau enttäuscht.

Flavius stockte. »Ja…äh…also…ich denke, dass ich wohl früher mit meiner neuen Arbeit anfangen werde. Und hier zu Hause gibt es auch noch einiges zu erledigen. Ich melde mich einfach, wenn ich wieder Zeit habe, okay?«

Luculla nickte. »Gut, dann will ich dich auch nicht weiter stören. Bis dann!«

Der holographische Bildschirm verschwand und Flavius vergrub den Kommunikationsboten wieder in seiner Hosentasche.

»Was soll's...«, brummte er, während er in die Küche schlich. Luculla hatte seine stümperhaft vorgetragenen Ausreden mit Sicherheit durchschaut und würde sich vermutlich nicht mehr melden, dachte er sich.

Princeps machte sich ein Getränk und blickte dabei aus dem Küchenfenster herab auf die tiefen Häuserschluchten, die seinen Habitatskomplex umgaben.

Sonst war niemand in der Wohnung. Seine Eltern waren beide unterwegs. Sicherlich war Vater noch auf der Arbeit und Mutter irgendwo in einer der zahllosen Einkaufspassagen der Stadt abgetaucht. Jedenfalls war er allein.

Während Flavius als einer von Abermillionen gewöhnlichen Aureanern sein nicht übermäßig mit Sinn erfülltes Leben lebte, fanden sich einige führende Mitglieder des Senats auf dem Landgut des Großgrundbesitzers Lopun von Sevapolo ein.

Die Sommerresidenz des Patriziers befand sich auf einer sonnendurchfluteten Halbinsel an der Küste des Euxenius Meeres, welches in den alten Zeiten auch als „Schwarzes Meer" bezeichnet worden war.

Juan Sobos war ebenfalls dabei, um mit seinen Standesgenossen und Geschäftspartnern ein Gespräch über Platon zu führen.

Bei edlen Speisen und vollmundigen Getränken hatten sie sich auf der Terrasse der prunkvollen Villa eingefunden und sinnierten über den neuen Imperator des Goldenen Reiches.

»Wo steht der Bursche denn jetzt politisch? Ich habe es noch immer nicht ganz herausfinden können. Ist denn an den Gerüchten, dass er ein konservativer Altaureaner ist, wirklich etwas dran?«, fragte der Gastgeber in die Runde und strich sich über seine schneeweiße Toga.

»Das ist noch nicht genau zu bestimmen. Credos Platon scheint allerdings diesen so genannten »alten Werten und Tugenden« irgendwie nahe zu stehen. Ich denke aber, dass er diese lächerlichen Hirngespinste schnell wieder vergessen wird, wenn er erst einmal ein paar Monate regiert hat«, bemerkte Sobos gelassen.

»Bei Xanthos dem Erhabenen war es wohl anfangs auch so gewesen, wie mir ein mittlerweile verstorbener Senator einmal berichtet hat. Aber diese antiquierten Vorstellungen können sich in der Realität ohnehin nicht halten. Wenn jemand die Aureanerkaste groß gemacht hat, dann ist es doch die Nobilität gewesen und niemand anderes«, fügte ein glatzköpfiger Aristokrat hinzu.

»Ach, das ist eine solch rückständige Gesinnung: Aureaner und Anaureaner. Ich kann diesen Unsinn nicht mehr hören. Diese idiotische Gesetzgebung kostet unseren Stand jedes Jahr gewaltige Summen. Warum können wir die Arbeitskraft der Ungoldenen nicht vollständig nutzen?

Sie sind zahlreich und sie sind billig. Lediglich dieses konservative Denken hindert uns daran, die Angehörigen der unteren Kaste effektiv im Namen einer fortschrittlichen Wirtschaftspolitik einzusetzen«, meinte Sobos.

»Immerhin ist es nun einmal seit ewigen Zeiten unsere Tradition und die kann man nicht einfach von heute auf morgen abschaffen. Zudem müssen wir doch auch unseren eigenen Kastengenossen Arbeit geben, was schon schwer genug ist«, betonte einer der Senatoren. Er sah Sobos verwundert an.

»Unsinn! Das ist definitiv Unsinn! Was spricht denn dagegen, dass entweder Maschinen oder Anaureaner sämtliche Arbeiten im Goldenen Reich und in unseren Kolonien übernehmen? Das wäre aus ökonomischer Sicht die kostengünstigste Variante, Senator Drusus. Und vor allem für den Stand der Nobilen würden noch größere Gewinne und Erträge erwirtschaftet werden können«, hielt Sobos dagegen.

»Da ist sicherlich etwas Wahres dran«, betonte einer der Herren, der gerade einen exotischen Fisch verzehrte.

»Wir werden Platon schon entsprechend unserer Interessen formen, wobei er es nicht wagen soll, sich gegen die Nobilität zu stellen«, murrte Lupon von Sevapolo dazwischen.

»Die Imperatoren der letzten Jahrhunderte haben sich jedenfalls mehr und mehr dem Willen des Senats und der Patrizierfamilien gebeugt. Ohne uns sind sie nichts, denn wenn wir ihnen die Gefolgschaft verweigern, dann können sie nicht mehr viel tun. Im Falle von Platon wird es auch nicht anders sein«, sagte Sobos. Er ließ sich noch ein Getränk bringen.

»Das denke ich auch«, stimmte ihm ein stämmiger Industrieller zu.

Doch Sobos war noch nicht fertig mit seinen Ausführungen und drängte darauf, noch etwas klar zu stellen. »Auf Dauer ist es für uns alle geschäftsschädigend, wenn die alten Gesetze beibehalten werden. Ich meine damit nicht nur die Kastenordnung, sondern auch viele andere Schranken, die langsam eingerissen werden sollten!«

Ein älterer Herr wunderte sich aufgrund dieser Aussage und entgegnete dem Landbesitzer: »Aber wir können doch nicht einfach alle alten Traditionen über Bord werfen. Diese Gesetze haben doch auch ihren Sinn. Was ist mit der Verantwortung der Patrizier gegenüber der aureanischen Kaste?«

»Was hat das damit zu tun? Wir sollten doch in erster Linie uns selbst und dann unseren eigenen Sippen gegenüber verantwortungsvoll sein. Zudem lasse ich mich von keinem Imperator mehr in meinen Geschäften einschränken. Was soll denn das bitteschön heißen? Verantwortung gegenüber der aureanischen Kaste? Sollen wir dann morgen die Hälfte unseres über Generationen erworbenen Reichtums und Grundbesitzes abgeben, oder wie?«, murrte Sobos.

»So habe ich das nicht gemeint!«, rechtfertigte sich der alte Patrizier.

»Das sind Phrasen von altaureanischen Holzköpfen! Mehr nicht! Ich will nicht hoffen, dass der Imperator tatsächlich an diesen Blödsinn glaubt, sonst wird ihm der überwiegende Teil des Senats schnell alle Sympathien entziehen – und ich erst recht!«, schimpfte der Grundherr aus Braza, den ergrauten Mann mit abfälligem Blick musternd.

Norec und Crusulla Princeps hatten sich mittlerweile entschlossen, ihrem Sprössling einen Gleiter zu schenken. Das gehörte in den Augen von Flavius' Eltern einfach zu einem modernen aureanischen Mann dazu. Ein solches Fluggerät war nicht nur ein Statussymbol, sondern auch ein Zeichen von Unabhängigkeit.

Deshalb waren die Eltern heute mit ihrem Sohn in die Innenstadt geflogen, um sich nach einem angemessenen Fluggerät umzusehen. Dies dauerte nun schon einige Stunden, denn das Angebot an Gleitern war groß und verführerisch.

Mit einem breiten Grinsen betrachtete Flavius einen rötlich glänzenden „Sternenfeger" beim größten Gleiterhändler Vanatiums.

»Damit können Sie in Windeseile bis nach Arica fliegen, wenn Ihnen danach ist. Nur sollten Sie sich nicht in den südlichen Müllwüsten verirren, sonst hält man Sie nachher noch für einen Anaureaner, ha, ha«, erklärte der Geschäftsmann schalkhaft und blickte seine potentiellen Kunden erwartungsvoll an.

»Erst einmal braucht unser Sohn einen Gleiter für den gewöhnlichen Stadtverkehr. Ich unterstütze ihn allerdings nicht, wenn er mit dem Ding durch die Lüfte rasen will«, gab Norec mit ernster Miene zurück.

»An einem Sternenfeger hätten Sie also Interesse? Was sagt denn der junge Herr selbst dazu?«, fragte der Händler.

»Ja, der gefällt mir!«, bemerkte Flavius begeistert.

»Sehen Sie sich diese tolle Innenausstattung an. Das ist mehr als edel.«

»Wirklich nicht übel! Der ist toll, nicht wahr, Papa?"

»Wären wir denn mit 20.000 VEs dabei?«, erkundigte sich Norec.

Der Händler schnaufte angestrengt und versuchte, eine möglichst betroffene Miene aufzusetzen. Dann schlug er die Hände zusammen und ging einen Schritt zurück.

»Naja, also 20.000 VEs für einen so modernen Gleiter? Ich weiß ja nicht, das wäre schon sehr günstig, Herr Princeps«, sagte er.

Dieser überlegte. Schließlich bekräftigte er noch einmal sein Angebot, während der Gleiterhändler vor lauter Anspannung erbebte.

»Herr Princeps, ich weiß nicht. Auf 22000 VEs könnte sich unser Gleiterhaus vielleicht einlassen. Wir haben ja auch immer höhere Kosten heutzutage«, erläuterte der Verkäufer hastig.

»Mehr als 20.000 VEs sind nicht drin. Ich zahle allerdings sofort, wenn Sie das Angebot annehmen«, antwortete Norec und blieb stur.

»Sofort? Gleich heute?«

»Hier und jetzt!«

Der Gleiterverkäufer schnaufte erneut und ließ seine drei Kunden für ein paar Minuten allein, um sich mit einem Kollegen zu beraten. Dann kam er freundlich lächelnd zurück und schüttelte Flavius' Vater die Hand.

»Einverstanden, Herr Princeps!«

Nach einer halben Stunde hatte das Fluggerät den Besitzer gewechselt; Flavius war nun stolzer Eigentümer eines neuen Gleiters.

»Aber, dass Du mir bloß vorsichtig fliegst und fährst, mein Junge!«, waren die ersten Worte seiner Mutter, nachdem Norec die Verkaufsformalitäten hinter sich gebracht hatte.

Der Vater gab seinem Sohn zu verstehen, dass er jetzt im Gegenzug, sozusagen als Dank, ein ordentliches Verhalten von ihm erwartete.

»Keine nächtlichen Ausschweifungen und Drogenexzesse mehr, Flavius!«, beschwor Norec seinen Filius.

Dieser erklärte seinen Eltern im Brustton der Überzeugung, wie froh er war und wie sehr er das teure Geschenk zu würdigen wisse. Dann schwebte er mit dem rötlich glänzenden Sternenfeger davon, um eine kleine Spritztour zu machen.

Einige Tage später begannen Flavius und sein Saufkumpan Lucius wieder mit ihrem Phalangier-Training. Den Sport hatten sie in letzten Zeit vernachlässigt und waren, zum Unwillen des Teamkapitäns, nur noch selten auf dem Übungsplatz erschienen.

Den kurzen Ruhm im Zuge der gewonnen Bezirksmeisterschaft hatte Princeps längst vergessen und sich jede Erinnerung an diesen Tag mit dem Neurostimulator aus dem Schädel gespült.

All das änderte allerdings nichts daran, dass er nach wie vor von einer schrecklichen, inneren Leere geplagt wurde. Angststörungen, Depressionen und neuerdings auch ständige Schwindelanfälle waren inzwischen an der Tagesordnung. Davor konnten ihn weder die zahlreichen Drogen, noch die berauschenden Getränke, noch sonst etwas schützen.

Heute versuchten Lucius und er wieder als Spieler in der ersten Kampfreihe der Phalanx ihren Mann zu stehen, doch sie stellten sich nicht besonders geschickt an.

»Was ist denn mit euch beiden los?«, schimpfte der Trainer. »Ihr könnt euch ja kaum auf den Beinen halten!«

»Wenn Flavius nicht gleich seinen Schild gerade hält, dann platzt mir der Kragen. So können wir nicht spielen!«, beschwerte sich Princeps linker Nebenmann.

»Schon gut!«, brummte Flavius und hielt sich den Kopf. Lucius kicherte nur leise und machte den Eindruck, als ob er sich vor dem Training noch einen leichten Schub Neurostimulation verpasst hätte.

Nachdem Flavius vor Nervosität zum zweiten Mal der Wurfspeer aus der Hand gefallen war, jagte ihn der Trainer vom Platz.

»Was ist denn heute mit dir los, Princeps? Bist du betrunken?«, schrie er wütend und gab dem jungen Burschen zu verstehen, dass er seinen Stammplatz in der ersten Reihe der Löwen-Phalanx verspielen würde, wenn er so weitermachte.

Lucius grinste noch immer dämlich und bewegte sich im Zeitlupentempo. Schließlich nahm sich der Trainer auch seiner an. Mit zornigem Blick postierte er sich vor ihm.

»Wenn ich das Kommando zum Anheben der Lanze gebe, dann gilt das für alle in der ersten Reihe! Bist du nicht mehr ganz dicht oder hast du etwas mit den Ohren?«, schnaubte der breitschultrige Ausbilder.

»Tut mir leid! Ich bin irgendwie nicht ganz auf dem Damm, Chef! Kann ich für heute gehen?«, antwortete Lucius, wobei er wild herum gestikulierte.

»Findest du mich heute besonders lustig?«, bohrte der genervte Trainer nach.

»Nein, schon gut, Chef!«, lallte Lucius, während ihn seine Teamkameraden verärgert anstarrten.

»Verschwinde aus meiner Mannschaft! Aber sofort! Deine Faxen kannst du woanders machen!«, knurrte der Ausbilder, um schließlich auch Lucius vom Übungsplatz zu scheuchen.

Dieser trottete laut kichernd davon und fiel Flavius mit einem Prusten in die Arme.

»Alter, ich bin noch immer drauf«, japste er, Princeps mit sich am Spielfeldrand entlangziehend.

»Ich habe auch keine Lust mehr auf diesen Mist«, bemerkte Flavius und folgte seinem verwirrten Freund zu den Umkleidekabinen.

Sie streiften die Rüstungen von den Körpern, ließen sie einfach auf dem Boden liegen und machten sich dann davon. Während ihre Teamkameraden ungläubig die Köpfe schüttelten und der Trainer ihnen noch etwas Unverständliches hinterher rief, verließen Flavius und Lucius lachend das Sportgelände und machten sich auf den Weg in die Stadt. Erst in den frühen Morgenstunden des nächsten Tages sollten sie wieder nach Hause zurückkehren.

Mitte November hielt der Senat von Asaheim nach einer längeren Pause endlich seine erste Sitzung unter Leitung des neuen Imperators ab. Der junge Monarch hatte seine Antrittsrede, welche von Milliarden Menschen im ganzen Imperium verfolgt wurde, sorgsam einstudiert und trat in einem leuchtend roten Gewand vor die Masse der erwartungsvollen Senatoren und Würdenträger.

Heute, so sagten sich viele der einflussreichen Patrizier, würden sie mehr über die politischen Anschauungen des Mannes, den Xanthos der Erhabene zu seinem Thronfolger gemacht hatte, erfahren.

»Meine lieben aureanischen Kastenbrüder, meine lieben Berater und Senatoren!«, begann Platon seine Rede mit ruhiger Stimme. »Ich eröffne hiermit die erste Sitzung des ehrwürdigen Senates von Asaheim, die unter meiner Leitung stattfinden wird. Es ist mir bekannt, dass Sie alle wissen möchten, welche politischen und amtlichen Schritte ich als erstes einleiten werde und daher setze ich Sie heute darüber in Kenntnis!«

Ein gespanntes Tuscheln wogte durch die Masse der meist alten und erfahrenen Nobilen, während Platon mit seiner Rede fortfuhr: »Es ist im Goldenen Reich nicht alles Gold, was glänzt. Das möchte ich gleich zu Anfang sagen. Wir haben eine Vielzahl von Problemen, deren Bewältigung ich mich mit all meiner Kraft widmen werde.

Milliarden Aureaner haben keinerlei Beschäftigung mehr, wobei ich ihnen wieder Arbeit und sinnvolle Aufgaben geben will. Wir sind dekadent geworden und haben den Pfad der altaureanischen Tugenden in den letzten Jahrhunderten verlassen.

Unsere Megastädte wachsen und wachsen, während gute Bürger unseres Reiches wie Termiten in ihren Hügeln in engen Habitatskomplexen hausen müssen. Dort können sie weder ihre Kinder vernünftig aufwachsen lassen, noch überhaupt gesunde Familien gründen. Deshalb sage ich, dass wir Milliarden Aureaner aus den überfüllten Städten aussiedeln und ihnen eigenes Land geben müssen.

Die Zeichen des Zerfalls stehen über dem Goldenen Reich und ich werde nicht tatenlos zusehen, wie sich eine kleine Gruppe von Nobilen immer weiter bereichert, während große Teile unserer Bevölkerung vor sich hin degenerieren, keine Arbeit mehr finden und auch keinen vernünftigen Wohnraum mehr besitzen.

Deshalb habe ich mir vorgenommen, die Wirtschaft des Goldenen Reiches umzustrukturieren und unserer Kaste wieder ihre alten Tugenden, jene, die uns groß gemacht haben, zu vermitteln.

Weiterhin untersage ich es ab dem heutigen Tage, dass noch mehr Anaureaner als billige Arbeitssklaven in das

Goldene Reich geholt werden. Die alte Kastenordnung bleibt bestehen und ich werde sie wieder festigen. Auf Dauer soll unser Imperium wieder ausschließlich den Goldmenschen gehören, so wie es die alten Herrscher in ihren Gesetzen festgelegt haben…«

Juan Sobos und viele andere Patrizier trauten ihren Ohren nicht, als sie den jungen Archon diese Worte sprechen hörten. Das, was er sagte, konnte man nicht nur als versteckte Kritik an den reichen Geschlechtern der Nobilitas verstehen, sondern als offenen Angriff.

Einige der Senatoren wirkten derart verstört, dass man glauben konnte, Platon würde ihnen in der nächsten Sekunde sämtliche Besitztümer und Privilegien wegnehmen.

»Das meint er doch wohl nicht ernst! Wo hat Xanthos diesen Kerl aufgetrieben?«, fauchte Sobos einem ergrauten Senator wütend ins Ohr. Er stieß ein grimmiges Schnaufen aus.

»Will er uns etwa vorschreiben, wie wir unsere Geschäfte zu machen haben?«, knurrte dieser leise zurück.

Credos Platon redete sich derweil regelrecht in Rage und strahlte eine feste Entschlossenheit aus. Er versprach umfassende Reformen und deutete sogar an, dass sich die Großgrundbesitzer, die oft riesige Ländereien besaßen, welche von Erntemaschinen und anaureanischen Hilfsarbeitern bewirtschaftet wurden, in Zukunft darauf einstellen sollten, einen Teil ihres Landes zur Ansiedelung aureanischer Bürger bereitzustellen.

Als der Kaiser seine Antrittsrede schließlich nach fast zwei Stunden beendet hatte, klapperte ihm von den Senatoren lediglich verhaltener Applaus entgegen. Manche von ihnen starrten ihn auch nur mit offenen Mündern an und waren nicht einmal mehr in der Lage, dem neuen Imperator wenigstens ein »Höflichkeitsklatschen« zu schenken.

Platon musterte die hohen Herren vor sich mit ernster Miene. Dann schritt er grazil vom Rednerpult, um auf seinem vergoldeten Thron in der Mitte des Senatssaals Platz zu nehmen.

Für einige Minuten herrschte betretenes Schweigen, bis sich Sobos von seinem Platz erhob und um das Wort bat.

»Eure Pläne sind ja sehr beeindruckend, Majestät! Allerdings frage ich mich, ob sie nicht doch recht einseitig auf Kosten vieler treuer Patriziersippen des Goldenen Reiches verwirklicht werden sollen? Woher gedenken Eure Herrlichkeit denn das Land für die Ansiedelung aureanischer Familien zu nehmen? Und wie sollen wir viele Millionen Bürger unseres Reiches in Arbeit bringen, wenn es einfach keine Arbeit gibt?«

Der junge Monarch lächelte und erwiderte: »Nun, Senator Sobos, ob es kein Land und keine Arbeit gibt, darüber kann man sicherlich geteilter Meinung sein. Ich denke, dass es beides im Überfluss gibt, nur hat die breite Masse der aureanischen Kaste bisher nichts davon.«

»Würdet Ihr das freundlicherweise genauer erklären, Exzellenz…«, forderte ein anderer Patrizier barsch.

Credos Platon schenkte auch ihm ein Lächeln und verkündete, dass er in der nächsten Senatssitzung unter anderem ein Gesetz, das eine umfassende Landreform beinhaltete, vorstellen wollte. Daraufhin erklärte er die Versammlung für beendet und schickte die hohen Herren nach Hause.

Murrend trottete die Masse der Senatoren aus dem prunkvollen Saal heraus; immer noch verwirrt und zornig.

Clautus Triton, der engste Berater des neuen Monarchen, blickte ihnen sorgenvoll hinterher und schwieg.

Politische Gegensätze

In der darauffolgenden Woche ernannte Platon den ebenfalls für seine altaureanische Gesinnung bekannten und daher bei vielen Nobilen verhassten Aswin Leukos zum obersten Heerführer des Goldenen Reiches. Das bedeutete nichts anderes, als dass er dem Feldherren aus Arinata die höchste Befehlsgewalt über die Streitkräfte von Terra übertrug. Dieser Schritt stelle zugleich den nächsten Eklat dar, denn die reichen Patrizier bebten vor Zorn, als sie von Leukos Ernennung hörten.

Der neue Oberstrategos war Ende dreißig und ein Mann, der eine Erziehung im Sinne der klassischen Tugenden genossen hatte. Seit einigen Jahren diente Leukos als General des Goldenen Reiches. Unter anderem war ein Kolonistenaufstand auf der Venus von seinen Legionären niedergeschlagen worden. Danach hatte es Leukos sogar bis in den Senat von Asaheim geschafft.

Der kriegskundige Mann entsprach für Platon ganz dem Typus des aureanischen Soldaten der alten Epochen. Leukos hatte ein schmales Kinn, war athletisch, hochgewachsen und besaß auffällig scharf geschliffene Gesichtszüge. Seine Haare waren kurz geschnitten und entschlossene, hellblaue Augen verliehen seinem Blick stets eine gewisse Eindringlichkeit.

Beim Kampf gegen die Rebellen auf der Venus hatte sich der Feldherr einen guten Ruf unter den Legionären verschafft und wer nicht zu seinen politischen Gegnern aus gewissen Kreisen der Nobilität gehörte, blickte meist mit Bewunderung zu ihm auf.

Leukos Ernennung zum obersten Heerführer der Legionen wurde von Platon Ende des Jahres mit einem feierlichen Staatsakt und einer Truppenparade in Asaheim bekräftigt.

Sobos und zahlreiche andere Patrizier wohnten dem Spektakel bei und waren überhaupt nicht erfreut. Hinter dem Rücken des neuen Souveräns begannen sie inzwischen zu schimpfen und zu konspirieren. Allerdings konnten sie Leukos Ernennung zum Oberstrategos nicht verhindern, denn diese Angelegenheit oblag allein der Entscheidung des Archons.

So wuchs der Unmut gegen Platon weiter an. Viele Senatoren zerbrachen sich die Köpfe darüber, wie die neue Landreform wohl aussehen würde und auf welche Weise der junge Herrscher sonst noch seine Pläne zu verwirklichen versuchte.

Bald brodelten die Interessensgegensätze zwischen dem neuen Imperator, den wenigen noch altaureanisch gesinnten Nobilen und der Masse der reichen Patrizier, welche seine Politik ablehnten, wie ein dampfender Hexenkessel.

Schließlich war es zuerst Juan Sobos, der versuchte, möglichst viele Senatoren auf seine Seite zu ziehen, um eine politische Abwehrfront gegen Platon aufzubauen. Seit 300 Jahren besaßen die im Senat vertretenen Herren nämlich ein Vetorecht gegen Gesetze, die ein Archon erließ. Allerdings war für einen solchen Einspruch eine Dreiviertelmehrheit notwendig. Demnach tat Sobos nun alles dafür, die anderen Senatoren gegen den neuen Souverän aufzustacheln, um eventuelle Erlasse, die seinen Besitz und den seiner politischen Gefährten bedrohen konnten, per Veto abzuschmettern.

Von derartigen Dingen bekam Flavius indes nichts mit. Er lebte sein Leben und genoss die noch verbliebene Freizeit vor dem Antritt seiner Arbeit im Stadtverwaltungszentrum. Mittlerweile zog er fast täglich mit Lucius um die Häuser.

Längst hatten sich weitere junge Männer aus Lucius' Freundeskreis ihren nächtlichen Ausflügen in die Vergnügungsviertel angeschlossen. Damit befand sich Flavius stets in Gesellschaft hedonistischer Burschen aus den wohlhabendesten Familien der Stadt. Alkohol, Drogen und Neurostimulatoren wurden für ihn immer wichtiger.

Seine Eltern bekam er zunehmend seltener zu Gesicht, denn oft verschlief er die Tage, um nachts wieder durch die Lokalitäten zu wandern. Irgendwann knallte Princeps sogar mit seinem Gleiter im Drogenrausch gegen eine Flugbahnabsperrung und blieb nur durch großes Glück unverletzt.

Das beschädigte Fluggerät wurde daraufhin von den örtlichen Behörden erst einmal beschlagnahmt. Flavius, der sich von seinen Eltern am nächsten Tag eine gehörige Schelte anhören musste, ignorierte den Vorfall und machte im alten Stil weiter. So vergingen die Tage und Wochen in Saus und Braus, bis die berauschende Freizeit schließlich vorüber war.

Nachdem Princeps die letzten Monate ununterbrochen durchgefeiert hatte, war er zeitweise bei Lucius eingezogen, um weitere Konflikte mit seinen Eltern zu vermeiden. Selbst als diese ihm angedroht hatten, ihn vor die Tür zu setzen, war es Flavius egal gewesen. Er hatte sie reden lassen und auch die Kritik seines älteren Bruders Xentor war bei ihm ins eine Ohr hineingegangen, um zum anderen wieder hinauszufliegen.

Inzwischen zeichneten tiefe Augenringe und Falten das ehemals jugendliche Gesicht des unermüdlichen Partylöwen. Ohne irgendwelche Rauschmittel oder den Neurostimulator fand Princeps nicht einmal mehr Schlaf - zumindest glaubte er das.

Als der März des Jahres 15290 zu Ende ging, setzten Norec und Crusulla Princeps ihren Sohn endgültig an die Luft. Flavius musste ihre Wohnung verlassen und umziehen.

»Du hast ja jetzt eine Arbeit und kannst auf eigenen Füßen stehen! Mit dem Lotterleben ist es jedenfalls vorbei!«, hatte ihn sein Vater angeschrien und ihm eine schallende Ohrfeige verpasst, bevor er ihn hinausgeworfen hatte.

Schließlich zog Princeps in einen benachbarten Habitatskomplex. Er hatte es seinem fürsorglichen Vater zu verdanken, der erneut seine Kontakte zur Stadtverwaltung hatte spielen lassen, dass er überhaupt noch ein Dach über dem Kopf besaß.

Als Flavius am frühen Morgen des 03. Mai aus den Federn kroch, war ihm mehr oder weniger bewusst, dass die Zeit der sinnfreien Genussabenteuer endgültig vorbei war. Ab jetzt musste er arbeiten; seine Freude darüber hielt sich in Grenzen. Mit einem lauten Gähnen schlich er durch das Verwaltungsgebäude des Stadtbezirks Vanatium-Degenan und ließ sich von einem erfahrenen Beamten ein paar Abläufe erklären.

Mit unübersehbarem Desinteresse hörte Princeps den Anweisungen des Mannes zu, gähnte zwischendurch und betrachtete müde einige riesenhafte Datenspeicher und Holokristalle.

»Wichtig ist es, dass in der Verwaltung genau gearbeitet wird. Seien Sie froh, dass Sie noch eine Aufgabe bekommen haben. Trotz der Maßnahmen des Xanthos sind hier in den letzten Jahren wieder mehrere Verwaltungsmitarbeiter durch datenverarbeitende Maschinen ersetzt worden. Ich hoffe daher, dass Sie dieses Privileg zu schätzen wissen, Herr Princeps!«, bemerkte der ältere Herr.

»Ja, toll!«, brummte Flavius und konzentrierte sich auf seine Kopfschmerzen, die noch von dem Neurostimulatorschub der letzten Nacht herrührten.

»Hier sind die wichtigsten Vorschriften und Arbeitsanweisungen für Verwaltungsfachkräfte. Verwalten bedeutet, genau zu sein«, sagte der Beamte und überreichte Flavius einen holographischen Datenträger.

»Ja, mache ich…«, erwiderte dieser, wobei er wenig begeistert die Augen verdrehte.

»Besonders bedeutsam sind die Vorschriften *D-345* bis *H-411/C*, Herr Princeps. Es geht hier um *Generelle Richtlinien zur Antragsbearbeitung nach den reformierten Arbeitsbestimmungen für Verwaltungsangestellte der Klassifizierungsstufe Beta-4*. Verwechseln Sie diese Richtlinien aber nicht eines Tages versehentlich mit den *Geänderten Arbeitsbestimmungen für Verwaltungsangestellte der Klassifizierungsstufe Beta-4*, Herr Princeps!

Das dürfen Sie niemals tun, denn sonst gibt es Differenzen in den Datenverarbeitungsprogrammen, die nur für die von mir zuerst genannten Richtlinien erstellt worden sind. Sicherlich gibt es auch Ausnahmen, etwa die rückläufig geänderten Vorschriften aus den Jahren…«, brabbelte der Beamte, der offenbar nicht mehr aufhören wollte.

Flavius ließ ihn reden und hielt sich die Hand vor den Mund, um ein weiteres Gähnen zu unterdrücken. Seine neue Arbeit hatte ihn in Empfang genommen.

»Das ist ja grauenhaft!«, schoss es ihm durch den schmerzenden Schädel, während der ergraute Verwaltungsangestellte mit seinen Erläuterungen fortfuhr.

»Ich bin für das Schicksal der gesamten Aureanerkaste verantwortlich! Auf mich verlassen sich 48 Milliarden Menschen allein auf unserer geliebten Erde, 48 Milliarden allein im Goldenen Reich auf Terra!«, sagte Platon mit fester Stimme. »Und dann gibt es da noch Milliarden unserer aureanischen Brüder in den Kolonien, die ihre Hoffnungen ebenfalls auf mich richten. Auch ihnen bin ich Rechenschaft schuldig, denn sie verlassen sich darauf, dass ich ihre Probleme löse und ihre Sorgen ernst nehme.«

Einige der anwesenden Senatoren nickten zustimmend, während andere den jungen Monarchen skeptisch beäugten.

Der Souverän fuhr fort: »Sehen Sie sich doch im Goldenen Reich um, meine Herren! Wir herrschen von den eisigen Weiten Zyberias bis zu den heißen Dschungeln Nordbrazas und der Wüste von Harasa. Lange war das Goldene Reich hier auf Terra nicht mehr so groß und mächtig wie heute.

Außerhalb der Grenzen unseres Imperiums befinden sich nur noch anaureanische Slumstädte, Ruinen und vertrocknete Einöden. Wir stolzen Aureaner von Terra sind die Herren dieses Planeten und die Herren über die meisten von Menschen bewohnten Sterne.

Doch trotzdem zerfallen wir von innen heraus! Auch unsere Macht, unsere Legionen und erst recht nicht unser Wohlstand können uns davor schützen, dass der Keim der Fäulnis in unserem Reich anwächst, wenn wir nichts dagegen unternehmen.

Unser heutiger Status ist uns nicht von Gott geschenkt worden. Nein, unsere Ahnen mussten ihn sich über Jahrtausende erkämpfen und es ist unendlich viel Blut geflossen, um das Goldene Reich zu dem zu machen, was es heute ist. Das dürfen wir niemals vergessen.«

Juan Sobos musterte den Imperator mit zornigem Blick; er verzog sein Gesicht zu einer verächtlichen Fratze, dann neigte er den Kopf zu seinem Nachbarn und murmelte: »Dieser Junge ist unglaublich! Jetzt fängt er schon wieder von unseren Ahnen an. Gleich redet er bestimmt über die »großen Leistungen der Altvorderen« und alles endet dann bei Artur dem Großen und seinen Urzeitmenschen. So etwas Lächerliches habe ich wirklich noch nie gehört…«

»Er wird zum Problem. Da bin ich mir inzwischen sicher, Juan«, wisperte der andere Senator zurück, während er den weiteren Ausführungen des Imperators mit verbissenem Gesichtsausdruck lauschte.

»Die Megastädte des Goldenen Reiches quellen vor Menschen über. Das ist das erste Problem, das ich lösen möchte. Ich habe mir deshalb als Ziel gesetzt, in den nächsten Jahren mindestens 10 Milliarden Aureaner aus ihren engen Habitatskomplexen zu holen und sie zwischen Canmeriga und Zyberia anzusiedeln.

Ich werde ihnen Land geben, auf dem sie mit ihren Familien leben können, damit sie nicht mehr in den riesigen Ballungsgebieten vor sich hin vegetieren müssen.

Ich weiß, dass ein Teil dieses Landes einigen wenigen Nobilen gehört, einigen von Euch, meine Senatoren, doch es gibt keinen anderen Weg und ich werde mit diesem Agrargesetz die Grundlage für eine umfassende Landreform im Goldenen Reich legen«, betonte Platon. Ein lautes Murren schallte ihm entgegen.

»Dieses Gesetz wird sich auch auf alle mir unterstellten Kolonieplaneten beziehen. Wer durch die neue Landreform einen Teil seines Landes der Ansiedelung unserer aureanischen Brüder zur Verfügung stellen muss, den werde ich jedoch ausreichend aus der Staatskasse entschädigen. Das verspreche ich«, rief der junge Herrscher, der von zahlreichen entsetzten Blicken verfolgt wurde.

»Dann gibt es noch eine weitere Angelegenheit, die ich direkt von Anfang an klar stellen möchte. Das Goldene Reich ist der Lebensraum der aureanischen Menschen und das wird auch so bleiben.

Ich werde es den Patrizierfamilien ab sofort untersagen, weitere Ungoldene als billige Arbeitskräfte für ihre Landgüter und Fabriken zu importieren. Weiterhin werde ich die bereits ins Goldene Reich geholten Anaureaner wieder in Gebiete außerhalb unserer Grenzen zurückschicken. Lasst sie endlich in Ruhe! Sie sind nicht wie wir, werden niemals wie wir sein und sind auch nicht unsere Sklaven oder Diener!

Die alte Ordnung, die unsere Vorväter eingeführt haben, wird nicht verändert und ich bin auch nicht wie mein Vorgänger, der ihre schleichende Auflösung zwar kritisiert, aber nichts für ihre Erhaltung getan hat!«, bekräftigte Platon mit Nachdruck.

»Ich kann nicht glauben, was ich da höre. Dieser Grünschnabel versucht, den Nobilenstand wirtschaftlich zu ruinieren. Das dürfen wir uns nicht bieten lassen«, zischte Sobos seinem Hintermann zu. Dieser nickte verbittert.

Nach einer weiteren Stunde hatte der Imperator seine Rede beendet und einen Zustand schlimmster Unruhe und Ablehnung bei vielen Senatoren ausgelöst. Einige der Herren sprangen auf und meldeten sich zu Wort.

»Habe ich Eure Exzellenz richtig verstanden, wenn ich sage, dass Ihr vielen unserer Familien einfach ihr über Generationen erworbenes Land wegnehmen wollt?«, fragte ein erboster Senator aus dem Norden Aricas den neuen Archon.

Credos Platon räusperte sich und antwortete: »Nun, wir alle, als mächtigste Männer des Goldenen Reiches, sind doch verpflichtet, der Aureanerkaste das Beste zukommen zu lassen, nicht wahr? Sonst wären wir nicht hier! Ich werde jeden Landbesitzer gebührend entschädigen, das verspreche ich!«

»Aber auf unserem Land befinden sich die Grabschreine unserer Ahnen!«, donnerte ein weiterer Senator durch den Saal.

»Es geht mir doch nicht darum, die Nobilitas gänzlich zu enteignen, sondern 10 Milliarden Aureanern einen Platz zum Leben zu geben. Ich kann es nicht dulden, dass unzählige brave Bürger unserer Kaste in Riesenstädten zusammengepfercht leben müssen, während einige wenige Patriziersippen gewaltige Gebiete von Tausenden Quadratkilometern besitzen, diese von Agrarmaschinen oder gar anaureanischen Hilfsarbeitern bewirtschaften lassen und niemanden sonst dort wohnen lassen«, stellte Platon klar.

»Aber wir stellen die Ernährung Terras sicher!«, grollte der Senator.

Der junge Monarch verzog den Mund und strich sich über seinen Purpurmantel. Dann stieg er von seinem Podest herab und stellte sich mitten in den Saal.

»Die Aureaner, die in Zukunft auf den ihnen zugeteilten Landparzellen leben werden, haben die Möglichkeit, sich selbst zu versorgen. Das ist der Sinn meiner Landreform!«

Nun wurde der Tumult immer größer, denn die hohen Herren der Nobilitas wollten so etwas nicht hören. Es entbrannte eine hitzige Diskussion, die sich noch über zwei Stunden hinzog. Letztendlich blieb Platon jedoch bei seinem Standpunkt und kündigte sogar noch weitere Reformen an.

Flavius stöhnte unter der Last der Langeweile, die ihm seine neue Arbeit aufbürdete. Heute sollte er die in einem Datenkristall gespeicherten Geburtsdaten irgendwelcher Bürger mit denen auf einem holographischen Schriftstück abgleichen. Er war bereits fünf Stunden mit dieser stumpfsinnigen Aufgabe beschäftigt, die eine Datenverarbeitungsmaschine in ein paar Sekunden erledigt hätte. Aber das war einer der Verdienste der Politik von Xanthos dem Erhabenen. Menschen durften derartige Dinge wieder selbst erledigen und hatten Aufgaben. Ob das wirklich sinnvoll war, bezweifelte Flavius allerdings. Andererseits war es auch nicht besser, wenn man den ganzen Tag auf der Suche nach neuen Unterhaltungs- und Rauschmöglichkeiten verbrachte.

Auf einmal öffnete sich die Tür von Flavius' Arbeitskammer und der ältere Beamte, der ihn am ersten Tag so nervtötend eingewiesen hatte, betrat den Raum.

»Kommen Sie klar, Herr Princeps?«, fragte er mit einem nüchternen Verwalterlächeln.

»Ja, alles in Ordnung, Herr Procus«, gab sein junger Kollege zurück und betrachtete weiter die Buchstaben auf dem holographischen Schriftstück.

»Gefällt es Ihnen hier bei uns?«, hakte der grauhaarige Mann nach.

Flavius nickte und schenkte ihm ein gequältes Grinsen.

»Ja, alles ganz toll…«

»Kommen Sie mit den Richtlinien zur Bearbeitung von Meldedaten zurecht, Herr Princeps?«

»Ja, alles klar!«

»Aber nicht, dass Sie…«

»Nein, es ist wirklich alles in Ordnung!«

Der Verwaltungsangestellte verließ den Raum wieder. Flavius schleuderte ihm einen genervten Blick hinterher. Die Tür verschloss sich mit einem leisen Summen, Princeps atmete durch.

»Noch zwei Stunden«, dachte er und hielt sich den Kopf. Schließlich wischte er das holographische Schriftstück mit einer schnellen Handbewegung weg und schaltete den Datenkristall aus.

»Lasst mich doch alle in Ruhe!«, zischte er leise vor sich hin. Dann ließ er sich in seinen Stuhl zurücksinken.

Für ein paar Minuten tat Princeps nichts und betrachtete lediglich die grauweiße Wand seiner Arbeitskammer. Hier hing das Bild seines Vorgängers, eines hageren Archivators mit Scheitel und dicken Ocularlinsen vor den Augen.

»Bei Sebottons Gasnebeln, siehst du scheiße aus!«, flüsterte ihm Flavius zu, wobei er den Herrn auf dem Bild angrinste.

Schließlich dämmerte Princeps für eine Viertelstunde weg, sein leises Schnarches füllte den Büroraum aus. Plötzlich jedoch ging die Tür erneut mit einem leisen Summen auf; Flavius schoss wie eine Rakete aus seinem Stuhl.

»Was?«, stammelte er verwirrt.

»Das ist ein neuer Datenkristall, Herr Princeps! Darin sind alle Bewohner des Habitatsquadrates 67-3421 verzeichnet. Sind Sie mit dem alten Datenkristall fertig?«, fragte der übereifrige Beamte.

»Ja, äh…fast…ich brauche noch ein wenig Zeit…«, stockte Princeps und räusperte sich.

»Gut, ich bin dann weg. Melden Sie sich bitte bei mir, wenn sie mit dem ersten Datenkristall fertig sind, Herr Princeps!«, sagte der Verwalter, um sich anschließend wieder umzudrehen.

»Ja, sicher, Herr Procus!«, gab Flavius zurück. Er räusperte sich erneut.

Es verging noch eine gefühlte Ewigkeit bis der Arbeitstag endlich zu Ende war. Flavius konnte sich kaum daran erinnern, in seinem bisherigen Leben eine langweiligere und sinnlosere Aufgabe gehabt zu haben, als das Sortieren von Meldedaten.

»Sogar der Kälteschlaf in einem Raumschiff ist aufregender«, sagte er leise zu sich selbst und ein leichter Schauer lief ihm über den Rücken, als er an dieses finstere Ereignis in seinem Leben dachte.

Als Princeps nach dem öden Arbeitstag in seiner Wohnung angekommen war, griff er zuerst zum Neurostimulator, um sich mit einigen Glücksgefühlen in eine bessere Stimmung zu versetzen.

Eigentlich hatte er sich vorgenommen, die Finger von diesem Gerät zu lassen und zudem hatte er es seiner Mutter vor einigen Tagen fest versprochen, doch heute musste es noch einmal sein. Es ging einfach nicht anders, dachte sich Flavius.

Juan Sobos blickte ernst in die Runde, und wer ihn kannte, dem war bewusst, dass er im Inneren wie ein Vulkan kochte. Um ihn herum hatten sich Dutzende von Patriziern versammelt, denen ebenfalls der Unmut aus den Gesichtern sprach.

»Platon hat den Verstand verloren! Was glaubt dieser Kerl eigentlich, wer er ist? Ich werde mich jedenfalls nicht von ihm enteignen lassen und es auch nicht zulassen, dass er Hand an die Landgüter meiner Sippe legt!«, rief Sobos mit geballten Fäusten.

»Unser Freund Juan hat Recht! Der neue Imperator hat offenbar tatsächlich vor, uns allen den Krieg zu erklären. Ich habe dieses altaureanische Geschwätz in den ersten Tagen seiner Amtszeit noch für Wichtigtuerei gehalten, aber Platon meint es wirklich ernst damit. Er will das rückgängig machen, was sich unser Stand in den letzten 300 Jahren erkämpft hat. Was sollen wir denn jetzt tun?«, fragte ein dicklicher Patrizier.

»Was wir jetzt tun? Das kann ich Euch sagen! Wir formieren eine Abwehrfront gegen den Archon und werden ihn zwingen, seine irrsinnigen Vorhaben einzustellen. Sämtliche Senatoren und Patrizier, die sich gegen den altaureanischen Unsinn und Platons Enteignungspläne stellen wollen, müssen sich in einer starken Fraktion zusammenschließen. Ich rufe dazu auf, dass Ihr Euch unter meiner Führung zu einem Bollwerk gegen den Imperator und die wenigen Senatoren, die noch auf seiner Seite sind, vereint. Wir müssen Credos Platon unter Druck setzen!«, schnaubte Sobos.

»Unser verehrter Freund aus Braza liegt in dieser Angelegenheit vollkommen richtig und ich stimme ihm zu. Meiner Meinung nach müssen alle Senatoren, die mit uns auf einer Linie sind, in einer mächtigen Fraktion oder Partei organisiert werden. Damit werden wir nicht nur den Senat von Asaheim kontrollieren, sondern auch jeden Gesetzesentwurf des Imperators per Veto verhindern können!«, erklärte einer der Nobilen.

Plötzlich sprang Sobos auf und stellte sich vor die übrigen Patrizier. Seine Augen kniff er zu einem dünnen Schlitz zusammen, während er die Anwesenden mit scharfem Blick musterte.

»Wer von euch ist denn bereit dazu, diesem frechen Emporkömmling offen die Stirn zu bieten?«, fragte der korpulente Grundherr in die Runde.

Einige der Senatoren murmelten durcheinander und brachten Einwände hervor, doch Sobos ließ nicht locker und redete ununterbrochen auf sie ein.

»Es geht hier um die Erhaltung unserer Machtposition und unserer Vermögen!«, knurrte er.

Letztendlich erklärten sich die meisten der Anwesenden dazu bereit, dem Senator auf seinem Weg zu folgen und sich einer von ihm geleiteten Fraktion anzuschließen.

Juan Sobos hatte sich auch schon einen Namen für die von ihm vertretene Partei ausgedacht. Er nannte sie die „Optimaten".

Dieser Zusammenschluss einflussreicher und wohlhabender Männer war nicht bloß eine Seilschaft oder Interessengemeinschaft. Sobos ging es um weitaus mehr, wie er immer wieder betonte. Er träumte von einer Erde ohne lästige Kastengesetze und Reichsgrenzen, auf der dem freien Handel keinerlei Hindernisse mehr in den Weg gestellt wurden.

Das Treffen dauerte noch bis spät in die Nacht hinein und als es zu Ende war, hatte Sobos die Anwesenden auf eine aus seiner Sicht großartige Zukunftsvision eingeschworen. Das Goldene Reich sollte endlich im optimatischen Sinne reformiert werden, was nichts anderes als noch mehr Gewinn und noch mehr Reichtum für die Patrizierfamilien bedeutete.

Doch für dieses Ziel musste der altaureanische Gedanke zerstört werden. Zudem mussten sie mit allen Mitteln verhindern, dass jemand wie Credos Platon ihn wiedererweckte.

Flavius hatte seinen Eltern heute Nachmittag noch einmal einen Besuch abgestattet. Immerhin lag ihm viel daran, den schlechten Eindruck, den er in den letzten Monaten hinterlassen hatte, wieder verschwinden zu lassen.

Sein älterer Bruder Xentor war ebenfalls zum Mittagessen erschienen und saß bereits seit einer Stunde am Küchentisch. Die Vier unterhielten sich über alltägliche Nichtigkeiten, bis Norec mit dem Thema Politik begann und Flavius bei dem Gedanken, dass nun über allzu schwierige Dinge diskutiert würde, aufstöhnte.

»Also, ich finde Platons Ansichten hervorragend! Was er in seiner Ansprache gesagt hat, kann ich voll und ganz unterschreiben. Endlich einmal ein junger Aureaner, der auch Vorbild sein will und die alten Werte hochhält«, schwärmte Norec und seine Augen glänzten.

»Meiner Meinung nach ist das, was der Imperator loslässt, hauptsächlich Geschwätz, um sich zu profilieren«, hielt Xentor dagegen.

»Jedenfalls ist er sehr sympathisch. Ein richtiger Prachtkerl«, betonte Crusulla. Sie zwinkerte ihrem Mann zu.

Norec schlug mit der flachen Hand auf den Tisch und bemerkte: »In vielen Bereichen verlottert unsere Gesellschaft, wobei der Archon vollkommen Recht hat, wenn er sagt, dass wir das von unseren Vorfahren erkämpfte Gut heute nicht mehr genügend achten!«

»Will der Imperator nicht die alte Kastenordnung schützen?«, wollte Flavius wissen.

»Ja, natürlich! Schaust du denn keine Nachrichten auf deinem Simulations-Transmitter, Junge? Darum geht es doch seit Wochen – und natürlich um die Landreform!«, murrte der Vater und bekundete seinen Ärger über das Desinteresse seines jüngsten Sohnes an der Politik.

»Wer hat sich das eigentlich mit den Kasten und so weiter ausgedacht?«, fragte Flavius in die Runde.

»Weißt du das denn nicht? Was lernt ihr denn heute noch?«, schimpfte Norec.

»Nein, jedenfalls nicht so genau, obwohl ich mich ja eigentlich schon für terranische Geschichte interessiere«, verteidigte sich Flavius.

»In letzter Zeit hatte ich aber nicht diesen Eindruck«, sagte Xentor, dem sein jüngerer Bruder daraufhin einen giftigen Blick zuwarf.

Norec ließ es sich indes nicht nehmen, sein historisches Wissen zum Besten zu geben. »Die Ursprünge unserer heutigen Ordnung gehen Jahrtausende weit in die Vergangenheit zurück. Es gibt viele Mythen und Legenden, wie es zur Welt der Gegenwart gekommen ist. Die wohl bekannteste davon, ist die Gründungssage des Goldenen Reiches selbst. Weißt du, welche ich meine, Flavius?«

Dieser sah Norec nachdenklich an und erwiderte: »Die Sage vom Geburtskrieg?«

»Ja, genau! Die Sage vom Geburtskrieg! Angeblich hat er vor etwa 13.000 Jahren stattgefunden, wenn die Historiker und Archäologen richtig liegen.

Damals, so berichten die alten Schriften, haben die Vorfahren der Aureaner einen gewaltigen Kampf ausfechten müssen, um nicht unterzugehen. Sie standen mit dem Rücken zur Wand und befanden sich kurz vor dem Aussterben.

Bösartige Kräfte, die ihren Untergang herbeiführen wollten, hatten sich der Erde bemächtigt und es beinahe geschafft, sie zu vernichten. Doch ein Mann, ein mystischer Herrscher der Vorzeit, den die antiken Aufzeichnungen als „Artur den Großen" oder den „Heiligen Kistokov" bezeichnen, erhob sich gegen die Feinde unserer Ahnen und rang diese in einem schrecklichen Krieg, der von einem Ende der Welt zum nächsten wütete, nieder.

Und so beendete er die Herrschaft der dunklen Mächte und legte den Grundstein zum ersten Goldenen Reich. Das jedenfalls behaupten die Gelehrten."

»Aber das ist doch bloß ein Mythos, oder?«, sagte Flavius verwundert.

»Wir wissen heute wenig darüber, aber so lautet die Überlieferung. In den Jahrhunderten nach Artur dem Großen bildete sich dann das vorzeitliche Goldene Reich, das irgendwann den größten Teil der Erde beherrschte. Zugleich breiteten sich unsere Vorfahren über große Gebiete Terras aus, wobei sie die ungoldenen Stämme immer weiter dezimierten und zurücktrieben. Schließlich bildete sich die Kaste der Aureaner, der „Menschen aus Gold".

Zwar zerfiel das antike Imperium irgendwann auch wieder und spaltete sich in kleinere, verfeindete Teilreiche auf, doch gab es immer wieder große Männer, die es erneut vereinten oder ihre Imperien in Anlehnung an das mystische Reich der Urzeit als „Goldenes Reich" bezeichneten. Wie auch immer, wir wissen heute natürlich nicht genau, wie die Welt der Vorzeit wirklich ausgesehen hat.«

„Legenden sind das doch bloß", meinte Xentor.

„Mag sein, aber Legenden haben meist einen wahren Kern. Hier in Hyboran befand sich laut den Archivatoren das Herz des mystischen Goldenen Reiches, das auf Artur den Großen zurückgeht. Damals hieß dieser Kontinent übrigens „Europa". Das mal noch als kleine Anmerkung", gab sein Vater oberlehrerhaft zurück.

„Europa? So, so!" Xentor hob die Brauen.

»Die Kastenordnung geht doch auf Imperator Gunther Dron zurück und ist damit etwa 5.000 Jahre alt«, sagte Flavius.

Norec lächelte und entgegnete ihm: »Du kennst dich ja doch ein wenig aus, denn das ist im Prinzip schon richtig, aber die Ursprünge dieser Ordnung liegen noch weiter zurück. Das wollte ich eigentlich auch nur sagen, als ich die Geschichte vom Geburtskrieg erzählt habe.«

»Gut, das habe ich verstanden.«

»Die Geschichte der Menschheit ist eben eine verworrene Angelegenheit, mein Sohn, wobei es trotzdem interessant ist, sie zu studieren«, sprach Norec.

»Das sollte man ja eigentlich alles wissen, aber ich habe da ebenfalls Nachholbedarf«, gab nun auch Xentor zu.

»Als ich klein war, haben wir doch einmal das große Museum im Goldmenschenpalast besucht. Da haben sie viel von diesem Geburtskrieg erzählt, das weiß ich noch. Und da war diese Rüstung aus der Urzeit, die Rüstung des sagenhaften Collas«, erinnerte sich Flavius.

„Und die heilig gesprochene Atombombe aus dem Geburtskrieg. Daran kann ich mich noch gut erinnern", fügte Xentor mit einer gewissen Faszination hinzu.

Norec hob den Zeigefinger; er sah seinen Söhnen tief in die Augen. »Eure Generation darf auf keinen Fall vergessen, woher sie kommt!«

Dutzende von Senatoren in feinsten Gewändern schritten die Stufen vor dem Hauptportal des Archontenpalastes hinauf oder schwebten auf verzierten Antigrav-Plattformen langsam nach oben.

Einige hohe Herren aus den Reihen der Optimaten hatten Platon zu einem Gespräch aufgefordert und waren fest entschlossen, den neuen Imperator mit ihren eigenen Forderungen zu konfrontieren. Federführend war auch diesmal Juan Sobos, der dem Archon heute eine geschlossene Abwehrfront präsentieren wollte.

Nachdem die Senatoren alle im Palast eingetroffen waren und sie der Imperator mehr oder weniger freundlich begrüßt hatte, begann die Unterredung. Sobos kam sofort zur Sache.

»Eure Exzellenz, viele Senatoren sind nach wie vor ungehalten aufgrund dieser ganzen Reformen. Mich natürlich eingeschlossen. Wir können es einfach nicht akzeptieren, dass uns Teile unseres rechtmäßigen Landes weggenommen werden, um dort aureanische Bürger anzusiedeln.

Weiterhin ist es nicht hinnehmbar, dass uns von oben vorgeschrieben wird, ob wir nun aureanische oder anaureanische Arbeiter oder gar Maschinen einsetzen«, erklärte der Optimatenführer.

Der junge Archon nickte und bat ihn, mit seinen Ausführungen fortzufahren.

»Sowohl die Landgüter, als auch die Fabriken und Industrieanlagen, sind in den Händen der patrizischen Familien. Sie sind ihr Privateigentum! Wie kann es sich der Staat erdreisten, hier einfach einzugreifen?«

Platons Blick verfinsterte sich, als er das hörte. »Wie ich mich erdreisten kann, Senator Sobos? Was ist das für ein Ton, wenn ich fragen darf? Ich bin der Imperator und ich kann mich erdreisten, wenn es dem Wohl der aureanischen Kaste dient. Ich muss mich dann sogar erdreisten, denn es ist als erster Diener meiner Kaste meine Pflicht!«

»Eure Majestät ist also fest entschlossen, die patrizischen Familien in ihren Rechten zu beschränken und sie sogar zu enteignen?«, hakte ein anderer Nobile nach.

»Wer Land abgeben muss, um dem Gemeinwohl zu dienen, der wird großzügig entschädigt. Mehr kann ich nicht tun!«, versicherte Platon.

»Damit werden Sie einige unserer Senatoren in den wirtschaftlichen Ruin treiben!«, schrie Sobos wütend und stellte sich drohend vor den Imperator.

Dieser blieb ruhig und starrte seinen Rivalen lediglich angewidert an. »Ich treibe niemanden in den Ruin, Senator! Die Familien der Nobilitas und die anderen Geldfürsten haben sich über Jahrhunderte die Taschen bis zum Rand vollgestopft. So voll, dass sie heute kaum noch wissen, wie sie ihren ganzen Reichtum noch verprassen sollen, während das Goldene Reich mehr und mehr Probleme hat, die dringend gelöst werden müssen!«

»Das ist doch wieder so ein altaureanisches Unsinnsgeschwätz, Platon!«, schnaubte Sobos und ballte die Fäuste.

Der Imperator trat vor ihn und drückte seine Nase fast an der seinen platt. »Sie haben mich mit »Majestät« anzusprechen, Senator! Haben Sie das verstanden? Reden Sie nie wieder in einem solchen Ton mit mir! Ich bin der Archon des Goldenen Reiches und nicht einer Ihrer ungoldenen Arbeitssklaven!«, grollte der Kaiser.

Der Grundherr aus Braza ging ein paar Schritte zurück; die meisten anderen Senatoren der Optimatenpartei taten es ihm gleich, als sie den jungen Monarchen derart wütend vor sich sahen.

»Damit kommen Sie nicht durch, Majestät!«, fauchte Sobos und machte auf dem Absatz kehrt. Der Rest der optimatischen Senatoren folgte ihm wie eine treue Schar Lämmchen, während ihnen Platon mit versteinerter Miene hinterher schaute.

Damit war das Gespräch auch schon beendet und die Fronten hatten sich weiter verhärtet. Mit einem leisen Fluchen begab sich der Imperator in seine Gemächer im hinteren Teil des Archontenpalastes und ließ sich auf einer vergoldeten Liege nieder. Mit ein paar Handbewegungen öffnete er mehrere holographische Bildschirme über seinem Kopf, um eine Reihe von Gesetzesentwürfen zu studieren.

»Nichts und niemand wird mich davon abbringen, das Notwendige zu tun!«, hatte Platon gestern seinem Berater Clautus noch versichert, als dieser ihn vor einer offenen Konfrontation mit Sobos und seinem Gefolge gewarnt hatte.

Es gab keinen Zweifel daran, dass der junge Mann Mut besaß und sich Dinge traute, die seit über drei Jahrhunderten kein Imperator mehr gewagt hatte. Damit machte er sich zugleich mächtige Feinde, denn dort, wo das Geld wohnte, hauste auch der Verrat.

Partys und Attentate

Was im Archontenpalast von Asaheim diskutiert wurde, war Flavius vollkommen egal. Und heute ohnehin, denn es war Wochenende.

Der junge Aureaner hatte sich mit Lucius und einigen seiner Bekannten noch einmal nach Rusing begeben, um sich nach altbewährter Manier mit Drogen und Neurostimulatoren zu befassen.

Inzwischen waren Flavius und seine Saufkumpanen in eine mit flackernden Lichtern gefüllte Tanzhalle getorkelt, wo sie sich zu den Klängen eines populären Liedes bewegten.

Hübsche Frauen umgaben sie hier in Massen; sie schwangen ihre langen Beine auf der Tanzfläche. Lucius hatte schon wieder eine von ihnen angesprochen und sich mit ihr in eine halbdunkle Ecke zurückgezogen. Flavius hampelte derweil benommen herum und genoss seinen Rausch.

»Willst du auch noch einen Sytha-Shake?«, brüllte ihm Meran Waranos, einer von Lucius Bekannten, von hinten ins Ohr.

»Hä?«, gab Princeps zurück.

»Auch noch einen Syntha-Shake? Soll ich dir auch noch einen holen?«, fragte Waranos und fuchtelte mit einem leeren Glas herum.

»Ja! Ja!«, stammelte Flavius dämlich grinsend.

Einige Minuten später kam Meran mit einem neuen Getränk zurück. Gierig griff Flavius nach dem Glas und goss sich die synthetische Flüssigkeit in den Rachen. Es dauerte nur Sekunden, da schoss ihm das Adrenalin durch den Körper und er krallte sich vor Ekstase an der Wand fest.

»Verdammt!«, stöhnte Princeps. Waranos klopfte ihm auf die Schulter.

»Das haut rein, was?«

»Was ist das für ein Syntha-Zeug? Ist da Meracium drin, Alter?«

»Ich glaube schon, deshalb ist das auch so grünlich!«, erklärte Meran und nippte an seinem Glas.

»Hast du noch Saft auf deinem Neuro?«

»Ja, ich glaube schon…«

»Meiner ist leer. Kann ich noch einen Schub sexuelle Stimulation haben?«

Meran wunderte sich. »Du hast doch eben erst deinen Syntha-Shake auf Ex getrunken. Reicht das nicht?«

»Komm! Nur noch einen Schub!«, bettelte Flavius.

»Du bist echt irre, Mann!«, sagte Waranos kopfschüttelnd und drückte Princeps seinen Neurostimulator in die Hand.

Dieser drückte sich die kleinen Kontaktdrähte gegen seine Nasenschleimhaut und stellte das Gerät auf die höchste Stufe. Dann jagte er sich eine gewaltige Woge Neuroenergie ins Hirn und taumelte zurück.

»Buuuaaah!«, stieß Flavius aus; Meran musste ihn halten, damit er nicht auf den Boden krachte.

»Jetzt mach mal Pause!«, warnte Waranos, seinen Saufkumpan abstützend.

Nachdem Flavius einige unverständliche Satzfetzen gebrabbelt hatte und behauptete, Lucius jetzt in der großen Tanzhalle suchen zu wollen, trottete er los und bahnte sich seinen Weg durch ausgelassen tanzende Scharen von jungen Leuten. Meran blickte ihm mit einem Kopfschütteln hinterher, während sich die anderen Bekannten von Lucius über den benebelten Princeps lustig machten.

Dieser kam nicht mehr allzu weit, denn als er die Musikhalle durchquert hatte, verweigerte ihm sein Körper plötzlich den Gehorsam und er brach mitten auf der Tanzfläche zusammen.

Das Einzige, woran sich Flavius ein paar Stunden später, als er in einem Medizinkomplex aufwachte, erinnern konnte, waren verschwommene Bilder und diverse Gedankentrümmer in seiner Erinnerung. Diesmal hatte es der junge Mann definitiv zu weit getrieben.

»Wenn Sie ihren Körper ständig mit derartigem Zeug vergiften, dann geht das irgendwann nicht mehr so glimpflich aus wie heute«, warnte ihn der Arzt. Flavius grinste ihn lediglich an. Dann ging er nach Hause.

Es war am Nachmittag des nächsten Tages. Flavius war gerade aus den Federn gekrochen und hatte sich noch halb verschlafen im Wohnzimmer niedergelassen. Die Feier der letzten Nacht hatte diesmal in einem Medizinkomplex geendet und ihm wieder einiges an Energie abverlangt. Nun tastete Princeps gähnend nach der kleinen Einschaltvorrichtung des Simulations-Transmitters, der nach einigen Sekunden mit einem leisen Summen hochfuhr.

Augenblicklich landete Flavius auf einem Nachrichtenkanal, wo er sofort mit der neuesten Meldung konfrontiert wurde.

»Cyril Spex, der Statthalter von Thracan, ist vor etwa sechs Jahren vor seiner Villa in Remay ermordet worden. Diese Meldung erreichte heute Morgen die Behörden von Terra. Einige Stunden nach der Tat waren zwei Männer,

Mitglieder der antiterranischen Terrorgruppe UPC, von den örtlichen Sicherheitskräften verhaftet worden, wie der Botschaft weiterhin entnommen werden konnte.

Die UPC, die sich seit Jahren für ein unabhängiges Sternenreich im Proxima Centauri System einsetzt, ist in letzter Zeit wieder aktiver geworden und hat mit der feigen Ermordung von Cyril Spex eine neue Ebene des antiterranischen Terrors beschritten. Die beiden UPC-Mitglieder sind Angehörige der anaureanischen Kaste auf Thracan und stammen aus der Stadt San Favellas.

Imperator Credos Platon reagierte mit Entsetzen auf die Nachricht von der Ermordung des Statthalters und forderte harte Vergeltungsmaßnahmen gegen alle rebellischen Elemente auf Thracan.

Der Senat von Asaheim ist heute zu einer Sondersitzung zusammengetreten, um über die Situation im Proxima Centauri System zu beraten…«, erklärte eine hübsche Reporterin und gestikulierte vor Flavius in der Luft herum.

»Leck mich!«, brummte dieser. Er schaltete den Simulations-Transmitter wieder ab. »Was interessiert mich das verdammte Proxima Centauri System?«

Princeps hielt sich den Kopf und verfluchte einmal mehr seine Neigung zu Drogen und Neurostimulatoren. Ein böser Geist hatte sich in den Windungen seines Gehirns festgesetzt und irgendwie konnte er ihn nicht loswerden.

Warum er sich ständig betäuben musste, konnte er sich selbst nicht erklären. Auch seine neue Arbeitstätigkeit hatte ihn noch nicht auf den rechten Weg zurückgebracht. Sie war unfassbar langweilig und seiner Ansicht nach im Endeffekt nutzloser Unsinn.

Jedenfalls hinderten die vielen Rauschmittel Flavius daran, einmal in Ruhe über sich und sein Leben nachzuden-

ken. Doch offenbar war er nicht der Einzige junge Aureaner, der von solchen Problemen gepeinigt wurde. Erging
es Lucius und Konsorten denn anders? Sie waren doch
ebenso dem puren Nihilismus verschrieben, der ihre ganze Generation wie ein Pilz befallen hatte.

Und während sich Flavius mit seinem verwirrten Ich beschäftigte, begann sich am Horizont der großen Politik
langsam ein Unwetter zusammenzubrauen.

Die Ermordung des Statthalters von Thracan, einem Planeten, der erstmals vor etwa 11000 Jahren von Menschen
besiedelt worden war und damit eine der ältesten Koloni-
en Terras darstellte, schlug an diesem Tag im ganzen Goldenen Reich hohe Wellen.

Einen derartigen Akt der Gewalt und eine solche Herausforderung der Autorität des terranischen Imperators hatte, zumindest auf einem politisch so wichtigen Planeten,
lange niemand mehr gewagt.

Die Berichte in den Simulations-Transmittern zeugten
von anarchischen Zuständen und gar einer anaureanischen Rebellion auf Thracan, die auch auf das übrige System überzugreifen drohte. Schnell forderte die Öffentlichkeit Vergeltung für das Attentat auf Cyril Spex, wobei
viele Senatoren, allen voran Juan Sobos, Platon sogar
dazu drängten, Terras Legionäre ins Proxima Centauri
System zu entsenden.

»Ich verlange, dass das Goldene Reich jetzt Stärke zeigt
und die Aufständischen auf Thracan mit aller Macht in
die Schranken weist!«, verlangte Sobos auf der Senatssitzung in Asaheim und klang dabei wie ein Feldherr altaureanischer Schule.

Der Imperator selbst hatte sich einige Stunden nach dem Eintreffen der Meldung wieder beruhigt. Nun reagierte er wesentlich sachlicher auf die Angelegenheit als viele der Senatoren. Als Nachfolger des ermordeten Cyril Spex wurde von ihm Magnus Shivas bestimmt, ein älterer Patrizier aus der aureanischen Nobilität von Thracan. Das ordnete der junge Archon jedenfalls an, wobei es erneut mindestens sechs Jahre dauern sollte, bis irgendjemand im Proxima Centauri System überhaupt etwas von seiner Entscheidung erfuhr.

»Wir müssen den Vorfall erst einmal gründlich untersuchen, bevor wir einen militärischen Vergeltungsschlag gegen irgendwelche Rebellen einleiten oder gar terranische Truppen nach Thracan schicken«, gab Platon zu bedenken, doch die von Sobos geführte Senatorengruppe schrie weiterhin laut nach Rache und verlangte von ihm, dass er seine Autorität jetzt mit Waffengewalt unterstrich.

Triton, der greise Berater des Imperators, mahnte diesen wiederum zu einem bedachteren Vorgehen, doch Platon bewilligte schließlich den von Sobos gestellten Antrag auf die Entsendung terranischer Legionen nach Thracan.

»Es muss ein Exempel statuiert werden, das sowohl der Anaureanerkaste, als auch sämtlichen Kolonieplaneten die alleinige Vormachtstellung des Goldenen Reiches vor Augen führt«, begründete Sobos seinen Standpunkt, worauf der Imperator den Befehl gab, eine Kriegsflotte ins Proxima Centauri System zu schicken.

Zwanzig Legionen, also etwa 100000 Soldaten, sollten sich auf den Weg nach Thracan machen, um die Aufständischen für den Mord an Spex zu bestrafen. Weiterhin sollte der neue Statthalter des rebellionsgezeichneten Planeten ebenfalls seine eigenen Streitkräfte vor Ort mobilisieren, um die terranischen Truppen zu unterstützen.

Nun hatte die aureanische Öffentlichkeit auf Terra endlich wieder einen kleinen Krieg zu bestaunen und konnte sich auf Meldungen von heroischen Siegen auf fernen Planeten freuen. Ob es überhaupt ein richtiger Krieg werden würde oder ob es lediglich darum ging, eine Handvoll Terroristen durch ein paar Slumstädte zu jagen, konnte zu diesem Zeitpunkt niemand sagen.

Den terranischen Archon erreichten jedenfalls mehr und mehr Berichte von einem flächendeckenden Aufstand von Anaureanern und anderen Kolonisten, der die Ordnung auf ganz Thracan zerstören konnte. Die Meldungen aus dem Proxima Centauri System, die über die Simulations-Transmitter flimmerten und brennende Häuser und aufrührerische Massen zeigten, wirkten besorgniserregend. Zudem kamen diese Nachrichten ja alle zeitverzögert auf der Erde an.

Wie mochte es inzwischen auf Thracan aussehen? Was hatte sich in den letzten sechs Jahren verändert? Lag schon der gesamte Planet in Trümmern? Wie stark waren die Rebellen mittlerweile? Hatten sie vielleicht schon die Hauptstadt Remay erobert?

Die terranische Öffentlichkeit spekulierte diesbezüglich leidenschaftlich vor sich hin und ihre Gier nach sensationellen Meldungen schien keine Grenzen zu kennen.

Trotzdem waren sich der gesamte Senat, wie auch Credos Platon, absolut sicher, dass die terranischen Legionen die Aufständischen innerhalb weniger Wochen vernichten würden. Demnach war die Entsendung von Truppen vor allem auch ein symbolischer Akt und eine Machtdemonstration.

112

»Wer soll unsere Legionen denn anführen?«, fragte Platon seine Senatoren am Ende der emotionsgeladenen Sondersitzung schließlich und eine Antwort ließ nicht lange auf sich warten.

»Das ist eine Aufgabe für unseren verehrten Oberstrategos Aswin Leukos!«, rief Sobos und klatschte in die Hände, während der Senatssaal vor Begeisterung bebte.

Der junge Monarch willigte ein und schien erfreut darüber zu sein, dass er zumindest in dieser Angelegenheit mit den Senatoren einer Meinung war. General Leukos bedankte sich für das Vertrauen des Imperators und gelobte feierlich, dem Goldenen Reich von Terra Ruhm und Ehre auf dem Schlachtfeld zu erkämpfen.

Damit war der Stein ins Rollen gebracht worden. Nun galt es, die Kriegsflotte auszurüsten und noch einige Tausend junge Männer einzuziehen, damit die Armee auf ihre vorgeschriebene Sollstärke kam. Die Bürokratie des Imperiums setzte sich in Bewegung.

»Furchtbar!«, stieß Crusalla aus und wich angewidert vor dem holographischen Bildschirm in ihrem Wohnzimmer zurück. Flavius wirkte genervt, während sein Vater laut über die »undankbaren Kolonisten« auf Thracan schimpfte.

Wieder und wieder zeigte der Simulations-Transmitter grausame Szenen von Mord und Totschlag. Man konnte fast den Eindruck gewinnen, dass ganz Thracan zu einem einzigen Schlachtfeld geworden war. Allerdings wusste niemand genau, wie die Lage im Proxima Centauri System wirklich war, denn diese Bilder hatten mehrere Jahre gebraucht, um bis nach Terra zu gelangen.

»Der Ostkontinent Thracans ist mit riesigen Slumstädten voller Anaureaner bedeckt. Das sind die Nachfahren der Arbeitssklaven, die unsere hohen Herren aus der Nobilität bereits vor langer Zeit dorthin verschifft haben. Und jetzt haben sie nur Probleme mit ihnen! Es ist doch überall das Gleiche! Und dann gibt es da noch diese sogenannten Unabhängigkeitskämpfer, die Terra hassen, obwohl wir so viel für sie getan haben«, wetterte Norec.

»Was regst du dich auf, Papa?«, wunderte sich Flavius und winkte ab. »Thracan ist irgendwo am Arsch des Universums…«

»Flavius, bitte nicht solche Wörter in unserem Haus!«, fuhr Crusulla mit erhobenem Zeigefinger dazwischen.

 »Nein, Unsinn! Thracan ist eine der ältesten Kolonien der Menschheit und gerade einmal 4,2 Lichtjahre von der Erde entfernt. Der Arsch des Universums ist woanders.‟

»Norec!«, rief Crusulla empört.

»Jedenfalls muss Terra jetzt durchgreifen! Seitdem sich die Dronai von uns abgespalten haben, glaubt wohl jede zweite Kolonie, dass sie das auch kann! Wenn wir jetzt nicht auf den Tisch hauen, dann macht sich das Goldene Reich auf sämtlichen Kolonieplaneten zum Gespött!«, schimpfte Norec weiter.

Flavius ging in die Küche und kam mit einem Getränk zurück. Der heutige Arbeitstag im Verwaltungszentrum war bereits langweilig genug gewesen, daher legte er auf die politischen Vorträge seines Vaters keinen Wert. Außerdem war er froh, dass er seine Eltern inzwischen wieder besuchen konnte, ohne mit ihnen nach einigen Minuten Streit zu bekommen.

»Ich gehe nach oben!«, bemerkte Flavius leise und schlich davon.

»Ja, das ist wieder typisch! Wenn es um ernsthafte Themen geht, dann verschwindest du, mein Sohn«, meckerte Norec.

Flavius verdrehte die Augen und ging in die obere Etage. Unten wetterte sein Vater noch immer über die »undankbaren Kolonisten«, wobei Crusulla nun seinen Volksreden zuhören musste.

Nachdem sich die Tür hinter Flavius verschlossen hatte und er auf einem kleinen Sofa - inzwischen hatten die Eltern sein ehemaliges Zimmer ein wenig umdekoriert — zum Sitzen gekommen war, kramte er seinen Kommunikationsboten aus der Tasche und nahm mit Lucius Kontakt auf.

Vielleicht konnten sie am Wochenende noch einmal durch die Vergnügungsviertel von Vanatium ziehen. Nein, nicht vielleicht: Ganz sicher! Ganz sicher würden sie das tun, wie es Flavius in diesem Moment beschloss. Ansonsten gab es nämlich nichts, worauf er sich in den nächsten Tagen freuen konnte.

Aswin Leukos hastete durch die langen Gänge des Archontenpalastes von Asaheim. An ihm huschten zahlreiche Würdenträger vorbei, die in prunkvolle, mit aufwendigen Schnörkelmustern verzierte Gewänder gehüllt waren. Einige trugen Datenkristalle, während andere in mühsamer, persönlicher Kleinarbeit Möbelstücke und Dekorationsgegenstände vom Staub reinigten.

Der Oberstrategos von Terra beachtete das emsige Treiben um sich herum kaum und erreichte nach einer wahren Odyssee durch das riesenhafte Gebäude endlich die Gemächer des Imperators.

Einer Sicherheitskontrolle musste sich Leukos nicht unterziehen, denn die mit schweren Laserblastern bewaffneten Palastwachen kannten ihn längst und warfen ihm ehrfurchtsvolle Blicke zu.

Nachdem der Feldherr ein letztes Portal passiert hatte, stand er endlich vor Credos Platon, der ihn mit einem freundlichen Lächeln begrüßte.

»Mein Archon!«, sagte Leukos. Er verbeugte sich tief.

»Wie immer pünktlich, der treue Strategos!«, gab der Imperator schmunzelnd zurück.

»Wer würde es wagen, bei einer Unterredung mit dem Archon des Goldenen Reiches auch nur eine Sekunde zu spät zu kommen?«, erwiderte Leukos.

Platon winkte ein paar Diener herbei, die seinem Gast Speisen und Getränke brachten. Dann ließ er sich auf einer bequemen Liege nieder und begann, über diverse Banalitäten zu plaudern.

Erst nach einer Weile kam Platon zur Sache. Heute ging es nämlich um die Vorbereitungen des Feldzuges gegen die Rebellen auf Thracan.

»Knapp 60% der Bevölkerung Terras sind heute Angehörige der Aureanerkaste, was bedeutet, dass die Anzahl der Anaureaner in der jüngsten Vergangenheit wieder stark angestiegen ist und diese in den nächsten Jahrhunderten sogar die Mehrheit auf unserem Planeten stellen werden. So war es vor Jahrtausenden schon einmal gewesen, wie die alten Schriften beweisen.

Wir Aureaner sind inzwischen müde, satt und materialistisch geworden. Das, was unsere großen Ahnen mühsam aufgebaut haben, droht nun langsam zu zerfallen. Natürlich begreift das nur jemand, der die Menschheitsgeschichte kennt. Und das tun die meisten Patrizier nicht, wobei es sie auch nicht interessiert, da sie ja heute leben. Was vor ihnen war und was nach ihnen sein wird, ist ihnen gleichgültig, wenn sie nur in diesem Leben noch mehr Reichtum zusammenraffen können.

Große Männer wie Gunther Dron, Ludger Rauther, Gutrim Malogor und viele andere würden sich im Grabe herumdrehen, wenn sie sähen, wie leichtfertig diese profitgierigen Schlangen das von ihnen Aufgebaute mit Füßen treten und ihre Lehren missachten«, erklärte der Imperator nachdenklich.

»Ihr habt Recht, Eure Majestät! Ich stimme Euch voll und ganz zu. Meine Eltern haben mich im altaureanischen Geiste erzogen und mir von klein auf die Geschichte unserer Kaste gelehrt. Ich verehre die Ahnen und die alten Werte wie kein Zweiter«, sagte Leukos und verneigte sich.

»Unser Imperium krankt seit ein paar Jahrhunderten an einer langsam wachsenden, inneren Fäulnis. Die besten Elemente der aureanischen Kaste leiden an Kinderarmut oder gar Kinderlosigkeit. Andere Bevölkerungsteile vermehren sich hingegen rapide, ohne dass dies unserer Gesellschaft einen Nutzen bringt.

Das ist eine regelrechte Negativauslese. Von den Ungoldenen auf Terra brauche ich gar nicht erst anzufangen. Ihre Zahl wächst seit einiger Zeit wieder rapide. Nun, aber das wisst Ihr ja, Leukos!«

»Ich bin voll und ganz auf Eurer Seite, Majestät!«, versicherte der Feldherr noch einmal.

Daraufhin lächelte Platon, wobei er den Kopf leicht zur Seite neigte. »Das ist mir bekannt, Oberstrategos! Deshalb seid ja auch Ihr mein erster Heerführer geworden.

Allerdings bin ich mir bezüglich dieses Feldzuges nach Thracan nicht mehr ganz so sicher…«

»Wie meinen Eure Majestät das? Ist es nicht richtig, wenn ich in Eurem Namen die Herrschaft Terras erzwinge?«, wunderte sich der General.

»Lassen wir das! Ich habe der ganzen Sache ohnehin schon zugestimmt«, murmelte der junge Archon.

»Wenn unsere Legionen von Thracan zurückkehren, wird dort keinerlei Rebellion mehr herrschen. Das gelobe ich bei der Ehre meiner Familie«, betonte Leukos.

»Daran habe ich keine Zweifel, Oberstrategos! Allerdings seid Ihr dann über zwölf Jahre fort! Ob sich ein solcher Aufwand lohnt, nur um ein paar Rebellen einzufangen?«

»Aber auf Thracan herrscht mittlerweile regelrechter Bürgerkrieg. Ich habe heute Morgen die neuesten Meldungen erhalten…«, sagte Leukos.

»Erledigt Eure Aufgabe und kommt dann so schnell wie möglich nach Terra zurück«, wies der Monarch seinen Heerführer an.

»Jawohl, Eure Majestät!«

Der junge Imperator rieb sich das Kinn und sah Leukos lange an. Dann sprach er: »Viele der Nobilen werden Euch keineswegs vermissen, wenn Ihr fort seid. Wusstet Ihr, dass sie Euch hassen?«

Der General räusperte sich und lächelte gequält. »Ja, natürlich weiß ich das! Und Euch hassen sie ebenfalls, Eure Exzellenz. Verzeiht, wenn ich das so offen ausspreche, aber es ist die Wahrheit. Diese egoistischen, verräterischen Hunde hassen jeden, der ihre Geschäftspläne durchkreuzen könnte. Wenn es nach mir ginge, dann würde ich sie mit Waffengewalt klein halten.«

Platon klopfte Leukos auf die Schulter und nickte zustimmend.

»In zehn Monaten wird die Kriegsflotte bereit sein, um nach Thracan aufzubrechen. Wir müssen noch ein paar neue Kohorten ausbilden und weitere Rekruten einziehen. Das ist aber alles kein Problem, Eure Majestät!«, fuhr der Feldherr fort.

»Ausgezeichnet, Oberstrategos!«, antwortete der Imperator und verabschiedete sich von seinem Befehlshaber.

Leukos verließ den Archontenpalast und begann sofort mit den Vorbereitungen des Feldzuges gegen die Aufständischen im Proxima Centauri System.

Es war der erste Tag einer neuen, eintönigen Arbeitswoche und die Sonne ging gerade mit einem rötlichen Leuchten am Horizont auf. Soeben war Flavius durch ein aufdringliches Klingeln geweckt worden.

Diesmal war es jedoch nicht sein Kommunikationsbote gewesen, der ihn ansonsten in den frühen Morgenstunden seiner verhassten Arbeitstage weckte, sondern der Epistula-Sensor an der Wohnungstür, der den Eingang eines holographischen Briefes gemeldet hatte.

Murrend tastete sich Flavius durch seinen unaufgeräumten Schlafraum und tapste in die Küche. Das Digital-Chronometer an der Wand zeigte an, dass es gerade einmal 6.30 Uhr morgens war. Welcher Idiot hatte ihm so früh eine Nachricht geschickt?

Princeps nahm einen Schluck Mineralwasser zu sich und schlich anschließend zur Wohnungstür. Hier schimmerte eine gelbliche Lampe, die signalisierte, dass ein Brief eingegangen war.

Mit trägen Handbewegungen aktivierte Flavius das holographische Menü des Epistula-Sensors, öffnete die Nachricht und glotzte verschlafen auf den vor seinen Augen in der Luft schwebenden Bildschirm.

Sehr geehrter Herr Princeps,

dieses Schreiben ist eine offizielle Einberufung zum Militärdienst. Melden Sie sich unverzüglich bei der für Sie zuständigen Behörde (Verwaltungssektion 479, Vanatium-Crax) und bestätigen Sie den Eingang dieses Schreibens.
Weitere Informationen erhalten Sie von der oben genannten Behörde!
Gez. Thron Sakkistai
(Verwaltungssektion 479, Vanatium-Crax)

Flavius riss die Augen auf und schluckte. Dann fuhr er sich mit der Hand über das Gesicht und fühlte, wie seine Wangen durchblutet wurden.

»Was soll das denn? Einberufung zum Militärdienst?«, wunderte er sich kopfschüttelnd.

Er las den seltsamen Text wieder und wieder. Dann griff er zu seinem Kommunikationsboten und versuchte, jemanden im Verwaltungszentrum von Vanatium-Crax zu erreichen, um dieses offensichtliche Missverständnis aufzuklären.

Doch zu so früher Stunde war noch niemand dort. Sicherlich war diese Nachricht von einem automatisierten System verschickt worden.

Schließlich verging noch eine Stunde voller Verwirrung und Zweifel, bis Flavius endlich jemanden am anderen Ende der Leitung erreichte – allerdings war der zuständige Sachbearbeiter noch immer nicht im Hause, wie ihm ein nüchterner Verwaltungsmensch versicherte.

120

Ohne zu frühstücken, eilte Princeps aus der Wohnung und verließ seinen Habitatskomplex, um diesen Herrn persönlich zu sprechen.

Inzwischen war es schon nach 8.00 Uhr und Flavius wurde immer zorniger. Wollte ihm ein Verwaltungsangestellter etwa einen Schreck einjagen? Militärdienst? Was sollte dieser Unsinn?

Der junge Aureaner nahm sich vor, diesem Sachbearbeiter gehörig die Meinung zu sagen. Immerhin arbeitete er mittlerweile selbst im gleichen Bereich und wusste, dass sich die Behörden oft genug irrten oder schlampig waren.

Ein Gleiter brachte Flavius wenig später zum Verwaltungszentrum, wo er nervös durch die Gänge hastete.

Princeps hatte derweil vergessen, bei seiner eigenen Arbeitsstelle Bescheid zu sagen, dass er heute etwas später kam.

Nun musste er erst einmal auf dem Flur warten, denn mehrere Bürger hatten sich bereits vor der Bürotür des Beamten versammelt.

Schließlich stürmte Flavius, als er endlich an der Reihe war, ungehalten in den Raum hinein und postierte sich vor einem gelangweilt wirkenden Mann, der ihn müde und lustlos ansah.

»Was kann ich für Sie tun?«, brummte der Verwalter, wobei er den Blick wieder auf einen matt schimmernden Datenkristall richtete.

»Ich verlange eine Erklärung!«, schimpfte Flavius, während er sich vor dem Beamten aufbaute.

Die Atmosphäre wurde immer ungemütlicher und der junge Herr Princeps zunehmend unhöflicher. Inzwischen saß er schon seit einer Viertelstunde vor dem Sachbearbeiter, der ihm zu verdeutlichen versuchte, dass das automatisierte Programm so gut wie unfehlbar war.

»Der Einberufungsbescheid ist tatsächlich für Sie bestimmt. Das hat schon alles seine Richtigkeit, Herr Princeps!«, stöhnte der Verwalter.

»Nein, ich habe mich nicht zum Militär gemeldet!«, schnauzte Flavius zurück.

»Machen wir es doch einmal anders, Herr Princeps. Fangen wir mit Ihren Basisdaten an«, sagte der Beamte ruhig und öffnete ein holographisches Menü. Dann fuhr er fort und begann damit, ein paar Dinge abzufragen:

Name: Flavius Princeps
Wohnort: Habitatskomplex G-4673, Vanatium-Crax (61)
DNS-Übereinstimmung mit aureanischer Idealnorm nach
§ 321: 89,6%
Primäre Kastenzugehörigkeit: Aureanische Kaste
Sub-Kastenzugehörigkeit: A-K (8)
Genblocker: Nein
Genetische Verbesserungen oder Implantate: Nein
Mentalist: Nein
Vorstrafen: Nein

Flavius schnaufte und zuckte mit den Achseln. »Was soll dieser ganze Blödsinn?«

»Sind das Ihre Daten, Herr Princeps?«, wollte der Beamte wissen. Er faltete die Hände.

»Ja, das sind meine Daten! Was hat das mit dem Militärdienst zu tun?«

»Sie sind offiziell zum Militärdienst einberufen worden. Steht hier noch einmal deutlich in den Querverweisen, Herr Princeps. Melden Sie sich am 12.09.3979 in der Militärbasis Voluntas in Tennon. Dazu bekommen Sie in den nächsten Tagen noch einen offiziellen Bescheid«, betonte der Verwaltungsmitarbeiter mit ernster Miene.

Flavius verlor beinahe die Fassung. Für einige Sekunden wusste er nicht, was er noch sagen sollte.

»Was? Was habe ich mit dem Militär zu tun?«, stammelte er verstört.

»Hier steht, dass Sie im Zuge Ihrer Ausbildung zum »Wissenschaftlichen Begleiter für interstellare Forschungsreisen« ein militärisches Zusatztraining erhalten haben. Ist das richtig, Herr Princeps?«, hakte der Mann nach.

Flavius biss sich auf die Unterlippe und spürte, wie sein Herz zu hämmern anfing.

»Es ist doch so, nicht wahr?«, fuhr der Beamte fort.

»Ja! Also…also…das war eine Woche mit dem Blaster rumballern und im Freien zelten…sonst nichts…ich bin doch kein Soldat…«, stockte der junge Mann mit sorgenvollem Blick.

»Ich mache es kurz, Herr Princeps! Sie wurden von einem automatisierten Verfahren als Rekrut für die Legion ausgewählt. Wegen dem Zusatz in Ihrer Ausbildungsdatei. Weil dort eben steht, dass Sie ein militärisches Zusatztraining absolviert haben. Zudem sind Sie hier auch als »weltraumtauglich« aufgeführt«, erklärte der Verwaltungsangestellte noch einmal.

»Aber…?«, brachte Flavius nur heraus.

»Vermutlich werden Sie demnächst zu einem fertigen Legionär ausgebildet und dann nach Proxima Centauri geschickt, um Terras Glorie zu verteidigen«, setzte der Mann nach und sein zynischer Unterton war nicht zu überhören. Offenbar hatte er eine unterschwellige Freude daran, Flavius leiden zu sehen.

»Und ein Missverständnis ist wirklich ausgeschlossen?«

»Ja, Herr Princeps! Definitiv!«

»Aber ich will nicht zur Legion und schon gar nicht nach Proxima Centauri! Das kann doch nicht wahr sein!«, jammerte Flavius und hielt sich die Hände vor das Gesicht.

Der Beamte hüstelte leise, dann sprach er: »Was das militärische Oberkommando von Ihnen will, kann auch ich nicht genau sagen. Das ist nämlich nicht mein Zuständigkeitsbereich. Und jetzt entschuldigen Sie mich bitte. Ich habe hier noch einige Akten zu bearbeiten.«

Kreidebleich schlich Flavius aus dem Büro heraus und lief über den langen Gang des Verwaltungsgebäudes. Wer ihn ansah, der konnte unschwer erkennen, dass ihm das blanke Entsetzen in die Knochen gefahren war.

Er sollte zur Legion? Nach Proxima Centauri fliegen? Wieder zu den Sternen geschickt werden? Princeps konnte seinen Schrecken kaum in Worte fassen.

In Terras Legion

Nachdem Flavius eine Stunde lang wie ein betäubtes Tier durch die Straßen gestolpert war, hatte er sich mit einem Gleiter zurück zum Habitatskomplex seiner Eltern bringen lassen. Dort war allerdings niemand gewesen, denn Vater und Mutter waren zur Arbeit gegangen. Es sollte noch bis zum späten Nachmittag dauern, bis sie nach Hause kamen.

So verbrachte Flavius die langen, nervösen Stunden in einer nahe gelegenen Bar, wobei er mehrfach zum Neurostimulator griff, um sich mit Glücksgefühlen voll zu pumpen. Allerdings zeigten sie diesmal wenig Wirkung. Als Princeps endlich seine Eltern antraf, war er vollkommen aufgelöst.

»Ich soll zur Legion und dann vielleicht nach Thracan!«, stieß er aus, als er seine Mutter auf dem Gang erblickte; weinend fiel er ihr in die Arme.

»Wie bitte?«, rief Crusulla, wobei sie das offenbar für einen Scherz hielt.

Norec schüttelte indes den Kopf und wunderte sich ebenfalls über die seltsame Hiobsbotschaft seines Sohnes. »Hast du wieder Drogen genommen, Junge?«, brummte er.

»Nein!«, heulte Flavius und zeigte ihnen die behördliche Nachricht, die er auf seinem Kommunikationsboten abgespeichert hatte.

Mit offenen Mündern und entsetzt aufgerissenen Augen blieben Norec und Crusulla stehen und brachten keinen Ton mehr über ihre Lippen. Schließlich gingen sie in ihre Wohnung, während Flavius weiter auf sie reinredete.

»Sag, dass das nicht wahr ist, mein Sohn!«, wimmerte die Mutter und sank wie ein Häufchen Elend am Wohnzimmertisch zusammen.

»Doch...es...es...ist wegen der militärischen Zusatzausbildung...deshalb muss ich nach Proxima Centauri«, versuchte Princeps zu erklären.

Norec stellte sich ans Fenster und sah hinaus. Man hörte ihn leise in ein Taschentuch schnäuzen, ansonsten sagte er nichts.

»Heißt das, dass wir dich vielleicht in unserem Leben überhaupt nicht mehr wiedersehen werden, Flavius? Warum tun sie unserer Familie das an?«, stieß Crusulla aus.

»Ich muss zuerst zur Kaserne nach Tennon. Dort wollen sie mich zum Legionär ausbilden."

»Hat das Goldene Reich denn nicht genug Berufssoldaten? Warum gerade du?«, schimpfte Norec unter Tränen und tigerte durch den Raum.

»Was weiß ich denn, Papa? Dieses verdammte automatisierte Verfahren hat mich einfach ausgewählt!«, schrie ihm Flavius entgegen.

»Und du kannst gar nichts gegen diese Entscheidung tun?« Crusulla schlug die Hände über dem Kopf zusammen.

Princeps murmelte in seiner Verzweiflung einen üblen Fluch; dann winkte er ab.

»Das ist eine offizielle Einberufung! Dagegen kann ich keinen Einspruch erheben! Was soll ich denn tun? Einfach nicht hingehen?«

Betrübt setzten sich die Drei an den Tisch und starrten sich mit verheulten Gesichtern an. Mit einem derartigen Ereignis hatte keiner von ihnen gerechnet.

Langsam begannen sie alle zu begreifen, dass die große Politik soeben in ihr behütetes Leben eingedrungen war. Wie ein wütendes Wolfsrudel war sie über ihren friedlichen Alltag hergefallen. Nein, es gab keine Diskussionen, Flavius musste sich seinem Schicksal beugen.

Während inzwischen jeden Tag schockierende Meldungen die Erde erreichten, machte sich der neue Rekrut auf den Weg nach Tennon, um seine Ausbildung zum Legionär zu beginnen. Zähneknirschend hatte sich Flavius seinem Los gefügt, wobei noch immer nicht klar war, was das militärische Oberkommando für ihn geplant hatte.

Jedenfalls war sich Princeps sicher, dass er der Armee keine große Hilfe war. Er hielt sich selbst weder für sonderlich mutig, noch für einen brauchbaren Soldaten. Trotzdem waren die Anweisungen klar, so dass es keine Ausflüchte gab.

Als Flavius das riesige Militärlager in Tennon erreichte, verschlechterte sich seine Laune noch mehr. Die im Westen von Hyboran gelegene Legionsbasis war ein großes Areal voller hoher Gebäude, zahlloser Soldaten, Lagerhallen und diverser Kriegsmaschinen.

Der ahnungslose Rekrut sah sich an diesem ersten Tag vielen neuen Eindrücken gegenüber. Er lief an klobigen Gefechtspanzern des Typs Asperitas vorbei, welche zu Dutzenden nebeneinander geparkt waren. Flavius sah Transportraumschiffe in unterschiedlichen Farben und Größen, die auf weiträumigen Landeplätzen warteten.

Der Armeestützpunkt Voluntas war ein gewaltiger Moloch und es dauerte lange, bis er die für ihn zuständige Meldestelle ausfindig gemacht hatte.

Als der junge Mann schließlich dort ankam, erwarteten ihn schon weitere Rekruten aus dem ganzen Goldenen Reich. Den meisten stand ihre mangelnde Begeisterung ins Gesicht geschrieben. Eigentlich hatte das Imperium auf Terra ein Berufsheer, welches, gemessen an der Gesamtbevölkerung, relativ klein, dafür aber gut ausgebildet war.

Für den Feldzug gegen die Rebellen im Proxima Centauri System mussten kurzfristig weitere Rekruten eingezogen werden, um die vorgeschriebene Sollstärke der Legionen zu erreichen. Für die Behörden war die Frage nach dem »militärischen Zusatztraining« von Flavius demnach weniger wichtig gewesen, als die Tatsache, dass er laut offiziellen Angaben »weltraumtauglich« war.

Letzteres war von enormer Bedeutung, denn es war in der Vergangenheit immer wieder vorgekommen, dass Soldaten, die von Terra aus zu weit entfernten Planeten geschickt wurden, während der Weltraumreisen durchdrehten oder in depressive Zustände verfielen. Daher war es notwendig, vorher abzuklären, ob bereits Erfahrungen bezüglich interstellarer Reisen vorlagen.

Flavius hingegen hielt sich allerdings keineswegs für »weltraumtauglich« und betete dafür, dass er nicht nach Proxima Centauri geschickt wurde. Es war ihm egal, was für ein Bürgerkrieg dort tobte, wenn er nur keine Raumreise mehr ertragen musste.

Alle seine Hoffnungen wurden ihm jedoch schon am ersten Tag in der Kaserne genommen, denn die zuständigen Verwalter machten keinen Hehl daraus, dass die neu eingezogenen Rekruten für einen Kampfeinsatz auf Thracan ausgebildet wurden.

»Auf Sie wird bald ganz Terra schauen!«, hatte einer der Sachbearbeiter zu Flavius gesagt und gelächelt, während dem jungen Aureaner beim Gedanken an Weltraumflüge und Tiefschlafkammern fast das Herz stehengeblieben war.

Der zweite Tag im Militärlager Voluntas hatte seine Mitte erreicht und Flavius war in einem der Wohnkomplexe für Soldaten untergebracht worden. Er teilte sich seinen Schlafraum mit fünf anderen Rekruten und hatte bereits mit dem einen oder andern ein flüchtiges Gespräch geführt.

Die jungen Männer stammten aus allen Teilen des Goldenen Reiches. Manche waren aus Canmeriga, andere aus Zyberia oder dem Norden von Indakuresch. Natürlich waren sie alle Angehörige der Goldmenschenkaste.

Mehrere Hundert Rekruten hatte sich auf einem der großen Plätze im Herzen der Militärbasis versammelt und in Reih und Glied aufgestellt. Vor ihnen stapfte ein Offizier auf und ab; er musterte die neuen Soldaten mit grimmiger Miene.

Neben Flavius stand Kleitos Jarostow aus Wittborg. Princeps hatte sich gestern Abend eine Weile mit ihm unterhalten, denn Kleitos war im gleichen Zimmer wie er einquartiert worden. Princeps hatte ihn direkt sympathisch gefunden.

Kleitos war nicht so hochgewachsen wie die meisten Aureaner, was allerdings nicht bedeutete, dass er klein war. Trotzdem war er eher bullig und kräftig. Der Soldat stammte aus dem hohen Norden Hyborans, genauer gesagt aus Wittborg an der eisigen Meeresküste von Skantlant.

Sein Gesicht war kantig und sein Kopf von strohblondem Haar, das seine hellgrünen Augen noch deutlicher hervorstechen ließ, bedeckt. Kleitos besaß ungewöhnlich breite Schultern und muskulöse Arme, die ihn sehr kräftig wirken ließen.

»Mein Name ist Manilus Sachs! Ich bin Zenturio der 562. Legion von Terra! Und ihr seid jetzt ein Teil der 562. Legion! Habt ihr das verstanden?«, brüllte der Offizier, wobei er mit einem Exerzierstab herumfuchtelte.

»Jawohl, Zenturio Sachs!«, donnerte ein lauter Sprechchor über den Aufmarschplatz.

»Das darf doch alles nicht wahr sein«, dachte sich Flavius und blickte flehend gen Himmel.

»Alle neuen Rekruten sind deshalb eingezogen worden, weil sie unsere regulären Legionen auffüllen sollen, damit diese auf Thracan ihre Pflicht tun können. Die Macht Terras und unseres Imperators ist von unseren Feinden in Frage gestellt worden und das werden wir nicht auf uns sitzen lassen! Ihr habt die Ehre, die unbedingte Autorität des Goldenen Reiches bis in die Weiten des Weltalls zu tragen!«, schwadronierte der Ausbilder und wirkte, als ob er sich geradezu auf den Krieg freute.

Flavius warf Kleitos einen hastigen Blick zu und dieser verdrehte die Augen, da er ebenfalls keinerlei Ambitionen hatte, ins Proxima Centauri System zu fliegen und Rebellen zu bekämpfen. Das hatte er schon am ersten Tag zugegeben.

Doch auch den Rekruten aus Wittborg hatte niemand gefragt und es sollte sich auch in Zukunft keiner nach seinen Wünschen erkundigen. Kleitos war genauso vom Schicksal gezwungen worden wie der unglückliche Flavius.

Die Ansprache des Offiziers dauerte noch eine Viertelstunde. Dann hatte er seine markigsten Sprüche losgelassen und allen klargemacht, wie viel Ruhm auf Thracan auch auf die Rekruten wartete. Princeps fand den ganzen Aufzug indes lächerlich und war froh, als die Truppe endlich den Befehl zum Wegtreten bekam.

»Ab morgen nehmen die uns richtig ran!«, erläuterte Kleitos und betonte, dass er diese Information gestern Abend von einem der erfahrenen Legionäre erhalten hatte.

»Ich kann das noch immer nicht fassen. Das ist doch ein Alptraum«, murmelte Flavius leise.

»Wir müssen da durch, also behalte die Nerven!«, empfahl der Kamerad, der sich um ein Lächeln bemühte.

»Ich hatte eine Arbeit und ein normales Leben. Jetzt haben sie mich in diese verdammte Kaserne gebracht, damit ich als Legionär ins Proxima Centauri System fliege. Das ist doch ein schlechter Scherz, oder?«, kam von Princeps.

»Du hattest eine Arbeit?«, wunderte sich Kleitos.

»Ja, sie war langweilig, aber besser als nichts. Ich war in der Verwaltung tätig."

Kleitos riss die Augen auf. »Wirklich?«

»Wirklich!«

»Ich habe nie eine Arbeit besessen, Flavius! Jetzt habe ich wenigstens so eine Art Aufgabe, als Legionär«, antwortete der Rekrut.

»Darauf kann ich gut verzichten! Gab es bei euch in Wittborg etwa keine Arbeit?«

»Nein, jedenfalls nicht für mich! Das ist dort in Skantlant alles verdammt trostlos! Es gibt da kaum noch sinnvolle Aufgaben für die meisten Aureaner. Ich erkläre dir ein anderes Mal, wie es da oben abläuft, wenn es dich interessiert«, brummte Kleitos.

Flavius nickte und ging ein paar Schritte voraus. Sein neuer Bekannter folgte ihm und die beiden verschwanden in ihrem hässlichen, grauen Wohnkomplex.

Den Rest des Tages verbrachten die fünf jungen Soldaten in ihrer Stube, wobei auch Neurostimulatoren, die bei der Legion eigentlich streng verboten waren, zum Einsatz kamen. Irgendwann waren alle erschöpft genug, um einschlafen zu können. Am nächsten Morgen wartete die harte Legionärsausbildung auf sie.

Die Landreform des Imperators hatte inzwischen Gestalt angenommen und es waren bereits erste Maßnahmen zu ihrer Umsetzung getroffen worden. Nun musste der umstrittene Gesetzeserlass nur noch im Senat verabschiedet werden. Um ihn zu verhindern, benötigten die Optimaten eine Dreiviertelmehrheit.

Allerdings war es nicht unrealistisch, dass Juan Sobos, der seit Wochen die anderen Senatoren auf einen Widerstandskurs gegen Platon einschwor, es schaffen würde, eine solche Mehrheit tatsächlich zu bekommen. Das gesamte Unternehmen befand sich auf Messersschneide, wie es Aswin Leukos, der sich heute mit dem Archon zu einem persönlichen Gespräch getroffen hatte, passend formulierte.

»Es ist doch eigentlich unglaublich, Eure Exzellenz! Da muss ein Imperator um die Gunst einer Horde fetter, selbstsüchtiger Nobilen buhlen, um ein Gesetz durchzubringen, das dem Allgemeinwohl unserer Kaste dient und absolut notwendig ist«, sagte Leukos und verzog das Gesicht.

»Nun, das Vetorecht haben sich die Patrizier im Senat nun einmal vor 300 Jahren erkämpft. Damals hatten sich die mächtigen Familien, die den Raumhandel kontrollierten, und die Besitzer der riesigen Agrarzonen, ohne die Terra nicht ernährt werden konnte, gegen den Imperator zusammengeschlossen und ihn innerhalb weniger Tage in die Knie gezwungen.

Seitdem haben sie nicht nur dieses Vetorecht bekommen, sondern besitzen eine so mächtige Stellung gegenüber jedem Archon, dass dieser sich ihren Wünschen beugen muss«, erläuterte Platon.

Der Oberstrategos von Terra verfinsterte seinen Blick und krallte sich vor Zorn an seiner mit Samt überzogenen Liege fest.

»Das war der Anfang vom Ende! So einen Unsinn hätte es in den alten Zeiten niemals gegeben. Zum Teufel mit dem ganzen Senat! Ursprünglich waren diese egoistischen Wanzen die Berater des Imperators, die besten und verantwortungsvollsten Patrizier des Goldenen Reiches.

Trotzdem hat ein Kaiser immer ganz allein die Entscheidungen getroffen, wobei er ebenfalls auch ganz allein alle Verantwortung getragen hat. Wenn ein Herrscher unverzeihliche Fehler gemacht hatte, dann musste er abdanken und notfalls sogar die Strafe dafür ertragen.

Somit hat immer nur der geherrscht, der auch die Kraft besessen hat, alle Verantwortung auf seine Schultern zu nehmen. Heute ist der Senat zu einem Marktplatz verkommen, wo die Nobilen im Sinne ihrer Interessen mit dem Archon herumfeilschen!«, schnaubte Leukos.

Der Imperator blickte ihn ernst an und seine Mundwinkel schoben sich nach unten. Für einige Sekunden schwieg Platon.

»Sicherlich habt Ihr Recht, General Leukos! Das will ich nicht abstreiten! Aber wenn man versucht, gegen diese Entwicklung vorzugehen, dann beschwört man einen großen Konflikt herauf. Es ist mir bewusst, dass meine Reformen vielen Nobilen tief ins Fleisch schneiden werden und mich ihr Hass auf ewig verfolgen wird. Sie haben ja nur ihren Besitz und es gibt für viele von ihnen überhaupt nichts anderes mehr. Die gewöhnlichen Aureaner sind ihnen vollkommen gleichgültig, sie sehen in ihnen keine Kastengenossen mehr, sondern höchstens Arbeitskräfte«, sprach der junge Kaiser.

»Warum hat Xanthos der Erhabene sich niemals so offen gegen die Patrizier gewandt?«, fragte Leukos.

»Er hat mir gebeichtet, dass er dafür zur schwach gewesen ist. Es sei meine Bürde, die er mir überlassen hat, sagte er mir kurz vor seiner Abdankung. Der alte Monarch hat sich vielfach bei mir dafür entschuldigt. Jetzt fressen ihn seine Reue und seine Selbstvorwürfe auf.

Es geht Xanthos sehr schlecht. Ich habe ihn vor einigen Tagen besucht. Der große alte Mann wird wohl in den nächsten Monaten von uns gehen«, erklärte Platon.

»Ich habe Xanthos den Erhabenen stets gemocht, aber er war einfach zu gutmütig. Das war sein einziger Fehler, Eure Exzellenz«, bemerkte der Feldherr.

»Vielleicht ist es ja mein Fehler, dass ich zu idealistisch bin und die Realität nicht anerkennen möchte."

Leukos winkte ab. »Nein, Eure Majestät! Ich habe mir immer gewünscht, unter einem Imperator wie Euch dienen zu dürfen. Unsere Ansichten stimmen vollkommen überein und wir beide sind bereit, für die gleichen Ideale zu kämpfen und notfalls auch zu opfern.

Wenn es nach mir ginge, dann würde ich einige Dinge auf Terra mit der Waffe in der Hand regeln und den Senat von Leuten wie Juan Sobos säubern. Oder diese Schwatzbude am Besten gleich auflösen. Unsere Vorfahren haben einst die Seuche der Demokratie ausgerottet, doch jetzt droht sie sich wieder zu erheben.«

Credos Platon schmunzelte und erwiderte: »Nun, so einfach geht das nicht. Das würde im schlimmsten Fall zu einem Bürgerkrieg führen und damit wäre dem Goldenen Reich wohl nicht geholfen.«

»Natürlich, Eure Majestät! Verzeiht, wenn ich zu aufbrausend war«, gab Leukos zurück und beruhigte sich wieder.

Der Imperator holte einen kleinen, rechteckigen Datenträger aus einer Schublade und öffnete den holographischen Würfel. Eine bläulich aufleuchtende Karte von Terra entfaltete sich vor den Augen der beiden Männer und Platon erklärte seinem Diener, in welchen Regionen der Erde die Landreform zuerst umgesetzt werden sollte.

Die Ausführungen des Imperators dauerten noch mehrere Stunden und Leukos zeigte sich von der Willenskraft und den kühnen Plänen seines Herrn beeindruckt. So etwas hatte es seit langem nicht mehr gegeben. Ein derartiger Eingriff in die eingerosteten Strukturen des Reiches war ein revolutionärer Akt.

Inzwischen war die erste Woche im Truppenlager von Tennon vergangen und Flavius kam die ganze Sache zunehmend wie ein Alptraum im Wachzustand vor.

Gestern hatten sie den gesamten Tag über Zielübungen mit dem Laserblaster gemacht, während sie heute eine der häufigsten Gefechtsformationen der terranischen Legion einübten.

Flavius war ein sogenannter Schildträger, was bedeutete, dass er seinem Nebenmann mit einem großen, rechteckigen Schild aus Flexstahl Deckung gab, damit dieser mit dem Blaster feuern oder sein Pilum werfen konnte. Auf diese Weise bildeten die Legionäre einen gut gepanzerten Block, der feuernd vorrückte.

Es gab Dutzende von verschiedenen Formationen, die je nach Kampfverlauf und Geländesituation angewandt werden konnten. Alles in allem bildete eine Hundertschaft Legionäre in geschlossener Formation einen imposanten Anblick. Ein Wall aus gewöhnlichen Legionärsschilden, die aus einem äußerst festen und dennoch leichten Stahl gefertigt waren, konnte gegnerisches Laser- und Projektilfeuer meistens erfolgreich abwehren.

»Zweiter Mann feuert in der ersten Reihe! Der Rest wirft seine Wurfspeere. Nach drei Salven wird die erste Reihe ausgewechselt!«, schrie ein Zenturio mit einem roten Mantel und fuchtelte mit einer Laserpistole herum.

Flavius schnaufte und stellte sein Schild auf den Boden. Schon den ganzen Tag plagte er sich in einer vollständigen Legionärsrüstung, wobei der Schweiß seinen Rücken wie ein Wasserfall herunterfloss.

»Schild hoch!«, flüsterte sein Nachbar; Princeps deckte ihn so gut es ging.

Wie sonst beim Phalangieren war er auch bei der heutigen Kampfübung irgendwie in der ersten Reihe des Soldatentrupps gelandet. Rötlich leuchtende Blasterschüsse flogen aus dem Legionärsblock heraus und ein ganzer Schwarm von Übungspila wurde aus den hinteren Reihen durch die Luft geschleudert.

»Erste Reihe auswechseln! Schnell! Schnell!«, schallte die Stimme des unsympathischen Ausbildungsoffiziers über den Übungsplatz.

Flavius ging in die zweite Reihe zurück, während andere Legionäre von hinten an ihm vorbei huschten. Schließlich begann die ganze Prozedur von vorne und so ging es noch einige Stunden weiter.

»Schießen, decken, werfen, wechseln!«, hießen die Kommandos, die ständig wiederholt wurden.

Als die Abenddämmerung nahte, durften die vollkommen erschöpften Rekruten endlich in ihre Unterkünfte kriechen und sich ausruhen.

»Morgen lernt ihr die Schildkrötenformation unter der Zuhilfenahme eines Schutzkraftfeldes!«, waren die letzten Worte des Ausbildungsoffiziers am heutigen Tage.

Princeps freute sich schon »riesig« auf die nächsten Gefechtsübungen. Noch immer wollte er nicht wahrhaben, dass er in einer Legionskaserne gelandet war.

Allerdings waren der Drill und die Ausbildung heute so hart gewesen, dass er kaum mehr die Kraft besaß, sich seinen Depressionen hinzugeben. Aber vielleicht war das auch besser so.

»Kommst du mit in die Kantine?«, hörte er plötzlich eine Stimme hinter sich. Es war Kleitos.

»Ach, Jarostow! Wo warst du denn die ganze Zeit?«, erkundigte sich Princeps.

»Ich war meistens ziemlich weit hinten. Himmel, war das anstrengend«, schnaufte Kleitos.

Flavius hatte sich seinen Helm unter den Arm geklemmt und stapfte voraus. Sie gingen in die Kantine, wo sie sich ein kühles Mineralgetränk gönnten.

»Willkommen bei der Legion!«, sagte Flavius am Ende des Tages mit einem Anflug von Sarkasmus zu sich selbst.

Die Fraktion der Optimaten hatte sich mittlerweile unter Sobos Führung organisiert und war fest entschlossen, den Reformplänen des Imperators Einhalt zu gebieten.

»Wir lassen uns von diesem Emporkömmling nicht die Butter vom Brot nehmen!«, hatte der mächtige Landbesitzer aus Braza seinen Gesinnungsgenossen immer wieder eingeschärft und sie für heute auf seiner Sommerresidenz zusammengerufen.

Mit entschlossener Miene stapfte Sobos vor den optimatischen Senatoren auf und ab, während er Verwünschungen gegen Platon murmelte.

»Was dieser Kerl plant, darf niemals umgesetzt werden! Wir dürfen uns ihm nicht beugen und seine Enteignungspläne nicht hinnehmen!«, zischte er, mit dem Fuß wie ein wütender Knabe aufstampfend.

»Ich befürchte, dass Platon seine Vorhaben einfach über unsere Köpfe hinweg realisieren wird. Er ist der Archon und macht nicht den Eindruck, dass er sich durch unser Veto aufhalten lassen wird«, bemerkte ein dicklicher Patrizier mit weißen Haaren. Besorgt und hilfesuchend blickte er Sobos an.

»Was?«, schnaubte dieser. »Wenn wir das Veto im Senat durchbringen, muss er sich fügen! Das ist offizielles Recht – seit 300 Jahren!«

»Dafür brauchen wir aber eine Dreiviertelmehrheit und ich bin mir nicht sicher, ob wir die bekommen werden. Immerhin befürwortet ein gewisser Teil der Senatoren ja auch die Reformen des Imperators«, gab ein anderer Grundbesitzer zu bedenken.

»Das werden wir ja sehen! Die meisten Senatoren sind definitiv gegen Platons Wahnideen!«, schrie ihn Sobos an und krallte sich an der Lehne seines vergoldeten Stuhles fest.

»Und wenn das Landreformgesetz durchkommt? Was dann?«, kam es von der Seite.

»Was dann?« Der Führer der Optimaten schob seine buschigen Augenbrauen nach unten und funkelte den Fragenden an. »Nun, der ach so ehrenhafte Oberstrategos Leukos wird Terra und seinen geliebten Archon bald verlassen haben, um auf Thracan Ruhm und Ehre zu ernten. Dann sind wir diesen altaureanischen Holzkopf erst einmal los …«

»Und? Was soll das bedeuten?«, wunderte sich einer der Optimaten.

»Dann steht Platon ohne seinen wichtigsten Heerführer da! Ganz allein!«, knurrte Sobos. Er sah sich mit wissender Miene um.

»Wie sollen wir das jetzt verstehen?«, hakte einer der Patrizier nach.

»Der Göttliche segne den Mord an Cyril Spex!«, rief der Optimatenführer aus voller Kehle aus und warf die Arme in die Höhe. »Etwas Besseres hätte uns zu diesem Zeitpunkt überhaupt nicht passieren können!«

»Wollt Ihr den Imperator etwa mit Gewalt stürzen, Senator?«, fragte Sobos Nebenmann mit fassungslosem Gesichtsausdruck.

Der Gutsherr aus Braza winkte mit einem bösartigen Schmunzeln ab; dann stellte er sich vor ihn. »Habe ich das vielleicht gesagt? Da müsst Ihr mich missverstanden haben, Senator Grabon! Allerdings sollte sich für uns alle die Frage stellen, ob wir uns von Platon weiterhin wie Freiwild behandeln lassen wollen …«

»An meinen Besitz wird niemand Hand anlegen! Auch kein Archon!«, polterte ein reicher Herr aus dem Hintergrund dazwischen.

Juan Sobos lächelte wie ein diabolischer Schelm, um ihm zu antworten: »Und an meinen Besitz auch nicht! Egal, ob das Landreformgesetz durchkommt oder nicht! Ich werde mich von diesem jungen Burschen nicht enteignen lassen!«

Die wohlhabenden Männer aus der Nobilitas murmelten aufgeregt durcheinander; ihr politischer Anführer fuhr mit einigen unmissverständlichen Andeutungen fort.

Platon hätte sich mit den Falschen angelegt und nun müssten die landbesitzenden Patrizier zusammenstehen, um ihre Interessen zu wahren, predigte Sobos.

Nach und nach stimmten ihm die Mitglieder seiner Optimatenfraktion zu, wobei sie sich immer weiter in ihren Hass auf den Imperator hineinsteigerten. Umso leidenschaftlicher ihre Debatte wurde, umso mehr legte Sobos seine eigentlichen Gedanken offen. Es galt, sich mit allen Mitteln zu wehren. Wenn es sein musste, sogar mit Gewalt. Immerhin ging es um riesige Vermögen und gigantische Summen.

»Wenn Platon tatsächlich glaubt, die reichsten und mächtigsten Männer des Goldenen Reiches lassen sich seine Frechheiten weiterhin gefallen, dann bleibt uns nichts anderes als Notwehr übrig!«, schmetterte Sobos entschlossen in die Runde. Was er genau darunter verstand, sollten seine Getreuen noch in dieser Nacht erfahren.

Flavius und sein neuer Freund hatten einen weiteren Tag in der Kaserne hinter sich gebracht. Erneut waren sie vollkommen erschöpft in ihre Schlafkammer gekrochen. Heute hatten sie endlose Stunden mit Gefechtsübungen und dem ordnungsgemäßen Werfen des Pilums verbracht.

Der explosive Wurfspeer der terranischen Legionen war eine gefürchtete Waffe, deren Gebrauch jedoch intensiv trainiert werden musste. Das Pilum, neben dem Laserblaster die Standardausrüstung eines Legionärs, hatte einen hochsensiblen Sprengsatz in seine Spitze integriert, der beim Auftreffen auf den Gegner als glühender Plasma- oder Energieball detonierte und damit selbst mit Rüstungen versehene Gegner zu Asche verbrennen konnte.

Es gab auch spezielle Pila, die im Feld gegen feindliche Kampfläufer und Fahrzeuge eingesetzt werden konnten und sogar in der Lage waren, schwere Panzerplatten zu durchdringen.

Automatisierte Zielsucheinrichtungen und ein zusätzlicher Flugmodus erleichterten dem Werfenden den effektiven Einsatz dieser Waffe. Schleuderte ein ganzer Trupp Legionäre seine Pila auf angreifende Kontrahenten, so konnte ein solcher Geschosshagel massive Zerstörungen anrichten.

Natürlich wurde auf dem Kasernengelände nur mit nicht explosiven Übungsspeeren trainiert, doch der Ausbildungsoffizier hatte die Sprengkraft eines scharfen Pilums heute mehrfach demonstriert.

»Die Rebellen auf Thracan machen jetzt gezielt Jagd auf Aureaner. Ich habe mir soeben die jüngsten Bilder aus dem Proxima Centauri System angesehen. Inzwischen scheint die Revolte auch auf den Nachbarplaneten Crixus übergeschwappt zu sein«, bemerkte Kleitos nervös.

»Wirklich?«, rief Flavius entsetzt.

»Dort hinten ist der reinste Hexenkessel. Die Nachrichten sprechen von riesigen Horden aus Anaureanern, die sich mit den Unabhängigkeitskämpfern der UPC zusammengeschlossen und schon einige Städte in ihre Gewalt gebracht haben. Das wird kein Spaziergang für uns«, warnte der Rekrut aus Wittborg.

»Diese verdammten Bilder sind über sechs Jahre alt. Nicht, dass die Rebellen dort inzwischen schon alles kurz und klein gehauen haben. Das klingt jedenfalls überhaupt nicht gut«, brummte Flavius und kratzte sich am Kopf.

Er betrachtete das kantige Gesicht seines Kameraden, welches vor Sorge erstarrte. »Genaueres wissen wir erst, wenn wir da sind. Das ist doch eine einzige Scheiße!«

»Und du bist nach wie vor froh, dass du hier bei der Legion eine Aufgabe gefunden hast? Also ich ziehe ein Leben voller Partys dem Sterben für den Imperator vor. Was haben wir mit Thracan zu tun?«

»Es ist unsere Pflicht, das terranische Reich zu beschützen, Princeps!«, erklärte Jarostow ernst.

Sein Gegenüber lächelte abfällig. »Zum Teufel mit diesen blöden Legionärssprüchen. Ich will überhaupt nichts beschützen, sondern nur in Ruhe mein Leben genießen.«

»Wenn alle so denken würden, wäre unser Sternenreich längst zerfallen«, rügte Kleitos seinen Mitstreiter. Er wirkte erbost.

»Es denken aber nicht alle so! Du scheinst ja Lust auf Weltraumreisen und Kämpfchen zu verspüren. Ich aber nicht!«, nörgelte Flavius, worauf er sich in seine Bettdecke einrollte.

Daraufhin schaltete sich einer der anderen Rekruten in das Gespräch der beiden jungen Männer ein.

»So dürft ihr nicht denken, Leute! Bei der Legion darf man überhaupt nicht denken, das ist der größte Fehler, den man machen kann. Tut einfach, was euch die Offiziere befehlen und versucht zu überleben«, warf er in die Runde.

Flavius stieß einen zynischen Lacher aus. »Nein, ich schalte mein Gehirn bestimmt nicht einfach ab. Ich habe mich nicht freiwillig gemeldet, sondern bin einfach eingezogen worden, weil ich ein militärisches Zusatztraining im Zuge meiner Berufsausbildung absolviert habe.

Irgend so ein verdammter Bürokrat hat sich wohl gedacht, dass man mich vor allen anderen in die Legion stecken sollte. Allerdings kann ich überhaupt nicht richtig kämpfen und ich will es auch nicht!«

Im nächsten Augenblick stand der andere fremde Rekrut von seinem Feldbett auf und postierte sich vor Princeps. Er hob den Zeigefinger, atmete durch und sagte dann: »Mit solchen Aussagen bekommst du hier irgendwann richtigen Ärger, Kamerad! Wenn das einer der Ausbilder mitbekommt, reißt er dir den Kopf ab. Ich habe nichts gehört, falls mich einer fragen sollte, aber jetzt solltest du endlich die Klappe halten, verstanden?«

Flavius murmelte einen leisen Fluch und drehte den Kopf zur Wand. Vielleicht war es wirklich besser, einfach zu schweigen und die Sache zu erdulden, dachte er sich. Einen Ausweg gab es ohnehin nicht.

Der Rekrut aus Vanatium grübelte noch kurz darüber nach, seinen Neurostimulator, den er gut versteckt unter einem Haufen Kleidungsstücke in seinem Spint verwahrte, zu benutzen, doch verwarf er den Gedanken schnell wieder. Nach einer unruhigen halben Stunde dämmerte Flavius schließlich langsam dahin und schlief irgendwann ein.

Aufbruch nach Proxima Centauri

Der nächste Tag war erneut eine Tortur. Schon den ganzen Vormittag hatten die Rekruten den Nahkampf mit dem Kurzschwert geübt. Das sogenannte „Gladius", eine energetisch aufgeladene Hiebwaffe mit einer rasiermesserscharfen Klinge, stellte die standardisierte Waffe eines Legionärs auf kurze Distanz dar.

Somit war ein terranischer Soldat der Legion für so gut wie alle Situationen auf dem Schlachtfeld gewappnet. Im Gegensatz zu den gewöhnlichen Hilfstruppen des Imperiums, die lediglich Blaster verwendeten, stellte der Legionär einen deutlich besser ausgerüsteten Universalkrieger dar.

Unter normalen Umständen dauerte die Ausbildung eines solchen Soldaten mindestens zwei Jahre. Die frisch eingezogenen Rekruten, die die aus durchtrainierten Berufssoldaten bestehende Armee für den Feldzug nach Thracan »aufstocken« sollten, bekamen die Grundlagen der Legionskriegsführung indes in wenigen Monaten eingehämmert.

So bestand ein Tag im Militärlager von Tennon in der Regel aus etwa zwölf Stunden härtestem Drill ohne größere Verschnaufpausen. Die Rekruten sollten auf dem Schlachtfeld erst einmal »ergänzend« wirken, wie es der ausbildende Offizier anfangs erläutert hatte.

»Verlasst euch einfach darauf, dass die erfahreneren Legionäre die wichtigen Aufgaben erledigen, und tut das, was sie tun!«, hatte Zenturio Sachs, den die Neuen in den letzten Tagen hassen gelernt hatten, mit einem selbstherrlichen Grinsen verkündet.

Flavius und Kleitos gehörten demnach zu den knapp 5000 Rekruten, die das 100000 Soldaten starke Heer Terras vervollständigen sollten.

Im Laufe des Vormittags hatte Sachs bereits mehrere Rekruten mit geprellten Gliedern zu Boden geschickt, um ihren Leidensgenossen zu zeigen, wie das Zusammenspiel von Gladius, Schild und Blaster im Ernstfall zu funktionieren hatte.

Flavius war froh, dass er von dem brutalen Ausbilder nicht als Versuchskaninchen ausgewählt worden war, und versteckte sich meistens hinter einem Pulk größerer Männer.

Jetzt stand die Mittagspause an; es gab für die jungen Soldaten eine dürftige Feldration, die von Servitorkräften heraus auf den Übungsplatz gebracht wurde.

Kleitos hatte sich wieder einmal neben Flavius niedergelassen und futterte gierig einen weißgrauen Brei, den die Legion ihren neuen Kämpfern als Mittagessen verkaufte.

»Was ist das für ein Zeug?«, murrte Princeps und verzog sein Gesicht zu einer Grimasse.

»Irgendwas Eiweißhaltiges! Frag mich nicht!«, gab Jarostow zurück, um laut weiter zu schmatzen.

»Schmeckt nach nichts…«

»Ich weiß, Princeps!«

»Was liegt denn heute noch an?«

»Hast du heute morgen nicht auf den Ausbildungsplan geschaut?«

»Nein, sonst würde ich dich ja nicht fragen, Kleitos!«

»Gleich machen wir Schießübungen – mit Blastern und diversen Projektilwaffen!«

»Aha? Na, toll!«

Flavius würgte schließlich ebenfalls den seltsamen Brei in sich hinein und versuchte, den nicht vorhandenen Geschmack der Speise so gut es ging zu ignorieren.

Nach einer halben Stunde marschierte der Rekrutenzug auf ein nahegelegenes Übungsgelände, um dort mit dem Schießtraining fortzufahren. Flavius schwitzte wieder wie ein gehetztes Tier und trug mit jeder verstreichenden Minute schwerer an seiner sperrigen Plattenrüstung und den zahlreichen Waffen.

Die Rekruten quälten sich noch ein paar Stunden unter dem Gebrüll von Zenturio Sachs und blieben bis zur Abenddämmerung auf dem Schießplatz. Dann endlich bekamen sie die Erlaubnis, in ihre Unterkünfte zu gehen und sich zu erholen.

Als Flavius schon kurz vor dem Einschlafen war und aufgrund seiner schmerzenden Knochen in Gedanken vor sich hin jammerte, meldete sich plötzlich sein Kommunikationsbote mit einem leisen Piepen.

Der junge Mann tastete nach dem kleinen Gerät und nahm die Nachrichtenanfrage entgegen. Mit einem kurzen Summen öffnete Princeps den holographischen Bildschirm. Er stutzte. Es war Lucius, der ihm da entgegengrinste.

»Hey, Alter! Gibt es dich auch noch?«, tönte dieser.

»Hallo, Lucius!«, gab Flavius mit einem klagenden Schnaufen zurück.

»Wo bist du denn gelandet? Man hört ja gar nichts mehr von dir! Wir sind gerade auf Feiertour in Garios. Das ist so geil hier!«, schwärmte der Kumpan aus Vanatium, während das Farbengewitter eines Tanzsaales den Bildschirm im Hintergrund erhellte.

»Ich bin bei der Legion! Die haben mich eingezogen!«, antwortete Flavius betrübt.

»Was?«, schrie Lucius durch den Lärm.

»Ich bin bei der Legion!«

»Aha? Was willst du denn da?«

»Die haben mich eingezogen. Ich soll nach Proxima Centauri...«

Derweil kam einer von Lucius Freunden und lehnte sich auf dessen Schulter. »Princeps, du Arsch! Kommst du heute auch noch mal vorbei? Hä?«

Flavius schüttelte den Kopf. »Ist dein Kumpel wieder auf Drogen?«

»Was? Rede mal lauter, Alter! Das ist so geil hier. Jede Menge scharfe Weiber, sage ich dir«, gab Lucius zurück.

»Lass mich einfach in Ruhe!«, zischte Flavius und schaltete den Kommunikationsboten ab.

Wütend und enttäuscht legte sich er sich wieder ins Bett und zog die Decke über den Kopf. Er hatte die schlechteste Karte in diesem Spiel gezogen, daran gab es keinen Zweifel.

Flavius litt noch ein paar endlos erscheinende Wochen in der Kaserne Voluntas, wo ihm die Grundlagen der Kriegsführung in den Schädel gepresst wurden. Mit Kleitos hatte er sich inzwischen angefreundet und die beiden teilten sich so manche Stunde voller Frust und Sorge.

Das war besser als nichts, denn hier in Tennon konnte dem unwilligen Rekruten niemand helfen. Auch seine Eltern, die nach wie vor von der Tatsache, dass ihr Sohn als Soldat in den Weltraum geschickt werden sollte, entsetzt waren, hatten keine Möglichkeit, ihn aus dieser Hölle heraus zu holen.

Gegen eine bürokratische Entscheidung gab es für den gewöhnlichen Aureaner keine Einspruchsoption. Und gegen eine militärische Einberufung schon gar nicht. Dazu musste man schon der Sohn eines Senators oder sehr reichen Mannes sein, doch das war Flavius nicht.

Heute war der letzte Tag vor dem Aufbruch nach Proxima Centauri und Princeps fühlte sich wie vor einer Hinrichtung. Grauenhafte Alpträume und ständige Schlafstörungen hatten ihn seit Wochen misshandelt, wobei es immer schlimmer wurde.

Kopfschmerzen und ein permanentes Kränkeln kamen mittlerweile dazu. Der Flug nach Thracan sollte etwa sechs Jahre dauern, wovon die Raumschiffbesatzung bei Dreiviertellichtgeschwindigkeit selbst vier Jahre an Bord erleben würde, was wiederum eine längere Kälteschlafperiode bedeutete.

Man würde es ihm nicht gestatten, die volle Flugzeit hindurch »wach« zu bleiben, doch auch das war kein Vergnügen, wie Flavius zugeben musste. Eine so lange Zeit in einem Raumschiff bei vollem Bewusstsein eingesperrt zu sein, war definitiv nicht besser als der Kälteschlaf selbst.

Kleitos erging es seit einiger Zeit ähnlich wie ihm. Das großspurige Gerede von der »Verteidigung der terranischen Interessen« hatte der junge Aureaner längst eingestellt. Inzwischen wirkte er ebenfalls nervös und verängstigt. Sowohl Flavius als auch er nahmen größere Mengen von Beruhigungskapseln zu sich, wenn sie nicht gerade zum Neurostimulator griffen. Und sie waren nicht die Einzigen. So mancher Rekrut hielt seine Angst vor dem Flug zu den Sternen mit Medikamenten oder Drogen im Zaum.

Das Oberkommando der Legion wusste das und sah angesichts der bevorstehenden Weltraumreise bei solchen Dingen weg – solange man sie nicht vor aller Augen machte.

Wenn Flavius einst aus dem Proxima Centauri System zurückkehrte, war es möglich, dass seine Eltern gar nicht mehr lebten. Vielleicht waren sie dann auch gebrechliche Greise weit über 80. Wer wusste das schon?

Es war der Abend des 19.12.3979 n.M. als sich Flavius, nachdem er sich von den Unterkunftblocks auf dem Kasernengelände entfernt und in eine ruhige Ecke zurückgezogen hatte, von seinen Eltern verabschiedete.

Der Kommunikationsbote ließ das Bild seiner weinenden Mutter und seines ergriffenen Vaters im Dunkel leuchten und Flavius konnte seine eigenen Tränen ebenfalls nicht zurückhalten. Er redete bis tief in die Nacht hinein mit den beiden, wobei er sich noch einmal für sein Verhalten in der letzten Zeit entschuldigte. Der junge Aureaner gestand seinen Lieben vor dem bevorstehenden Flug in die Weiten des Weltalls alle seine Ängste ein. So konnte er wenigstens in diesem Punkt seine mit Sorgen überladene Seele ein wenig entlasten.

Norec versuchte ihm einzureden, wie stolz er darauf war, dass sein Sohn für das Goldene Reich auf Thracan kämpfte, doch klang er nicht sehr überzeugend. Zudem änderte es nichts daran, dass sie alle das Unvermeidliche akzeptieren mussten.

»Wir werden dir ganz oft Nachrichten zukommen lassen!«, versprach Crusulla, während sie ununterbrochen vor sich hin weinte.

Zu Tode betrübt fuhr Flavius mit seiner Hand über den flackernden Bildschirm des Kommunikationsboten, als wollte er der geliebten Mutter noch einmal durch das Haar streichen. Dann verabschiedeten sie sich voneinander.

Die holographische Anzeige verblasste und mit ihr alle noch in der Ferne glimmenden Hoffnungen des jungen Rekruten. Nur noch die Dunkelheit der Nacht umgab Flavius; traurig schlich er in seine Stube zurück.

Es gelang ihm kaum zu schlafen, denn die Nervosität pulsierte in jedem Winkel seines Körpers. Mit den verstreichenden Minuten rückte die schreckliche Wahrheit näher; es gab kein Entrinnen. Irgendwann graute der Morgen und die Legionäre wurden zum Raumhafen nach Lipitz gebracht, wo eine imposante Flotte aus riesigen Schlachtschiffen der Lictor Klasse auf sie wartete.

Zahllose Piktographierer, Archivatoren, imperiale Würdenträger und sogar Credos Platon selbst hatten sich ebenfalls auf dem gigantischen Fluggelände eingefunden, um dem Einmarsch der terranischen Legionen in die Bäuche der Raumschiffe beizuwohnen.

»Die Helden des Goldenen Reiches verlassen Terra, um Thracan vom Terror der Rebellen zu befreien!«, hieß es in den Nachrichten.

Das Bild von Oberstrategos Aswin Leukos sollte für die nächsten Tage die Bildschirme von Milliarden Simulations-Transmittern auf Terra ausfüllen.

»Wir bringen unseren aureanischen Brüdern auf Thracan die Freiheit zurück!«, verkündete er stolz, während Flavius vor Angst kaum mehr atmen konnte und seinen Kameraden in das Innere eines Schlachtkreuzers folgen musste.

Die Kriegsflotte hatte Terra inzwischen seit einem Tag hinter sich gelassen. Zehn der riesigen Sternenschiffe, die jeweils etwa 10000 Soldaten an Bord aufgenommen hatten, entfernten sich mit zunehmender Geschwindigkeit vom heimatlichen Sonnensystem.

Den eigentlichen Schlachtschiffen, den modernsten und besten Raumkreuzern, die das Goldene Reich zu bieten hatte, folgte ein Dutzend kleinerer Eskort- und Versorgungsschiffe.

Der Imperator von Terra hatte seinen Hammer erhoben, um ihn sechs Jahre später auf die Häupter der Aufständischen von Thracan niedergehen zu lassen.

Credos Platon selbst blieb nachdenklich in seinem Palast auf der Erde zurück. War dieser Militärschlag wirklich eine weise Entscheidung? Das hatte sich der Archon in den letzten Wochen immer wieder gefragt und es fiel ihm schwer, sich einzugestehen, dass er sich vor allem von Sobos dazu hatte überreden lassen.

»Glaubt Ihr, dass es ein Fehler gewesen ist, General Leukos nach Thracan zu schicken?«, wollte er von seinem Berater Clautus wissen.

Dieser zuckte mit den Achseln. »Ich kann es nicht genau sagen, Eure Exzellenz. Was hättet Ihr anderes tun sollen? Ihr musstet ja irgendwie auf die Rebellion im Proxima Centauri System reagieren.«

»Die Rebellion…«, murmelte Platon. »Das Problem ist doch, dass wir überhaupt nicht genau wissen, was dort geschehen ist. Wir erhalten hier Bilder auf der Erde, die sechs Jahre alt oder noch älter sind…«

Clautus stimmte dem Imperator zu und bemerkte, dass er seine Bedenken teilte. »Die Öffentlichkeit erwartet einen Militärschlag, Eure Majestät. Es ist eben so!«

»Aber ich fühle mich irgendwie unwohl, wenn ein so fähiger Feldherr wie Aswin Leukos nicht mehr hier bei mir ist. Ich vertraue ihm voll und ganz. Außerdem steht er bedingungslos hinter meiner Politik. Vielleicht hätte ich besser einen anderen nach Thracan geschickt. Warum gerade den Oberstrategos?«

»Das ist jetzt nicht mehr zu ändern, Majestät!«

»Und wenn ich Leukos wieder nach Terra zurückhole und einem anderen Feldherren das Kommando übergebe?«

»Wollt Ihr die Flotte zurückrufen, Herr?«

»Nur Leukos vielleicht…«, sprach der Archon.

»Das halte ich nicht für nötig, Eure Exzellenz. Lasst ihn sich doch seine Sporen verdienen. Er war doch ganz begeistert von seiner Aufgabe.«

»Ich weiß nicht!«

»Ihr habt hier auf Terra doch genügend Soldaten. Wovor habt Ihr denn Angst? Hier ist alles friedlich!«

»Trotzdem würde ich mich besser fühlen, wenn Leukos noch hier wäre«, erklärte der junge Monarch. Er stellte sich an ein großes, ovales Fenster.

Clautus stand derweil von seinem Platz auf und lief durch den Raum.

»Habt Ihr etwa Angst, dass Euch jemand etwas tun könnte, Majestät?«, fragte der Diener verwundert.

»Es wäre doch möglich, oder? Irgendetwas braut sich hinter meinem Rücken zusammen. Vielleicht habe ich die falschen Leute gereizt. Dieser Sobos und seine ganze Senatorenbande werden mir zunehmend unheimlicher.«

Clautus füllte einen reichhaltig verzierten Goldbecher mit einer kühlen Flüssigkeit und überreichte ihn seinem Herrn.

»Juan Sobos ist eine hinterhältige Ratte, aber ich glaube nicht, dass er sich offen gegen Euch wenden wird, Eure Exzellenz!«

»Glauben ist nicht wissen, Clautus!«, flüsterte der Archon. Der greise Berater des Monarchen lächelte. Dann schenkte er noch einmal nach und holte ein paar Datenkristalle aus dem Wandschrank.

»Wir müssen noch einige Details bezüglich Eurer Reformen durchsprechen, Herr. Habt Ihr die Muße, das jetzt zu tun?«

Platon verdrehte die Augen und strich sich mit der Hand über sein schmales Gesicht. Seine blassen Wangen füllten sich für einen Moment mit frischer rötlicher Farbe; er wandte sich Clautus zu.

»Die Reformen – der große Zankapfel. Ja, wir sollten darüber sprechen, mein Bester!«

Der in die Jahre gekommene Diener des Kaisers öffnete mehrere holographische Bildschirme und Dateien. Dann wandten sich die beiden Männer wieder den leidigen Gesetzesentwürfen zu, die den Imperator schon so viele Nerven gekostet hatten.

»Die meisten Aureaner beneiden mich, nicht wahr?«, sprach der Monarch.

Triton stockte. »Wie kommt Ihr darauf, Herr?«

»Nun, es ist doch so, oder? Sie denken, dass ich hier im Archontenpalast von Asaheim den ganzen Tag in Saus und Braus lebe.«

»Das kann gut sein, Majestät!«

»Dabei ist es aber ganz anders. Ich erfreue mich weder an den prunkvollen Säulengängen, noch an den Wandgemälden, noch an den Samtteppichen. Auch die Scharen von Dienern, Bewunderern und Würdenträgern, die mich wie ein Fliegenschwarm umgarnen, sind für mich kein Grund zur Freude. Ihr seid da allerdings eine Ausnahme, Clautus!«

»Das hoffe ich, Exzellenz!«, erwiderte der Berater mit einem sanften Lächeln.

»Die Verantwortung für so viele Milliarden Menschen ist wie ein gefräßiger Wurm, der sich durch meine Eingeweide nagt. Sie verzehrt mich von innen heraus und verlangt meine Lebenskraft. Ich empfinde es kaum noch als Segen, dass mich Xanthos der Erhabene zu seinem Nachfolger ernannt hat.«

Der weißhaarige Diener schwieg. Ohne Zweifel hatte er verstanden, was ihm der Archon damit sagen wollte.

Es war der zweite Tag im Bauch des gewaltigen Schlachtschiffes Polemos, den Flavius erdulden musste. Nervös schlich er durch die Mannschaftsgänge des kilometerlangen Sternenschiffs, während er versuchte, seine innere Unruhe zu bändigen.

Soeben hatte er einen kurzen Blick durch eines der Fenster aus Panzerglas auf die matt scheinenden Sterne in der Ferne geworfen und dabei mit aller Kraft den Gedanken verdrängt, dass sich außerhalb des sicheren Raumkreuzers nur kalter, luftleerer Raum befand.

Irgendwo an Bord musste auch Kleitos sein, denn sie waren immerhin in der gleichen Kohorte. So machte sich Princeps auf die Suche nach seinem neuen Kameraden, den er mehr und mehr als Freund ansah.

Der Legionär schritt durch endlos erscheinende Gänge und Korridore, die mit dicken, matt glänzenden Metallplatten verkleidet waren. Ab und zu leuchteten irgendwo Anzeigen, Lämpchen oder Bildschirme auf.

Zwischendurch kam Flavius in eine größere Halle, welche mit Soldaten und Schiffspersonal überfüllt war. Hier hingen leuchtende Banner mit den Zeichen und Symbolen der terranischen Streitkräfte von den Decken herab.

Rohre, dicke Kabel und genietete Stahlträger verliefen an den Wänden nach oben und verschwanden im Halbdunkel.

Irgendwo erschallte die Stimme eines Mannes aus einem Simulations-Transmitter, während im Hintergrund das leise Summen einer Maschine zu hören war.

Flavius fuhr mit einem Aufzug ein paar Decks nach unten und lief durch kaum beleuchtete Korridore, die zu den Mannschaftskabinen führten. Ab und zu blieb er an einem der Außenfenster stehen, um noch einen Blick auf den Weltraum zu werfen.

Jenseits der massiven Scheibe aus Panzerglas gab es nur noch das lebensfeindliche All – eine bedrückende Vorstellung.

Der junge Aureaner ging weiter und eine Gruppe aufgeregt schwatzender Legionäre kam ihm entgegen. Die Männer beachteten ihn nicht weiter; sie waren in ein Gespräch über irgendwelche Sportveranstaltungen auf Terra vertieft.

Schließlich passierte Flavius ein stählernes Portal und gelangte in einen weiteren Gang. Hier hingen Bilder und Gemälde von großen Imperatoren der terranischen Geschichte an den Stahlwänden. Einige waren mit berühmten Zitaten versehen, die in kleine Platten aus Titan eingraviert waren. Princeps stoppte, um die Porträts genauer zu betrachten.

»Imperator Gunther Dron, geboren 1805 v.M., gestorben 1706 v.M.«, las Flavius kaum hörbar vor und begutachtete das Bildnis eines ernst dreinschauenden Mannes mit schmalem Gesicht und fast schneeweißer Haut.

Einige Meter daneben befand sich das imposante Gemälde eines anderen Archons. »Thorstan Hari – Erbauer des Goldmenschenpalastes« stand auf der Titanplatte unter dem Poträt eines Herrschers in prunkvoller Rüstung.

Flavius ging weiter und blieb erneut kurz stehen, als er zu der Abbildung eines grimmig wirkenden Mannes mit rotblondem Bart und stechenden, blauen Augen kam. »Sebotton von Innax, der Unbarmherzige, geboren 1001 n.M., gestorben…«, murmelte er, als ihm plötzlich jemand auf den Rücken tippte. Princeps schwenkte blitzartig herum und sah in das Gesicht eines grinsenden Legionärs.

»Der war ein harter Hund, was?«, sagte dieser, während ein feistes Lächeln seine Mundwinkel umspielte.

»Das kann man wohl sagen…«, gab Princeps zurück.

»Imperator Sebotton von Innax hat vor fast 3000 Jahren seine Truppen gegen die Anaueraner geschickt und Milliarden von ihnen töten lassen. Er war ein fanatischer Anhänger Malogors, der die untere Kaste stets als Bedrohung für das Goldene Reich angesehen hat. Gnade kannte er nicht. Ja, so etwas gab es auch, Kamerad«, erklärte der Soldat, der den antiken Archon offenbar bewunderte.

»So, so!«, brummte Flavius und ging weiter.

»Wir machen auf Thracan da weiter, wo er aufgehört hat! Wird Zeit, das Ungeziefer wieder zu dezimieren!«, rief ihm der Legionär laut lachend nach.

Nachdenklich setzte Flavius seinen Rundgang fort, tappte eine eiserne Treppe hinab und kam in einen Raum voller Monitore und holographischer Bildschirme. Mehrere

Dutzend Angehörige des Schiffspersonals gingen hier ihrer Arbeit nach; sie bemerkten ihn kaum.

Die Wanderung durch das riesige Raumschiff tat Princeps gut, ließ sie ihn doch für eine Weile vergessen, dass er sich mitten im Weltraum befand. Die Polemos war ein Kosmos für sich und in dieser Welt war Flavius für die nächsten vier Jahre gefangen.

In den oberen Decks des Raumkreuzers befanden sich die Kälteschlafkammern für die Astronauten, während sich in den untersten Etagen gewaltige Lagerräume und Depots ausdehnten. Außerdem gab es noch die Maschinenräume, die unter anderem massive Plasma- und Kernreaktoren beinhalteten und einen Teil des Heckbereichs der Polemos ausfüllten.

Von außen sah das Schlachtschiff der Lictor Klasse wie eine langgezogene, weißgraue Stadt aus. Bizarre Auswüchse, Anbauten und Türme bedeckten seine Oberfläche, ebenso wie schwere Waffenbatterien und Abschussrampen, die sich Hunderte Meter über die Seiten und den Bug des Kriegsschiffes erstreckten.

Flavius war nun ein Teil dieses Organismus, genau wie er ein Zahnrad in der terranischen Militärmaschinerie war. Er konnte es nach wie vor kaum begreifen, dass er inzwischen als Legionär auf dem Weg in ein Krisengebiet war. Krieg und Militär waren ihm immer fremd gewesen, genau wie den meisten anderen Aureanern.

Alles in allem war das Goldene Reich von Terra keineswegs militaristisch. Seine Armee war, gemessen an der Gesamtbevölkerung der Erde, relativ klein. Eine Ansammlung von Spezialisten und Berufssoldaten, die mit ihren übrigen Kastengenossen nicht mehr viel zu tun hatten.

Hier und da kämpften die Legionäre auf einem weit entfernten Planeten, meist gegen abtrünnige Kolonisten oder aufständische Arbeitssklaven. Damit hatte der vielfach in Wohlstand und Luxus geborene Aureaner nichts zu tun, und es genügte ihm, wenn er sich mit einem zufriedenen Grinsen die Siegesmeldungen vom »Planeten X« auf dem holographischen Bildschirm in seinem Wohnzimmer ansehen konnte.

»Wir sind schon die Größten!«, konnte er dann großspurig sagen und sich entspannt zurücklehnen.

Für die meisten Aureaner Terras war die Vorstellung von einem Krieg auf ihrem Heimatplaneten eine eher abstrakte Vorstellung. Der letzte große Konflikt auf der Erde war lange her. Damals hatte das Goldene Reich unter Imperator Hammurabor II., genannt „Die Eisenhand", gegen das vor 1600 Jahren von aureanischen Adeligen gegründete Imperium von Cathay, das große Teile des östlichen Ajans, den Kontinent Vasta und einige Regionen auf Venus und Mars umfasst hatte, gekämpft.

Das war der letzte große Krieg auf Erden gewesen, der mit der Ausrottung der verfeindeten Führungskaste, der Zerschlagung von Cathay und mehreren Hundert Millionen Toten geendet hatte.

Seitdem hatte das Goldene Reich im gesamten Sol-System keinen ernsthaften Gegner mehr. Das Imperium von Cathay, jener Zusammenschluss aus aureanischen Adeligen und einer vielköpfigen Bevölkerung aus Anaureanern, war der bis dato letzte verfeindete Machtblock gewesen, der dem Goldenen Reich eine Weile hatte trotzen können.

Seitdem war Terra befriedet. Krieg gab es, wenn überhaupt, nur noch im Weltraum – und diesmal hatte ihn Flavius auszufechten.

Sobos hatte seine Getreuen zu einem Bankett eingeladen, wobei er das Treffen wieder einmal dazu nutzte, die einflussreichen Herren gegen Credos Platon aufzuwiegeln. Der Gastgeber verpasste einer Servitorin, die ihm eine Lammkeule gebracht hatte, einen Klaps auf den Hintern und rieb sich seinen hervorquellenden Bauch. Dann blickte er zu den um ihn herum auf samtbezogenen Liegen schlemmenden Senatoren und begann, über den Kaiser zu sprechen.

»Ich habe mir die Reformpläne des Jungen einmal angesehen und mir wurde fast übel. Wie kommt ein solcher Grünschnabel dazu, sich so etwas auszudenken?«, fragte Sobos schmatzend in die Runde seiner erlauchten Gäste.

»Ich weiß es auch nicht, aber Xanthos der Erhabene muss uns doch mehr gehasst haben, als wir dachten, sonst hätte er Platon nicht zu seinem Nachfolger ernannt«, antwortete einer der Optimaten.

»Da ist etwas Wahres dran. Allerdings hatte der Alte nicht den Mumm, sich mit uns auseinander zu setzen, und hat die ganze Sache unserem jungen Freund überlassen«, höhnte der Grundherr aus Braza.

»Ihr nehmt den Imperator wohl nicht ganz ernst, wie?«, gab der Patrizier zurück.

Sobos schloss die Augen und schnaufte. »Nein, das ist nicht wahr, Senator Zelon. Ich nehme den Burschen sogar sehr ernst und deshalb rate ich uns auch, wachsam zu sein. Das, was ich damals gesagt habe, war vollkommen ernst gemeint.«

»Dass wir uns mit allen Mitteln gegen ihn wehren müssen?«

»Ja!«

»Aber wir haben doch nur die Möglichkeit, ein Veto gegen Platons Reformen herbeizuführen. Wenn wir mit unserem Vorhaben scheitern, dann haben wir verloren!«, bemerkte ein dicklicher Landbesitzer.

Der Optimatenführer verschluckte sich fast an seinem Fleischhappen, als er das hörte; unwillig stöhnte Sobos auf.

»Nein, das ist Unsinn! Wenn ich sage, dass wir alle Mittel einsetzen, dann meine ich auch alle Mittel!«

»Also einen Bürgerkrieg auslösen oder die Nahrungsmittel für die Bevölkerung verteuern?«

»Es gibt auch noch andere Möglichkeiten, Platon auszuschalten«, bekräftige Sobos seinen Standpunkt.

Einer der reichen Herren stand von seiner Liege auf und drückte sich den Rücken durch, wobei sein praller Bauch die Falten der Toga straffte.

»Werden Sie doch bitte etwas genauer, Senator Sobos!«

Der brazanische Großgrundbesitzer lächelte wissend, er ließ sich noch einen Becher mit Wein füllen.

»Wenn jemand nachts in eure Schlafgemächer eindränge, was würdet ihr dann tun?«, fragte er seine Fraktionskollegen.

Die Männer stutzten für einige Sekunden und wussten nicht so recht, was Sobos von ihnen hören wollte.

»Ich würde ihn mit dem Blaster erschießen!«, antwortete einer dann.

Der oberste Optimat grinste. »Warum das?«

»Weil er mich wohl ermorden will! Er will mir ans Leder und ich lege ihn um, wenn ich die Gelegenheit dazu habe!«

»Richtig!«, rief Sobos. »Genau das täte ich auch! Er will mir ans Leder und ich wehre mich! Das ist das Natürlichste von der Welt…«

»Aber der Imperator überfällt uns nicht in unseren Schlafzimmern, das ist der Unterschied«, meinte einer der Anwesenden.

»Nun, er dringt auf unsere Grundstücke ein und greift uns damit auch persönlich an. Deshalb ist doch auch jedes Mittel erlaubt, wenn wir uns unserer Haut wehren müssen, nicht wahr?«

»Kommen Sie auf den Punkt, Senator!«, forderte ein greiser Grundherr genervt.

»Dieser Archon muss weg! Und ich habe Dank meiner Kontakte eine Möglichkeit gefunden, wie wir ihn uns so gründlich vom Hals schaffen können, dass er uns nicht mehr bedrohen kann!«, erläuterte Juan Sobos.

Seine Gäste sahen ihn gespannt an, sagten aber zunächst nichts. Dann baten sie ihn jedoch, seine Pläne offen zu legen. Sobos mahnte sie noch einmal zu absoluter Verschwiegenheit und die anwesenden Optimaten mussten ihm per Eid schwören, dass sie kein Wort über den heutigen Abend verlieren würden.

»Es gibt eine Person, die eine regelrechte Spezialistin darin ist, unliebsame Personen zum Schweigen zu bringen!«, flüsterte Sobos.

Die Senatorenkollegen setzten verschlagene Mienen auf und spitzen die Ohren, während ihr Anführer ins Detail ging.

Kälteschlafangst

Das Schlachtschiff Ultimus auf dem sich Oberstrategos Aswin Leukos mit seinem Führungsstab befand, flog der Kriegsflotte voraus und bot ein beeindruckendes Bild. Der Bug der Ultimus, dem größten und schönsten der zehn Kreuzer, war aus bläulich glänzendem Flexstahl und erinnerte an den vorderen Teil einer Galeere aus den Urzeiten der Menschheitsgeschichte.

Ein Adler, das Symbol der terranischen Legionen, prunkte in blutig roter Farbe an der Front des Schiffes. An den Seiten der Ultimus befanden sich riesige, verschnörkelte Ornamente; ihrerseits alte Symbole aus der Geschichte des Goldenen Reiches.

Leukos schritt mit lässigem Schritt über eine große Kommandoplattform, zu der mehrere Aufgänge und metallene Stege führten. Datenspeicher, Monitore und Kontrollkonsolen befanden sich hier in großer Zahl; davor hockten einige Besatzungsmitgliedern und Offiziere.

Zur Rechten des Oberstrategos, der heute in einen roten Purpurmantel gehüllt war und eine meisterhaft gefertigte Platonitrüstung trug, hatte sich einer der Legionsführer in einem hydraulischen Sessel niedergelassen.

Mit ernstem Blick musterte ihn Leukos, dann nahm er einen Kommunikationsboten zur Hand. Er warf noch einmal einen kurzen Blick auf eine Nachricht, die ihn heute Morgen von Terra aus erreicht hatte, und lächelte in sich hinein. Der Imperator hatte ihm in einem offiziellen Schreiben »Viel Erfolg!« gewünscht.

»Ihr wolltet mich bezüglich der Geschehnisse auf Thracan auf den neuesten Stand bringen, Oberstrategos!«, sagte der Legionsoffizier leicht fordernd, wobei er gespannt auf eine Antwort wartete.

Der höchste General Terras schreckte auf und machte den Eindruck, als hätte ihn der Fragende aus irgendeiner Grübelei gerissen.

»Ja, natürlich!«, erwiderte Leukos. »Die Rebellen haben inzwischen die Kontrolle über die drei größten Slumstädte auf dem Ostkontinent von Thracan übernommen. Das Zentrum ihres Aufstandes ist offenbar eine Metropole namens San Favellas, die zugleich die größte anaureanische Siedlung auf dem Planeten darstellt. Allerdings leben dort auch aureanische »Aussteiger«, also Terroristen der UPC.«

»Das klingt alles recht verwirrend«, brummte der Legionsoffizier und zog die Mundwinkel nach unten.

»Wenn wir dort angekommen sind, werden wir mehr wissen. Vielleicht ist die Hauptstadt Remay inzwischen auch schon vom Aufruhr betroffen. Der Archon geht davon aus, dass Cyril Spex zunächst von seinem Stellvertreter Nero Poros beerbt worden ist, wobei er jedoch ausdrücklich befohlen hat, dass Magnus Shivas der neue Statthalter von Thracan werden soll.

Wie auch immer, wir wissen nicht genau, was im Proxima Centauri System vorgeht, aber ich rechne mit dem Schlimmsten. Hoffentlich reichen 100000 Legionäre aus, um die Rebellion niederzuschlagen«, sorgte sich Leukos.

Der Legionsoffizier wunderte sich. »Natürlich! Davon können wir doch ausgehen, oder?«

»Wenn sich Abermillionen Anaureaner gegen die bestehende Ordnung auf Thracan erheben und sie von den Unabhängigkeitskämpfern angeführt werden, wird das kein Einsatz, den wir mit ein paar Blasterschüssen erledigen können. Dann gibt das einen ausgewachsenen Bürgerkrieg, Legatus!«, betonte der Oberstrategos ernst.

»Mit Verlaub, General, derartige Sorgen halte ich für übertrieben«, versuchte ihn der Offizier zu beruhigen.

Der oberste Feldherr Terras tippte mit den Fingern auf seinem Kinn herum, er versank in Gedanken.

»Die Bilder aus dem Proxima Centauri System sind besorgniserregend. Ich hasse nichts mehr, als Einsätze, die wir nicht genau planen können. Das ist äußerst frustrierend…«

»Herr, es sind lediglich ein paar Terroristen und vielleicht ein paar Tausend Anaureaner, wie ich mitbekommen habe. Wir werden mit denen schon fertig. Wir haben ja nicht nur 100000 Soldaten, sondern auch Panzer, Geschütze, Kampfläufer und Bomber. Das wird doch für ein paar großmäulige Slumbewohner und diese Spinner von der UPC ausreichen, oder?«

»Wir werden sehen!«, meinte Leukos.

»Ich denke sogar, dass die planetaren Verteidigungsstreitkräfte des stellvertretenden Statthalters die Lage längst wieder im Griff haben. Vermutlich haben wir überhaupt nichts mehr zu tun, wenn wir dort ankommen. Was machen wir denn dann, Oberstrategos?«

Leukos lächelte. »Ich weiß es auch nicht! Dann stellen wir ein paar angebliche Terroristen an die Wand und lassen die Piktographierer alles aufnehmen, damit die Nachrichtensprecher unsere Erfolge verkünden können. Ja, und danach fliegen wir wieder nach Hause! Rebellion beendet und Terra hat vor aller Augen mal kräftig auf den Tisch gehauen.«

Der Legionsoffizier brummelte etwas von Lächerlichkeiten und Sinnlosigkeit. Schließlich verließ er kopfschüttelnd die Kommandoplattform und verschwand hinter einer Stahltür. Leukos flegelte sich in seinen Sessel und betrachtete die sanft flackernden Sterne jenseits der ovalen Glaskuppel über seinem Kopf.

Flavius hatte seinen Freund Kleitos nach längerer Suche endlich ausfindig gemacht. Er war ein Deck tiefer in den Wohnkammern der Soldaten untergebracht. Jeweils fünf Legionäre lebten in einer derartigen Kajüte, was bedeutete, dass sie sich ständig auf der Pelle hockten und es häufig Unstimmigkeiten gab.

Sowohl Princeps als auch sein Kamerad waren allerdings recht umgängliche Gesellen, obwohl vor allem ersteren regelmäßig Panikattacken und klaustrophobische Anfälle heimsuchten, die er nur schwer vor seinen Kameraden verbergen konnte.

Flavius war allerdings keineswegs der Einzige, der von solchen Gefühlsausbrüchen gepeinigt wurde, was bedeutete, dass starke Beruhigungsmittel, Neurostimulatioren, Schlafpillen und Drogen auf dem gesamten Schiff hoch im Kurs standen.

Die führenden Offiziere sahen dabei zu oder hielten ihre Ängste und Depressionen während der Weltraumreise selbst damit im Zaum.

Eine andere Möglichkeit, Körper und Seele einigermaßen im Einklang zu halten, war der Sport. Mehrere Trainingshallen für verschiedenste Arten körperlicher Ertüchtigung hatte die Polemos auf den einzelnen Decks zu bieten. Weiterhin gab es zahlreiche Aufenthaltsräume mit holographischen Leinwänden, wo die neuesten Unterhaltungsprogramme konsumiert werden konnten.

Es gab also viele Möglichkeiten, den eigenen Geist so weit abzulenken, dass man vergaß, auf einem Sternenschiff durch das All zu fliegen. Man musste sie nur nutzen.

Flavius jedenfalls war froh, dass Kleitos an Bord war und sie sich unterhalten konnten. Die beiden hatten sich in eine kleine Bar im oberen Bereich des Schiffes gesetzt und redeten schon seit Stunden über diese und jene Banalität.

»Na, Männer! Entspannt ihr euch?«, hörten sie plötzlich eine raue Stimme hinter sich. Es war Ausbildungsoffizier Manilus Sachs.

»Ja, alles klar, Herr Zenturio!«, gab Flavius verunsichert zurück, wobei er von der Anwesenheit des brutal wirkenden Veteranen wenig angetan war.

Sachs ließ sich von einer Ordonanz ein Getränk bringen und wandte sich grinsend den beiden Rekruten zu.

»Irgendwann wird es ernst. Dann könnt ihr auf dem Schlachtfeld umsetzen, was ich euch mühsam eingepaukt habe«, erklärte er.

»Gibt es denn inzwischen neue Nachrichten, was da hinten auf Thracan genau los ist?«, wollte Kleitos wissen.

Der Ausbilder nippte an seinem Glas und stellte es auf die Theke. Dann erwiderte er: »Irgendwelche Anaureaner oder UPC-Untergrundkämpfer rebellieren. Keine Ahnung. Wir haben jedenfalls viel Zeug zum Töten dabei und werden das ganze Pack da hinten ausmerzen, wenn es sein muss.«

»Sind das jetzt anaureanische Aufständische oder nicht?«, fragte Princeps.

»Weiß ich auch nicht so genau«, knurrte Sachs. »Wer es auch immer ist, wir bringen ihn um!«

»Diese Unterkastigen sind seltsam«, murmelte Princeps. Sachs unterbrach ihn sofort, als hätte er nur auf dieses Thema gewartet.

»Die Anaureaner haben Geister, die wesentlich primitiver als die unseren aufgebaut sind, mein Junge. Sämtliche Versuche in der Vergangenheit, ihnen unsere Technologie und unsere Lebensart zu vermitteln, sind an dieser Tatsache gescheitert.

Die Angehörigen der unteren Kaste leben einfach so, wie sie es für richtig halten und können auch kein anderes Leben führen. Ich war einmal in Braza, wo sehr viele Anaureaner leben – oder »hausen«, wie ich es eher formulieren würde.

Jedenfalls fand ich dieses Gewimmel in Schmutz und Dreck einfach nur abstoßend. Sie leben ganz im Süden des Kontinents in den Ruinen alter Städte, die wohl vor langer Zeit von irgendwelchen Goldmenschen erbaut worden sind. Die heutigen Einwohner können diese Städte kaum selbst errichtet haben«, erklärte der Veteran.

»Ich habe Hyboran noch nie verlassen. Wenn man von meiner Weltraumreise einmal absieht«, gab Flavius zurück.

Manilus Sachs schmunzelte und strich sich durch seine hellen Haare. »Glaube mir, der Süden von Braza ist ein noch trostloserer Ort als jeder kahle Asteroid. Du solltest ihn dir wirklich einmal ansehen, damit du erkennst, wie schön wir es im Goldenen Reich haben. Aber so ist es nun einmal und es ist gut so!«, meinte der vernarbte Zenturio.

»In unserem benachbarten Habitatskomplex in Vanatium habe ich vor kurzem auch eine anaureanische Frau gesehen, die die Reinigungsmaschinen bedient hat. Und ansonsten laufen dort auch immer mehr von denen herum…«, bemerkte Flavius, doch Sachs unterbrach ihn erneut.

»Ja, das hat in den letzten Jahrzehnten stetig zugenommen. Die Mode, sich Ungoldene als Diener zu halten, hat sich bei den so genannten vornehmen Familien unserer Kaste regelrecht eingebürgert. Ich betrachte diese Entwicklung jedoch mit Skepsis. Vor drei Jahrhunderten durfte kein einziger Anaueraner den Boden des Goldenen Reiches auch nur betreten, aber diese strikten Regeln sind mit der Zeit gelockert worden.

Langsam scheint alles wieder erlaubt zu sein, wenn es nach den feinen Herrschaften unserer Nobilität geht. Die sind sich für nichts zu schade. Das Gleiche gilt ja auch für die Klonmenschen, die sich die ganz Wohlhabenden extra als persönliche Servitorenkräfte züchten lassen.«

»Hat sich Ihre Familie denn auch Genblocker implantieren lassen?«, fragte Kleitos.

»Du meinst die genetischen Trenncodes, die eine Kreuzung mit Anaureanern verhindern können?«

»Ja, genau!«

»Das ist in meiner Sippe seit vielen Generationen Tradition, aber ich wüsste auch nicht, wer aus meiner Familie auf die Idee kommen würde, sich mit einem Anaureaner einzulassen«, erklärte der Offizier.

»In den alten Epochen waren Genblocker zum Schutz der aureanischen DNS-Struktur eine gesetzliche Vorschrift, nicht wahr?«, kam von Flavius.

Sachs zog die Augenbrauen nach oben. »Das ist schon lange her, aber du hast Recht. Seit Gutrim Malogor das Goldene Reich wieder vereinigt hat, wurde das so gehandhabt.«

168

»Das war ja dann vor drei Jahrtausenden. Ich habe darüber einmal etwas gelesen. War da nicht auch der Krieg zwischen dem Sternenreich von Dron und Terra?«

»Ja, ich glaube schon. Das muss die Epoche von Malogor gewesen sein. Hör mir mit den Dronai auf, Junge. Die sind für mich ein rotes Tuch. Ich habe mal einen Aureaner von Dron kennen gelernt.

Einen Mann mit größerer Klappe habe ich selten gesehen. Die bezeichnen uns Terraner nach wie vor als Weicheier und halten ihren Sieg im Unabhängigkeitskrieg von damals noch immer hoch. Großmäuler sind das! Allesamt!«, schimpfte Sachs.

»Ach, lassen Sie die doch ihr Ding machen und wir Terraner machen unseres, Herr Zenturio«, winkte Kleitos ab.

»Die Dronai können mich mal und ich mag sie überhaupt nicht«, brummte der Vorgesetzte.

»Aber Sie kennen doch bloß einen einzigen, oder?«

»Das hat mir gereicht! Diese ständigen Anspielungen auf den angeblich so großen Sieg über die Soldaten von Terra. Dieser ganze Mist ist schon Ewigkeiten her, doch der Dronos hat so getan, als ob der Konflikt noch immer andauert«, gab der Offizier verärgert zurück.

»Sie sind eben sehr eigenbrötlerisch, diese Kolonisten«, sagte Flavius.

»Spinner sind das! Punkt!«, rief Sachs aus und klatschte in die Hände.

»Besser Dronai als Außerirdische!«, merkte Princeps jetzt an, während der Gesichtsausdruck des Ausbilders in Verwunderung umschlug.

»Was interessiert mich, wer da noch irgendwo im All herumspringt. Ich glaube jedenfalls nicht, dass dort viele andere Lebewesen sind«, erhielt der junge Rekrut als Antwort.

»Aber was ist mit diesen Bildern, die uns die Forschungssonden schon von fremden Planeten geschickt haben? Manche zeigen Objekte, die wie Gebäude oder Raumschiffe aussehen. Zudem wurden doch auch schon seltsame Funksignale von unseren orbitalen Scannern aufgefangen…«, sprach Kleitos.

»Ich halte das alles für Humbug und denke, dass 90% dieser ganzen Geschichten lediglich durch dumme Zufälle verursacht worden sind. Da draußen existieren keine fremden Zivilisationen. Wir sind jetzt schon seit Tausenden von Jahren dabei, den Weltraum zu erforschen, und haben noch so gut wie nichts entdeckt. Jedenfalls keine Alienkulturen.«

»Ich habe aber schon selbst welche gesehen. Jedenfalls ihre Überreste. Das waren definitiv keine menschlichen Skelette. Damals auf Furbus IV!«, rutschte es Flavius plötzlich heraus.

»Ach?« Manilus Sachs stutzte.

»Ja, ich erzähle keinen Unsinn. Die Wesen hatten mächtige Knochen und breite Zähne in ihren Kiefern…«

»Vermutlich waren das irgendwelche Tierknochen, dort auf diesem Planeten«, entgegnete der Offizier kopfschüttelnd

»Nein, wir haben sogar ein paar technologische Überreste außerirdischer Herkunft entdeckt. Außerdem sind sämtliche Kolonisten tot gewesen…«

»Breite Zähne?«, unterbrach ihn Sachs und lächelte abfällig. »Das waren Tiere und diese angeblich nichtmenschlichen Konstrukte stammten sicherlich von den Siedlern. Was waren denn das bitteschön für Konstrukte, Rekrut?«

»So ein komisches Ding. Vielleicht ein Generator? Was weiß ich!«

»Ein Generator? Der konnte ja nur von den menschlichen Kolonisten stammen. Du willst mich wohl an der Nase herumführen, was? Sei froh, dass Onkel Manilus heute mehr oder weniger als Zivilist unterwegs ist, Bursche!«, knurrte der Ausbilder, während er Flavius grimmig angrinste.

»Was hattest du denn auf diesem Planeten überhaupt verloren? Furbus IV, nie gehört…«, brummelte Sachs.

»Das war so eine Art Forschungsreise. Ich bin damals als wissenschaftlicher Mitarbeiter bei einem Forschungsteam mitgeflogen«, erwiderte Princeps und wünschte, dass er den Mund gehalten hätte.

»Aha, ja! Wie heißt du denn, Junge?«, fragte der Vorgesetzte.

»Flavius Princeps, Herr Zenturio!«

»Und ich bin Kleitos Jarostow, Herr Zenturio!«, schob dieser respektvoll nach.

»Euch beiden werde ich noch Manieren beibringen! Da wolltet ihr mich mit Geschichten von Aliens verarschen, hä? Naja, jetzt trinken wir aber erst einmal einen venusianischen Kunstwein. Irgendwelche Einwände, Jungens?«

»Nein, natürlich nicht, Herr Zenturio! Danke, Herr Zenturio!«, gab Princeps demütig zurück.

»Und lasst heute den formalen Scheiß, klar?«, brummte der Ausbilder, wobei er Flavius auf die Schulter klopfte.

Zwei Monate waren vergangen und Flavius Gefühlslage schwankte zwischen immer wiederkehrenden Panikattacken und Zuständen bohrender Platzangst. Es gelang ihm zunehmend weniger, sich abzulenken, und nachdem er die zahlreichen Decks, Korridore, Fracht- und Mannschaftsräume der Polemos wie ein nervöses Tier mehrfach durchlaufen hatte, ging es ihm auch nicht besser.

In drei Wochen sollte er in den Kälteschlaf überführt werden und diese Vorstellung zerfraß seinen Verstand wie eine aggressive Säure. Auch Kleitos war inzwischen stark verunsichert, denn die unangenehme Prozedur war für ihn vollkommen neu und nur schwer vorstellbar.

Die Einfrierungsphase auf dem Hinflug sollte fast drei Jahre dauern. Danach, so hatten sie gesagt, würde Flavius wieder erweckt, um die übrigen Monate normalen Schiffsdienst zu leisten.

Drei Jahre schlafen, drei Jahre mit einem erloschenen Geist, wie ein lebender Toter. Umso öfter Flavius an diese Horrorvorstellung dachte, umso mehr ergriff sein Unterbewusstsein das Grauen.

Einige ältere Legionäre hatten ihm gestern gestanden, dass sie der Einfrierung ebenfalls mit Furcht entgegensahen. Vielleicht wachte man niemals mehr daraus auf, sagten sie. Princeps erschauderte beim Gedanke an die Kühlkammer, diesem versiegelten Sarg aus Stahl.

Kleitos und er hatten heute einen Termin bei einem der Schiffsärzte, der ihren körperlichen und geistigen Zustand untersuchen sollte. Mittlerweile warteten sie schon seit einer Stunde in einem trostlos eingerichteten Warteraum im unteren Bereich des gewaltigen Kriegsschiffes. Um sie herum hatten sich Dutzende von weiteren Legionären versammelt, deren Gesichtsausdrücke ebenfalls wenig Begeisterung verrieten.

Plötzlich kam eine hübsche Krankenschwester den Gang herunter und betrat den Warteraum. Mit einem freundlichen Lächeln musterte sie den jungen Soldaten aus Vana-

tium und sagte: »Herr Princeps, Dr. Phyrrus erwartet Sie
jetzt!«

Flavius warf seinem Freund einen hastigen Blick zu, während die übrigen Soldaten der gutaussehenden Krankenschwester schmachtende Blicke schenkten. Frauen gab es auf der Polemos nur wenige. Einige waren als Schiffspersonal tätig, andere arbeiteten als medizinische Hilfskräfte oder Ärztinnen.

Diese hier war wirklich ansehnlich, wie Flavius trotz seiner ansonsten so düsteren Gedanken zugeben musste. »Eugenia Gotlandt, medizinische Fachkraft« stand auf dem kleinen Namensschild an ihrem weißen Kittel.

Glattes, dunkles Haar fiel über die Schultern der Frau und rahmte ihr blasses Gesicht mit den leuchtenden blauen Augen ein. Auf dem Kopf der Schwester befand sich eine weiße Haube.

»Wenigstens ein schöner Anblick, bei so viel Mist!«, kam es Flavius in den Sinn. Er folgte der milde lächelnden Frau zu Dr. Phyrrus.

Einen Augenblick später begrüßte ihn ein Arzt mittleren Alters, der sehr sachlich wirkte. Er hatte zwei autoreaktive Ocularlgläser vor den Augen und starrte seinen neuen Patienten wortlos an.

»Setzen Sie sich, Herr Princeps!«, sagte er dann.

Flavius befolgte seine Anweisung und ließ sich auf einem Stuhl nieder. Anschließend musste er sich frei machen, während der Arzt mit einigen medizinischen Geräten herumhantierte.

»Zuerst scanne ich ihren Kreislauf, Herr Princeps!«, erklärte er, ein summendes Gerät an die Brust des Rekruten haltend.

Ein großer, holographischer Bildschirm zeigte Princeps sein schlagendes Herz und die in den Venen pulsierenden Blutströme.

»Das sieht doch ganz gut aus«, murmelte der Mediziner und fuhr mit dem Scanvorgang fort.

Die Krankenschwester bearbeitete derweil einen Datenkristall und tippte die Ergebnisse ein. Ab und zu drehte sie sich zu Flavius um und lächelte.

»Biofunktionen sind alle in Ordnung, Kreislauf ist stabil. Das müsste alles glatt laufen, Herr Princeps!«, erklärte Dr. Phyrrus.

»War's das, Herr Doktor?«, wunderte sich Flavius.

»Ja, wenn Sie keine Fragen haben, dann war es das«, gab der Arzt zurück.

Der junge Soldat zögerte für einige Sekunden. Schließlich hakte er noch einmal nach.

»Wie hoch ist eigentlich die Wahrscheinlichkeit, dass man während des Kälteschlafes stirbt, Herr Doktor?«

»Sie liegt bei etwa 0,2%, Herr Princeps. Machen Sie sich keine Sorgen. Sie werden von mehreren Biokontroll-Systemen rund um die Uhr überwacht. Wenn etwas Ungewöhnliches auftreten sollte, werden Sie sofort aufgeweckt und medizinisch betreut«, gab Dr. Phyrrus beruhigend zurück.

»Ich habe diesen Mist schon einmal hinter mich gebracht und eigentlich gehofft, dass ich nie wieder in eine Kältekammer muss. Doch dann haben sie mich einfach zum Militärdienst eingezogen…«

Der Arzt nickte. »Die meisten haben Angst vor dem Kälteschlaf, aber das müssen sie nicht. Glauben Sie mir, Herr Princeps!«

Flavius schnaufte verlegen. Kurz bevor er den Raum verließ, stellte er dem Mediziner noch eine letzte Frage.

»Haben Sie sich schon einmal gefragt, wo die Seele eines Menschen ist, wenn er in einem künstlichen Tiefschlaf verweilt?«

Dr. Phyrrus stutzte. »Die Seele?«

»Ja, genau!«

»Der Mensch schläft eben und sein Gehirn arbeitet auch noch. Nur auf einem sehr geringen Level. Es ist eben eine Art sehr langer Schlaf ohne Träume«, erläuterte der Arzt nüchtern.

»Ich glaube manchmal, dass ich während meines ersten Kälteschlafs doch geträumt habe, denn ich habe seitdem oft seltsame Visionen in meinem Kopf. Es sind verschwommene Erinnerungen oder so etwas.

Ich glaube mich manchmal entsinnen zu können, dass mein Geist die Kältekammer verlassen hat und dann durch das Raumschiff gewandert ist. Seltsam, nicht wahr?«, sagte Flavius.

Dr. Phyrrus winkte ab. »Das sind neurochemische Anomalien. So etwas kommt vor. Mit einer Seelenwanderung oder ähnlichen Dingen hat das meiner Meinung nach nichts zu tun.«

Princeps war enttäuscht, als er das hörte, und verabschiedete sich von dem Doktor. Die hübsche Krankenschwester, die seinen Ausführung mit großem Interesse zugehört hatte, schenkte ihm ein letztes Lächeln. Anschließend ging Flavius zurück in seine Unterkunft, wo er lange nachgrübelte.

Credos Platon hatte inzwischen einen großen Fundus von neuen Gesetzen und Erlassen ausgearbeitet. Die

Landreform stellte hierbei zwar einen wichtigen Teil dar, doch seine Pläne reichten noch wesentlich weiter. Insgesamt hatte sich der engagierte Archon vorgenommen, die alte Ordnung und Glorie des Goldenen Reiches wieder vollständig zu restaurieren, was gesellschaftliche, wirtschaftliche und politische Eingriffe von beträchtlicher Größenordnung bedeutete.

Damit waren zwischen den Optimaten im Senat und ihm so große Gräben entstanden, dass sie kaum noch überwunden werden konnten. Eine erste Kraftprobe zwischen Platon, den wenigen altaureanisch gesinnten Senatoren auf seiner Seite und Sobos politischer Fraktion sollte die kommende Senatssitzung darstellen, in der der Kaiser das Landreformgesetz durchbringen wollte.

Mittlerweile wurden die Pläne des Kaisers im ganzen Imperium hitzig diskutiert, wobei sich die breite Masse der Aureaner viel davon versprach. Sie war bereits auf Platons Seite, denn zum ersten Mal seit langer Zeit war ein Archon bereit, sich den innenpolitischen Problemen des Reiches auf eine entschlossene und radikale Weise zu stellen.

Sobos und seine Gesinnungsgenossen wetterten währenddessen gegen den »Emporkömmling«, wo sie nur konnten. Und die ebenfalls in der optimatischen Fraktion vereinten Besitzer der wichtigsten Telekommunikationsmedien, also jene Männer, die bestimmten, was die Simulations-Transmitter ausstrahlten, begannen damit, die Reformen des Imperators zu zerreden und negativ darzustellen.

Allerdings mussten sie sich dabei immer wieder zurückhalten, denn Platon hatte ihnen mit empfindlichen Strafen gedroht, wenn sie eine Hetzkampagne gegen ihn starteten.

Auf Dauer wollte der junge Monarch sämtliche Medien wieder verstaatlichen, so dass sie nicht mehr von einer egoistischen Gruppe reicher Patrizier für ihre eigenen Zwecke missbraucht werden konnten. Damit hatte er zugleich das nächste Schlachtfeld eröffnet.

In den vergangenen Jahrhunderten wäre es undenkbar gewesen, dass die Massenmedien des Reiches in den Händen von Privatleuten waren, doch im Laufe der Zeit hatten es die schwächeren Archonten geduldet, dass reiche Nobile das Transmitternetzwerk nach und nach aufkaufen konnten.

Ähnlich war es mit dem ursprünglich vom Staat verwalteten Land gewesen. Auch hier hatten die wohlhabenden Patriziersippen in den letzten drei Jahrhunderten riesige Gebiete erworben, die sie nun eigenmächtig verwalteten.

Die ursprünglich als Land für aureanische Siedler gedachten Regionen, waren heute große Agrarzonen voller Landwirtschaftsmaschinen oder billiger Arbeiter aus der untersten Kaste.

Als erste Maßnahme, um den unwillkommenen Monarchen unter Druck zu setzen, hatten die Großgrundbesitzer in der letzten Woche die Lebensmittelpreise deutlich erhöht, was den Unmut von Milliarden Aureanern anwachsen ließ. Selbst Produkte aus den Fisch- und Planktonfarmen in den Weltmeeren, welche wiederum nur einigen wenigen Reichen gehörten, waren jetzt teurer geworden.

Durch die Blume verkündeten die Simulations-Transmitter derweil frech, dass Platons Reformpläne daran schuld waren.

»Der Archon zwingt uns mit seiner unvernünftigen Politik dazu!«, heuchelte Sobos auf dem holographischen Bildschirm und spielte dem Volk seine Betroffenheit aufgrund der steigenden Kosten für Lebensmittel vor.

Seine Fraktionsgenossen in den Medien unterstützten ihn mit aller Kraft bei seinem Verwirrspiel, während sich der Kaiser bald einer weitreichenden Seilschaft von Patriziern gegenübersah, die vor keiner Lüge zurückschreckte.

Am heutigen Nachmittag hatte sich der idealistische Imperator zusammen mit seinem Berater Clautus in einen Garten hinter dem Archontenpalast zurückgezogen. Schweigend schritt Platon neben seinem ergrauten Diener her; die sprudelnden Fontänen betrachtend, die einer der Springbrunnen im Zentrum der Gartenlandschaft ausstieß.

»Meine Gegner nehmen mich immer stärker ins Visier«, stöhnte der Archon.

Sein Diener blickte ihn mit ernster Miene an und verschränkte die Hände hinter dem Rücken.

»Wenn ich ehrlich bin, Majestät, dann weiß ich selbst nicht, was man dagegen tun kann. Eine solche Situation hat es unter Xanthos dem Erhabenen niemals gegeben. Die ganze Sache überfordert mich.«

Platon ging ein paar Meter voraus und lehnte sich an den steinernen Brunnen. »Ich hätte nicht gedacht, dass wir schon so weit gekommen sind. Diese *Optimaten* treten mir mit einem Hass gegenüber, den ich kaum begreifen kann. Sehen sie denn nicht, dass ich diese Maßnahmen zum Wohle unserer gesamten Kaste durchführen muss?«

»Sie wollen es nicht sehen!«, stieß Triton ärgerlich aus. »Das Wohl der aureanischen Kaste und des Goldenen

Reiches ist ihnen vollkommen gleich. Sie leben in ihrer eigenen Welt und ich habe die Befürchtung, dass sie Euch eines Tages etwas antun werden, wenn Ihr die Reformpläne nicht zurückzieht.«

Der Imperator zuckte erschrocken zusammen und rang nach Luft. »Wie bitte, Clautus?«

Dieser starrte gen Himmel und sagte nichts. Dann räusperte er sich, um zu bemerken: »Ich habe im Gefühl, dass sich eine gewaltige Verschwörung gegen Euch zusammenbraut, Herr. Ihr beginnt einen Kampf gegen sehr, sehr mächtige Männer – und die sind zu allem bereit, wenn es darum geht, ihre Vermögen zu bewahren. Vielleicht hattet ihr damals doch recht, als Ihr Eure Furcht vor einem möglichen Attentat geäußert habt, Exzellenz.«

»Ist das Euer Ernst, Clautus? Glaubt Ihr tatsächlich, dass sie mir etwas tun würden?«

»Ich traue Sobos ein ganzes Sammelsurium von Teufeleien zu und er hat inzwischen so viele einflussreiche Patrizier um sich geschart, dass diese Fraktion geradezu furchterregend mächtig ist, Majestät!«

Platon wollte so etwas nicht hören; sein Gesicht verriet die in ihm aufkochende Wut.

»Ich bin der Archon des Goldenen Reiches! Auch die Nobilen haben sich meinen Befehlen und den allgemeinen Interessen der aureanischen Kaste zu fügen!«, schnaubte er, wobei er die Arme in die Höhe warf.

»Majestät, ich meine es gut mit Euch! Seid bitte vorsichtig, wen Ihr nahe an Euch heranlasst. Erhöht die Sicherheitsmaßnahmen im Archontenpalast. Glaubt mir, ich habe diese Männer schon oft genug unter Xanthos dem Erhabenen erlebt. Sie kennen keine Skrupel, wenn es um

ihre Interessen geht. Seid vorsichtig!«, warnte Clautus seinen Herrn.

Der Mordauftrag

Von den etwa 48 Monaten, die eine Raumreise zum Proxima Centauri System dauerte, hatte Flavius inzwischen kaum drei überstanden. Dennoch kam ihm der Flug bereits wie eine halbe Ewigkeit vor. Immer öfter griff er heimlich zum Neurostimulator und pumpte Ströme von Glücksgefühlen in seinen Schädel, um sich noch auf den Beinen halten oder einschlafen zu können.

Flavius wurde zunehmend gereizter und zugleich ängstlicher, je näher der Tag seiner Einfrierung rückte. Gestern hatte er sich mit Kleitos in einer der kleinen Bars im obersten Deck des Schiffes betrunken. Offizier Sachs war ihnen dort erneut über den Weg gelaufen und hatte, obwohl ihm von Flavius eine derartige Einfühlsamkeit gar nicht zugetraut worden war, versucht, den beiden Rekruten die Furcht vor dem Kälteschlaf zu nehmen.

»Da kann nichts passieren. Ich habe das schon fünf Mal hinter mich gebracht und es geht mir gut«, hatte der Ausbilder betont und Kleitos und Flavius den ganzen Abend mit synthetischen Cocktails versorgt.

Der Zenturio mit dem vernarbten Gesicht machte den Eindruck, als ob er mit seinem Leben unzufrieden wäre. Er war der »Erzeuger« eines Sohnes und einer Tochter, wie er bemerkt hatte, doch diese sah er aufgrund seines ununterbrochenen Militärdienstes so gut wie nie. Seine Frau hatte sich schon lange von ihm getrennt und lebte mit den Kindern irgendwo in Vasta.

»Das ist der Preis für ein Leben als Soldat Terras!«, hatte Sachs mit einer gewissen Melancholie erklärt, während ein Getränk nach dem anderen in seinem Rachen verschwunden war.

Flavius und Kleitos, die inzwischen wie zwei siamesische Zwillinge zusammen durch die Polemos wanderten und versuchten, jeden Tag aufs neue die Zeit totzuschlagen, hatten sich heute erneut in die Bar begeben, um ein wenig zu plaudern.

Hier hatten sich einige Legionäre und Angehörige des Schiffspersonals versammelt, so dass ein lautes Schwatzen den schlichten, metallischen Raum erfüllte.

Sachs war diesmal nicht dabei. Vielleicht wollte er nüchtern bleiben oder hatte sich eine andere Lokalität auf dem riesigen Schlachtschiff ausgesucht.

»Hier an Bord ist eine sehr hübsche Krankenschwester, Kleitos. Sie heißt Eugenia. Ich habe sie kennengelernt, als ich bei der Voruntersuchung für den Kälteschlaf war. Du hättest sie sehen sollen. Eine wahre Augenweide!«, schwärmte Princeps und beugte sich über die Theke.

Kleitos grinste. »So, so! Die musst du mir mal zeigen, Kamerad. Was mache ich eigentlich, wenn du im Tiefschlaf bist und ich hier noch drei Monate ohne dich rumhängen muss?«

»Frag doch mal Zenturio Sachs. Der kann mit dir ja dann jeden Abend einen trinken, bis auch du ins Eisfach kommst«, scherzte Flavius.

»Sehr witzig!«, maulte Jarostow und sah betrübt drein. »Dieser Raumflug nagt inzwischen auch an meinen Nerven. Und zwar nicht zu knapp! Ich habe ständig Kopfschmerzen und glaube manchmal, dass ich irgendwie nicht mehr richtig atmen kann. Meinst du, das ist schlimm?«

Tief im Inneren wunderte sich Flavius, dass ausgerechnet er jemandem Seelentrost spenden sollte, wo er doch glaubte, die meiste Angst vor der Kühlkammer zu haben. Dennoch bemühte er sich, ein paar aufbauende Worte für seinen Freund zu finden.

»Nein, das sind psychische Erscheinungen. Die gehen wieder weg. Wir dürfen nicht durchdrehen in dieser verfluchten Blechbüchse. Manchmal glaube ich, dass drei Jahre Tiefschlaf vielleicht sogar besser sind, als sich immer nur Gedanken zu machen. Dann ist wenigstens das Hirn ruhig gestellt.«

»Ich weiß nicht«, erwiderte Kleitos unsicher.

»Nur nicht durchdrehen! Denke immer daran!«

»Das sagt gerade der Richtige…«

»Ich weiß! Aber auch du musst mir das immer wieder sagen, wenn ich kurz davor stehe, die Nerven zu verlieren. Gestern ist offenbar einer im Nachbarquartier ausgerastet. Hast du das mitbekommen?«

»Nein, was war denn los?«

»Irgendein Legionär, vielleicht so alt wie ich, ist halbnackt über den Gang gerannt und hat geschrien, dass das Schiff umdrehen und nach Terra zurückfliegen soll. Die haben ihm Beruhigungsmittel gespritzt und ihn auf die Krankenstation gebracht.«

»Ach?«

»Ich habe das aber auch nur so halb mitbekommen. Ein Legionär hat es mir heute Morgen beim Frühstück erzählt.«

»Wie war das denn bei deinem ersten Raumflug?«, wollte Kleitos plötzlich wissen, doch Flavius winkte ab.

»Lassen wir das! Darüber will ich heute nicht sprechen. Ich hasse seitdem den Weltraum! Damals habe ich mich

auch nicht viel anders als der Typ auf dem Gang verhalten. Ich hatte „Weltraumfieber", wie von unserem Schiffsarzt festgestellt worden war. Das ist so eine Art klaustrophobischer Wahn, wenn man zu lange im All ist.«
»Das klingt wirklich wenig erbaulich!«, meinte Kleitos.
»Lass mich nicht daran denken. Vielleicht überstehe ich es diesmal besser. Hauptsache, wir kommen eines Tages wieder lebend nach Terra zurück«, sagte Flavius zerknirscht und ließ sich noch ein Getränk bringen.

Juan Sobos wanderte in einen langen Mantel gehüllt durch die Straßen von Gayrro. Der reiche Senator hatte sich inkognito nach Nordarica begeben, um eine bestimmte Person zu treffen. Ihr Name war Rodmilla Curow und sie war, so fand der Patrizier, die richtige Frau für die schwierige Aufgabe, die er ihr geben wollte.
Wie ein Schatten schlich Sobos durch den Haupteingang eines schäbigen Habitatskomplexes und fuhr mit dem Aufzug in das 123. Stockwerk. Draußen war es inzwischen dunkel geworden. In den endlosen Korridoren des riesigen Wohnkomplexes hörte man außer gelegentlichem Getuschel hinter metallenen Türen nichts.
Der verhüllte Patrizier erreichte eine unscheinbare Habitatskammer und machte mit einer kurzen Nachricht seines Kommunikationsboten darauf aufmerksam, dass man ihn in den Raum hineinlassen sollte. Wenige Sekunden später öffnete sich die Tür mit einem leisen Summen; Sobos glitt in den halbdunklen Raum wie ein Fischotter ins Wasser.
»Der ehrenwerte Senator aus Braza! Welch eine Freude!«, sagte eine Frauenstimme, während sich der Gast die Kapuze vom Kopf streifte.

»Fräulein Rodmilla! Wie schön, Sie einmal persönlich zu treffen«, gab Sobos zurück.

Eine schlanke, attraktive Dame mit rotblondem Haar bewegte sich schnellen Schrittes auf ihn zu und schenkte ihm ein verschlagenes Lächeln. Dann schüttelte sie ihm die Hand.

»Möchten Ihr etwas trinken, Senator?«, fragte die Frau. Sie griff nach einem versilberten Kelch.

»Nein, danke!«, entgegnete Sobos kurz.

Rodmilla lächelte. »Glaubt Ihr, dass ich Euch vergiften möchte, Senator?«

Sobos räusperte sich; antwortete jedoch nicht auf die leicht provozierende Frage.

»Gut, kommen wir zur Sache. Worum geht es?«, wollte die langhaarige Schönheit wissen. Sobos ließ sich auf einem Stuhl nieder, er musterte die Fremde mit einer gewissen Skepsis.

»Ich habe von Ihren Qualitäten gehört, Madame. Sie wurden mir sozusagen empfohlen. Deshalb komme ich mit einem sehr, sehr wichtigen und zugleich heiklen Auftrag zu Ihnen."

»Da bin ich aber gespannt…«, murmelte Rodmilla.

Der Führer der Optimatenfraktion sah die Frau mit seinen von tiefen Ringen umgebenen Augen an. Nachdenklich beäugte er seine Gesprächspartnerin, wobei sich seine Miene von Sekunde zu Sekunde verfinsterte. Schließlich lehnte er sich zurück, verschränkte die Arme auf der Brust und flüsterte: »Sie sollen den Archon ausschalten, Madame Curow! Trauen Sie sich das zu?«

Ein ungläubiges Lächeln sprang Sobos entgegen; Rodmilla ließ ihren Kopf wie ein Vogel zurückschnellen.

»Wie bitte? Credos Platon töten? Wollt Ihr mich auf den Arm nehmen, Senator?«

»Nein!«, knurrte Sobos entschlossen. »Ich meine es todernst! Wir von der Optimatenpartei meinen es todernst! Der Imperator muss sterben...«

»Aber?«, stieß Rodmilla überfordert aus.

»Wir werden Ihnen dafür ein Vermögen zukommen lassen, dass Sie in Ihren nächsten zehn Leben nicht verschwenden können. Das ist unser Angebot. Töten Sie den Monarchen und Sie werden für immer ausgesorgt haben, Fräulein Curow«, erklärte Sobos grimmig.

Langsam schien Rodmilla der Gedanke zu gefallen, ihre Miene erhellte sich. »Credos Platon umbringen? Das ist verrückt! Allerdings wäre es eine echte Herausforderung für meine Wenigkeit, das muss ich zugeben. Doch dafür verlange ich sehr, sehr viele VEs! Sehr, sehr, sehr viele VEs!«

»Das ist kein Problem, Madame! Sie werden im Reichtum ertrinken, wenn Sie es schaffen, diesen Bastard auszuschalten«, versicherte der Grundherr aus Braza.

»Er möchte Eurem Stand ans Leder, nicht wahr?«, neckte Rodmilla ihren Gast.

»Ja, das will er wohl«, gab Sobos mit einem leichten Schnaufen zurück. »Töten Sie ihn! Trauen Sie sich das zu?«

»Es wird der schwierigste Auftrag meines Lebens werden und mir zugleich ein Denkmal setzen. Um an Platon heran zu kommen, muss ich den Archontenpalast infiltrieren. Am besten mische ich mich unter das Dienstpersonal...«

»Wir überlassen das alles Ihnen. Für uns zählt lediglich das Resultat, Fräulein Curow. Und wir wissen ja, dass Sie in anderen Fällen schon hervorragende Leistungen gebracht haben. Ich denke da an diesen so plötzlich verschiedenen Herrn von der Gilde der Raumschiffbauer und andere bedeutende Personen...«

Rodmilla grinste und murmelte vor sich hin, während sie sich durch die Haare strich. »Das ist alles Kleinkram gegen diesen Auftrag. Credos Platon ermorden! Verrückt ist das!«

»Also können wir uns darauf verlassen, dass Sie uns helfen werden?«, hakte Sobos nach.

»Ja, ich werde mein Möglichstes tun, Senator!«, versicherte die Dame. »Aber vergesst nicht, dass dafür zunächst der Preis stimmen muss!«

»Gut, Sie werden morgen eine erste Anzahlung erhalten. Wir geben Ihnen 25 Millionen VEs! Ist das für Sie akzeptabel, Fräulein Curow?«, fragte Sobos mit einem überheblichen Schmunzeln.

»25 Millionen?«, stammelte die Meuchelmörderin und krallte sich an ihrer Stuhllehne fest.

»Ja, als kleine Anzahlung. Sie erhalten weitere 75 Millionen VEs, wenn Sie uns den Archon vom Hals schaffen! Viel Erfolg!«, sprach der Senator, stand von seinem Stuhl auf und verließ den Raum, ohne Rodmilla noch einmal anzusehen.

Flavius, Kleitos und viele andere Legionäre an Bord der Polemos hatten sich die Zeit bis zu ihrer ersten Einfrierung mehr oder weniger erfolgreich vertrieben. Sie waren zwischen Bars, Krafträumen, Sporthallen und Vergnügungseinrichtungen umhergetigert, wobei in den meisten Männern stets ein Gefühl allgegenwärtiger Angst rumorte. Bei Flavius war es besonders schlimm. Morgen sollte er für drei Jahre in den Kälteschlaf überführt werden. Ganze 36 Monate künstliche Totenstarre warteten auf ihn. Der junge Rekrut wurde zunehmend nervöser.

Kleitos stand diese Prozedur in drei Monaten bevor und auch er war mittlerweile sehr angespannt. Ständig löcherte er seinen neuen Freund mit Fragen bezüglich des Kälteschlafs.

»Träumt man in der Tiefschlafkammer?«, wollte er wieder und wieder wissen.

Flavius konnte es ihm nicht beantworten, denn in seinem Bewusstsein hatte er keine Erinnerung mehr an die Zeit in der Kältekammer auf dem Flug nach Furbus IV. Lediglich verschwommener Visionen konnte er sich entsinnen, wobei er nicht genau wusste, ob sie mit seinem damaligen Tiefschlaf zusammenhingen oder nicht.

Heute lief Princeps schon den ganzen Tag durch die Korridore und Gänge der Polemos. Seit den frühen Morgenstunden hatte er keine Ruhe gefunden und sich bereits eine Vielzahl von Glücksgefühlen per Neurostimulator durch das Hirn gejagt. Das drängte die Sorgen kurzzeitig zurück. Und wenn sie zu groß wurden, war es Zeit für die nächste Dosis.

Wie von einem unerklärlichen Drang getrieben, marschierte Flavius immer wieder durch den medizinischen Komplex des Sternenschiffes in der Hoffnung, noch einen Blick auf die hübsche Krankenschwester Eugenia werfen zu können.

Wenn er schon in die Tiefschlafkammer musste, dann wollte er vorher wenigstens noch etwas Schönes sehen, dachte der Legionär.

Inzwischen befand sich Princeps bereits seit zwei Stunden in der Nähe der Untersuchungskammer von Dr.

Phyrrus, wo er unermüdlich über den Gang schlenderte. Ob Eugenia heute überhaupt Dienst hatte?

Es dauerte noch eine Weile, bis ihm diese Frage beantwortet wurde. Flavius erblickte die junge Frau auf dem Korridor und fühlte einen Anflug von Freude in sich aufkeimen.

Elegant schritt die Krankenschwester über den Gang, sah ihn jedoch nicht, wenn sie sich überhaupt noch an sein Gesicht erinnern konnte. Flavius folgte ihr behutsam; in der Hoffnung, wenigstens ein kurzes Lächeln geschenkt zu bekommen. Als er sich Eugenia von hinten genähert hatte, drehte sich diese plötzlich blitzartig um und sah ihn an.

»Kann ich Ihnen helfen, Herr Princeps?«, fragte sie.

Flavius zuckte zusammen. Verlegen taumelte er ein paar Schritte zurück.

»Äh, nein! Danke! Ich…ich vertrete mir hier oben nur ein wenig die Beine«, stammelte er und blickte an Eugenia vorbei, als ob sie ihn ertappt hätte.

»Morgen ist es soweit, Herr Princeps«, erwiderte sie und kam mit einem Lächeln auf ihn zu.

»Sie hat sich meinen Namen gemerkt!«, ging es Flavius durch den Kopf, während er verzweifelt nach einer passenden Antwort suchte.

»Bin nur etwas nervös, aber das legt sich wohl im Laufe des Tages«, sagte der Soldat dann.

Eugenia musterte ihn. »Bei Dr. Phyrrus haben Sie sich leicht besorgt angehört, Herr Princeps! Hat man deutlich gemerkt. Das ist nicht Ihre erste Tiefschlafphase, nicht wahr?«

»Nein! Den Horror kenne ich bereits. Aber ich werde das schon überleben«, druckste Flavius herum.

»Die Wahrscheinlichkeit, dass etwas passiert, ist verschwindend gering. Wir überwachen Ihre Körperfunktionen rund um die Uhr. Wenn etwas ist, dann werden Sie sofort geweckt. Also, Kopf hoch!«

Flavius wunderte sich über die Zuversichtlichkeit und das Vertrauen der jungen Frau.

»Haben Sie selbst keine Angst vor dem Kälteschlaf, Frau Gotlandt?«

»Sie können mich ruhig Eugenia nennen!«, gab sie lachend zurück. »Nein, eigentlich nicht. Ich vertraue der Technik!«

»Dann waren Sie auch schon öfter in einer Kältekammer?«

»Ja, natürlich! Ich bin häufig bei Raumflügen dabei. Da passiert nichts. Kriegseinsätze sind doch viel gefährlicher. Meinen Sie nicht?«

Princeps zögerte für eine Sekunde. »Ja, das ist sicherlich wahr, allerdings fürchte ich diese verdammte Kammer mehr als jedes Schlachtfeld.«

Die Krankenschwester betrachtete ihn mit prüfendem Blick.

»Kommen Sie aus dem Norden von Teulan, Herr Princeps?«

»Ja, aus Vanatium! Wieso?«

»Man hört es an Ihrem Akzent. Das ist ja witzig. Ich komme aus Midheim, das ist ja ganz in der Nähe!«, antwortete Eugenia erfreut.

»Aus Midheim? Dann sind wir ja praktisch Nachbarn!«, stieß Princeps erfreut aus. »Sie…äh…Du kannst mich übrigens auch Flavius nennen!«

»Gut, Flavius! Dann werde ich das mal tun!«, gab Eugenia schmunzelnd zurück.

»Vielleicht ist der Kälteschlaf ja doch nicht so verkehrt. Man bleibt jung und schön, nicht wahr?«, schob Flavius nach und wunderte sich, dass seine ansonsten so forsche Art bei Frauen plötzlich wiedergekommen war.

Die Krankenschwester lächelte. »Oh, das nehme ich als Kompliment, Herr Soldat. Ich werde ab und zu nach dir sehen, während du im Tiefschlaf bist. Dann können wir ja irgendwann mal etwas trinken gehen, wenn dieser Raumflug vorbei ist.«

»Das Angebot nehme ich gerne an!«, sagte Flavius, während Eugenia langsam zum Aufzug ging.

»Alles Gute, Flavius! Und mach dir keine Sorgen!«, sagte sie. Dann schlossen sich die Türen des Lifts und die hübsche Frau verschwand.

Princeps blieb mit seliger Miene auf dem Korridor zurück und sah ihr nach. Für einen kurzen Moment war die Angst vor dem morgigen Tag verflogen.

Knappe 16 Stunden später war es soweit. Hunderte von Legionären bereiteten sich auf den bevorstehenden Kälteschlaf vor. Kleitos war Flavius in den oberen Bereich der Polemos gefolgt, um seinem Freund seelischen und moralischen Beistand zu leisten.

Inzwischen war Princeps kreidebleich geworden und hatte sich noch einmal mit Glücksgefühlen vollgepumpt. Die Wirkung des Neurostimulators hatte jedoch diesmal nicht die gewünschte Intensität, denn das Gerät konnte kaum verhindern, dass er mit jeder verstreichenden Minute näher an einen Nervenzusammenbruch heranrückte.

Um ihn herum tuschelten die anderen Soldaten; manche von ihnen wirkten ebenfalls äußerst nervös oder gar panisch. Nach und nach wurden sie von Angehörigen des

Schiffspersonals in eine große Halle gerufen, wo sich die Kälteschlafkammern befanden. Flavius hasste ihren Anblick. Sie wirkten wie die Waben eines Bienenstocks, nur eben nicht natürlich, sondern kalt und metallisch.

»Jetzt mach dich nicht verrückt, Alter!«, versuchte ihn Kleitos zu beruhigen und legte ihm die Hand auf die Schulter.

Princeps schluckte leise und spürte, wie ihm mehr und mehr der Atem stockte. Die nächste Gruppe Legionäre verließ mit leidenden Mienen den langen Wartegang und trottete in die Halle mit den Tiefschlafkammern.

Drei Jahre in einer eisähnlichen Flüssigkeit gefangen. Mit abgeschaltetem Verstand und fast auf Null reduzierten Körperfunktionen. Es war ein Alptraum; schwarze Furcht nagte in Flavius' Innerem. Doch war es unvermeidlich. Als nächstes war er an der Reihe.

»Sie wecken mich, wenn etwas nicht stimmt, oder?«, vergewisserte sich der Legionär noch einmal. Jarostow nickte.

»Natürlich! Das sind vollautomatische Bio-Kontrollsysteme.“

»Ich hasse es, wenn sie einen in diesen Kammern einschließen. Das ist, wie lebendig begraben zu werden«, zischte Princeps. Er lief auf der Stelle auf und ab.

»Du stehst unter ständiger Beobachtung! Reiß dich zusammen!«

»Wie lebendig begraben werden…«

»Da passiert nichts, Flavius!«

»Diese verfluchten Bürokraten! Hätten sie sich nicht einen anderen Dummen für die Legion suchen können?«, schimpfte Flavius leise vor sich hin und biss sich so stark auf die Unterlippe, dass ein dünner Blutfaden sein Kinn herabfloss.

»Du musst da jetzt durch! Nimm noch eine von den Beruhigungspillen«, sagte Kleitos, Princeps eine synthetische Kapsel überreichend.

»Gib mir ruhig zwei!«, bemerkte dieser mit einem gequälten Grinsen.

Er würgte die Tabletten herunter und keuchte anschließend. Im gleichen Augenblick kamen fünf Angehörige des Schiffspersonals in blauschwarzen Uniformen aus der Halle und stellten sich auf den Gang.

»Die Gruppe »O« und die Gruppe »P« bereithalten! Folgen sie uns!«, rief einer der Männer über den Korridor.

Flavius setzte sich schweigend in Bewegung.

»Wir sehen uns, Freund!«, hörte er Kleitos hinter sich rufen und warf diesem einen letzten, leeren Blick zu.

Princeps versuchte, in diesen Minuten an nichts zu denken und ließ einfach alles über sich ergehen. Als die übrigen Legionäre und er in die Halle eintraten, warteten bereits die Kälteschlafkammern auf sie. Ihre Türen waren weit geöffnet, wie die Mäuler von fleischfressenden Pflanzen. Im Inneren der Kammern befanden sich zahlreiche Kabel und Schläuche. Überall leuchteten kleine Lichter in verschiedensten Farben.

Flavius schritt einen stählernen Treppenaufgang hinauf und einer der Männer vom Schiffspersonal bat ihn, sich in die Tiefschlafkammer zu begeben. Der entsetzte Rekrut verharrte für einige Sekunden vor dem offenen Schlund, dann fügte er sich dem Unabänderlichen.

Mit zusammengebissenen Zähnen bemühte sich Flavius, das in seinem Blut kochende Adrenalin abkühlen zu lassen. Er rang mit einer dunklen Wolke aus grenzenloser, klaustrophobischer Panik, welche sich in den Weiten seines Verstandes wie ein Geschwür aufblähte.

Schließlich setzten sie ihm die Atemmaske auf und verbanden seinen Körper mit zahlreichen Schläuchen und elektronischen Fühlern.

»Gleich machen sie diese verfluchte Kammer zu und versiegeln sie!«, bohrte es in Flavius Gehirn, während sie ihn weiter verkabelten.

Die Männer vom Personal der Polemos sprachen ihm noch einige beruhigende Worte zu, denn seine Angst war kaum zu übersehen. Als Princeps Körper schließlich mit einer Welle aus Narkose- und Beruhigungsmitteln überspült wurde, betrachtete er dies letztendlich als Wohltat.

Bald würden die Ängste und Sorgen nachlassen. Das lästige Denken würde verglühen wie ein sterbendes Gestirn. Dann überkam ihn der Tiefschlaf.

Der Senatssaal von Asaheim brodelte wie ein unter Feuer gesetzter Kessel. Draußen vor dem Gebäude hatten sich Tausende von Bürgern versammelt, die gespannt darauf warteten, wie der politische Konflikt zwischen dem Imperator, den wenigen altaureanisch gesinnten Senatoren und seinen Gegnern von der Optimatenpartei ausgehen würde.

Während sich Schaulustige und Piktographierer vor dem Haupteingang postierten und hofften, etwas von dem Geschehen im Senatssaal mit zu bekommen, hielt Platon, kurz vor der entscheidenden Abstimmung über das Reformpaket, eine leidenschaftliche Rede.

Als er sie beendet hatte, erklang erwartungsgemäß nur wenig Applaus aus den Reihen der Nobilen. Der junge Archon hatte versucht, den altaureanischen Geist zu beschwören und davon gesprochen, das Goldene Reich vor Zerfall, Degeneration und Dekadenz retten zu wollen. Dafür verlangte er auch von den führenden Patriziergeschlechtern Opfer, im Sinne des Gemeinwohls der aureanischen Kaste.

Juan Sobos hatte im Vorfeld dieser alles entscheidenden Veranstaltung sämtliche Mittel aufgewendet, um den größten Teil der 1000 Mitglieder im Senat von Asaheim auf seine Seite zu ziehen und unter dem Banner der Optimatenfraktion gegen Platon zu vereinen. Es hatte den reichen Grundbesitzer große Summen gekostet, den einen oder anderen Nobilen zu bestechen, doch Sobos hatte sie bezahlt. Nun hoffte er, dass seine Bemühungen ausreichten, um die Reformen des Imperators aufzuhalten.

Bald herrschte gespannte Ruhe auf den Sitzbänken und Tribünen des gewaltigen Senatssaals, denn ein hoher Würdenträger des Monarchen schritt langsam zum Podium, um den erwartungsvollen Senatoren das Ergebnis der Vetoabstimmung zu verkünden.

Der kahlköpfige Mann in einer lilafarbenen Robe, die mit zahlreichen Goldplaketten bestückt war, räusperte sich und hielt einen Datenkristall in die Höhe.

Mit ein paar schnellen Handbewegungen aktivierte er das Gerät und öffnete eine riesige holographische Leinwand, deren bläuliches Leuchten den gesamten Saal ausfüllte.

Platon rutschte unruhig auf seinem Thron hin und her; nervös trommelte er mit den Fingern auf der Lehne herum. Eine Niederlage gegen die Optimaten würde ihn vor aller Augen demütigen und lächerlich machen. Das war ihm bewusst.

Inzwischen war es so still geworden, dass man den Würdenträger fast atmen hören konnte. Schließlich huschten die ersten Daten über die holographische Leinwand und ein lautes Raunen durchfuhr die Masse der Senatoren. Das endgültige Resultat der Wahl sollte jedoch noch folgen.

»Ich verkünde das Ergebnis der Vetoabstimmung! Die Abstimmung ist von dem ehrwürdigen Senator Juan Sobos mit einem ordnungsgemäßen Antrag vorgeschlagen und gemäß unserer Gesetze durchgeführt worden. Für die Reformgesetze des ehrwürdigen Imperators Credos Platon haben 289 Senatoren gestimmt…«, rief der Würdenträger, während einige der Anwesenden zu schreien und zu fluchen begannen.

»Gegen die Reformgesetze des ehrwürdigen Imperators Credos Platon haben 711 Senatoren gestimmt. Damit ist das Veto gescheitert, denn die erforderliche Dreiviertelmehrheit wurde nicht erreicht! Die Reformgesetze treten demnach ordnungsgemäß in Kraft!«

Sobos glich einem Vulkan, als er das Abstimmungsergebnis hörte; sein speckiges Gesicht wurde mit jeder Sekunde ein wenig roter. Er blies die Backen auf und krallte sich wütend an einer hölzernen Lehne fest. Seine Fraktionsgenossen zischten ihrerseits laute Verwünschungen in Richtung des Imperators.

»Ich fasse es nicht! Wer sind diese 289 Narren, die unserem Patrizierstand in den Rücken gefallen sind?«, brüllte Sobos durch den Saal und warf einen Stapel Akten in Richtung der vorderen Sitzreihen.

Platon lächelte hingegen mit Erleichterung. Es war ihm anzusehen, welch großer Stein von seinem Herzen gefallen war. Sein Berater, der alte Clautus, kam zu ihm herüber und umarmte ihn mit Freudentränen in den Augen.

»Das hätte ich nicht für möglich gehalten! Eine wahre Sensation, Majestät!«, rief er begeistert, während die Optimaten in seinem Rücken die Fäuste ballten und Zeter und Mordio spien.

Nach einigen tumultartigen Szenen begab sich der Archon zum Rednerpult und mahnte die Anwesenden zu Ruhe und Ordnung, doch es gelang ihm kaum, die erhitzten Gemüter zu besänftigen. Schließlich verließen die Optimaten unter lautem Getöse den Senatssaal, wobei sie wüste Drohungen um sich warfen.

»Wir lassen uns nicht enteignen! Egal, ob es Gesetz ist oder nicht!«, donnerte Sobos, bevor er aus der Halle verschwand.

Platon seufzte, als er sah, mit welchem Hass ihm seine politischen Gegner mittlerweile gegenüberstanden. Jede Hoffnung auf Einsicht war angesichts einer solch vergifteten Stimmung vergebens.

»Sicherlich werden sie sich in den nächsten Wochen beruhigen und sich dem Gesetz fügen«, sagte der Archon am Ende dieses ereignisreichen Tages zu seinem Berater Clautus.

Dieser schwieg jedoch, denn tief im Inneren war er sich im Klaren darüber, dass der Konflikt mit den Optimaten gerade erst begonnen hatte.

Die Reformen des Platon

Während sich die terranische Kriegsflotte durch den Leerraum zwischen den Systemen bewegte und Flavius in seiner Tiefschlafkammer die Zeit an sich vorbeiziehen ließ, begann Credos Platon damit, seine Reformpläne in die Tat umzusetzen.

Hunderte Millionen Aureaner bekamen neue Siedlungsparzellen auf dem Landbesitz der patrizischen Grundherren zugeschrieben und große Scharen von Auswanderern verließen die überfüllten Megastädte, um in den Gebieten zwischen Zyberia und Hyboran eine neue Heimat zu finden.

Hier wurden hauptsächlich Aureanerfamilien mit Kindern angesiedelt, welche der höchsten und zweithöchsten Sub-Kaste angehörten.

Die gewaltigen Siedlungsmaßnahmen sollten sich nun nach und nach auf alle Teile des Goldenen Reiches ausdehnen, was die grundbesitzenden Nobilen zu immer heftigeren Proteststürmen veranlasste.

Allerdings stand auch ein kleiner Teil der Senatorenschaft auf Seiten des Monarchen, wobei auch bei diesem nicht immer die edlen, altaureanischen Motive vorherrschten.

Manche der Senatoren, die Platon unterstützten und die über andere Formen des Besitzes verfügten, wollten dadurch ihre Rivalen im Senat, die ihr Vermögen hauptsächlich auf Großgrundbesitz begründeten, schwächen und sich selbst eine bevorzugte Position verschaffen. Somit mussten viele reiche Herren nun nicht nur einen Teil des von ihnen beanspruchten Landes räumen und den gewöhnlichen Aureanern zur Verfügung stellen, sondern auch mit ansehen, wie ihre anaureanischen Arbeitskräfte wieder in Gebiete außerhalb der Reichsgrenzen verfrachtet wurden.

Einen derartigen wirtschaftlichen und politischen Einschnitt in die Rechte und Privilegien der bevorzugten Patriziersippen hatte es seit Jahrhunderten nicht mehr gegeben, was dazu führte, dass Platon schließlich als »Herr des Pöbels« und »Nestbeschmutzer« beschimpft wurde.

Der Imperator sah seine Maßnahmen hingegen genau gegenteilig, denn seiner Meinung nach verschaffte er gerade den besten Teilen der aureanischen Kaste die Lebensmöglichkeiten, die ihnen seiner Meinung nach zustanden.

Von der großen Masse der Bürger wurde der Archon indes als Wohltäter gefeiert und seine Beliebtheit wuchs mit jeder neuen Reform. Außerdem war die Zuteilung von Siedlungsland auch nur eine von vielen positiven Neuheiten, die Platon umzusetzen versprach.

Als nächstes sollten sämtliche anaureanische Hilfskräfte, die in den Betrieben und Industriekomplexen im Goldenen Reich arbeiteten, ausgewiesen und durch Aureaner ersetzt werden. Weiterhin plante Platon sogar, die Besitzer von Fabriken und Produktionszentren dazu zu zwingen, einige ihrer Maschinen abzuschaffen, um an ihrer Stelle aureanische Bürger einzusetzen.

Das alles bedeutete für viele reiche Nobilensippen einen immensen Verlust an Gewinn und Reichtum. Die Lage auf Terra spitzte sich zu, doch Platon ließ sich trotz des Hasses seiner Gegner nicht davon abhalten, seine Reformen weiter voran zu treiben.

Im 16. Jahrtausend nach alter Zeitrechnung hatte sich die Menschheit in einem Radius von etwa 750 Lichtjahren rund um Terra ausgebreitet. Das bedeutete jedoch nicht, dass das Goldene Reich dieses Areal auch gänzlich beherrschte.

Ein effektiver Hyperraum-Antrieb für Raumschiffe, der die Grenzen der Realität und damit die gewaltigen Dimensionen zwischen den Sternen überwinden konnte, war trotz Jahrhunderten der Forschung noch immer nicht entwickelt worden. Allerdings war es inzwischen gelungen, mit den modernsten Sternenschiffen knapp Dreiviertel der Lichtgeschwindigkeit zu erreichen; was aber nichts daran änderte, dass eine Reise von Terra bis zu den Kolonien am äußersten Rand der von Menschen besiedelten Zone um die 1000 Jahre dauerte und schlichtweg nicht umsetzbar war.

Der Einfluss Terras reichte demnach nicht weiter als 250 Lichtjahre in die Weiten des Alls. Zu diesem Zweck hatte das Goldene Reich ein paar sehr wichtige Kolonieplaneten zu administrativen »Stellvertretern« gemacht, die im Namen Terras noch weiter entfernte Regionen verwalteten.

So war es den Herrschern der Erde zumindest im Ansatz möglich, wenn die »Stellvertreter-Planeten« ihnen den Gehorsam verweigerten, diese durch die Entsendung von Truppen unter Druck zu setzen, so dass selbige den Druck wiederum an die ihnen unterstellten Planeten weitergaben.

Doch diese Vorgehensweise war im Laufe der Zeit immer schwieriger geworden. Wer sich außerhalb der terranischen Einflusszone befand, der war mehr oder weniger unabhängig, denn kein Archon konnte Kriegsflotten über 300 Jahre oder länger durch das All fliegen lassen.

So war der Mutterplanet der Menschheit schon lange nicht mehr der Herr über seine »Kinder«, die Kolonisten, die immer häufiger auf eigene Faust und ohne zentrale Planung weitere Planeten besiedelten.

Die aureanische Menschheit eines Tages wieder unter einem Banner zu vereinen und ein starkes galaktisches Reich zu errichten, war bereits der Traum vieler Archonten gewesen, doch die kalte, schwarze Realität zwischen den Sternen hatte ihn wieder und wieder zerplatzen lassen. Ohne einen Hyperraum-Antrieb blieb die Vision eines galaktischen Imperiums nach wie vor eine Illusion herrschsüchtiger Kaiser und vergeistigter Theoretiker.

Außerdem war die Milchstraße groß und der zur Hochtechnologie befähigte Goldmensch hatte erst einen winzigen Teil von ihr bereist.

Wer konnte schon ahnen, was draußen zwischen den Sternen noch für Gefahren lauerten? Vielleicht stieß man eines Tages auf außerirdische Zivilisationen, die der Menschheit überlegen oder gar feindlich gesinnt waren? Vielleicht war im Sternenmeer des Kosmos aber auch niemand anderes mehr und der Mensch war allein. Wer wusste das schon?

Die Menschen der Koloniewelten hatten sich im Laufe der letzten Jahrtausende jedenfalls zunehmend auf eigene Faust ausgebreitet. Die Archivatoren der Raumfahrt nannten dieses Verfahren „Planetenspringen", was bedeutete, dass erfolgreich installierte Kolonien irgendwann, nachdem sie eine eigene Infrastruktur aufgebaut hatten, zu Ausgangspunkten weiterer Expansionen ins All wurden.

Das Sternenreich von Dron war in diesem Zusammenhang das erfolgreichste Kolonieimperium von allen, denn es hatte nach den Siegen über seine terranischen Rivalen selbstständig Dutzende von neuen Sternensystemen kolonisiert.

Von den äußersten Kolonien am Rande der menschlichen Siedlungszone, die meistens dünn besiedelte und unbedeutende Planeten waren, hatten die Menschen auf Terra oft seit Jahrhunderten nichts mehr gehört.

Im Goldenen Reich sprach man diesbezüglich oft von »wilden Kolonien« oder »Geistersternen«. Gelegentlich tauchten verwirrende Bilder und Berichte aus den Tiefen des Alls auf, die von fremden Lebewesen und mysteriösen Vorfällen berichteten. Auf Terra reagierte man auf derartige Nachrichten allerdings in der Regel recht konservativ und tat sie stets lächelnd als »Siedlergeschichten« ab.

Das Proxima Centauri System hingegen war vertrautes Territorium und gehörte zum Kerngebiet des terranischen Sternenreiches. Thracan stellte hier das wichtigste Industrie- und Verwaltungszentrum des gesamten Sektors dar.

Gerade deshalb hatte die Ermordung von Statthalter Cyril Spex die hohen Herren des Goldenen Reiches so tief und nachhaltig getroffen, denn Terra fürchtete nichts mehr, als eine Rebellion direkt vor seiner »Haustür«.

Wenn man schon die Kontrolle über die weit entfernten Koloniewelten verloren hatte, was die terranischen Imperatoren seit Jahrhunderten ärgerte und demütigte, dann wollte man wenigstens den Planeten in Erdnähe die eigene Kraft und Stärke demonstrieren.

So rasten die Kriegsschiffe des Goldenen Reiches, vollgepackt mit Zehntausenden von Soldaten, durch den Leerraum zwischen den Systemen, um den Aufruhr auf Thracan niederzuschlagen und die Schande Terras mit Blut reinzuwaschen.

Drei lange Jahre, die Flavius in einer Tiefschlafkammer verbracht hatte, waren inzwischen vergangen und die Kriegsflotte hatte sich weit in die finstere Leere außerhalb des heimatlichen Sonnensystems vorgewagt. Auf der Erde hatte sich die politische Front zwischen Platon und den Optimaten indes weiter verhärtet.

Bei einigen Ansiedlungsaktionen war es zu heftigen Zusammenstößen zwischen aureanischen Siedlern und den Gehilfen der Großgrundbesitzer gekommen. Gelegentlich hatten sogar bewaffnete Legionäre die Siedler schützen müssen, so sehr war der Zorn vieler Patrizier angewachsen.

Sobos hatte sich monatelang in seine Residenz im Norden von Braza zurückgezogen und verbissen darüber nachgegrübelt, wie er Credos Platon eines Tages ausschalten konnte.

Seine Assassinin, Rodmilla Curow, hatte es noch immer nicht geschafft, nahe genug an den Archon heranzukommen, um ihn zu töten. Trotzdem hatte sie einige Teilerfolge zu verzeichnen, denn es war ihr gelungen, den Archontenpalast als Dienerin zu infiltrieren und zumindest in die Nähe der kaiserlichen Gemächer zu gelangen. Wann sie endlich zuschlagen konnte, wussten Sobos und seine Mitstreiter nicht. Doch irgendwann war es soweit, wie Rodmilla Curow ihnen immer wieder zusicherte.

Platon war derweil für die breite Masse der Aureaner zu einem regelrechten Volkshelden geworden. Über drei Milliarden Bürger des Goldenen Reiches hatten Dank seiner Reformpolitik bereits eine neue Heimat für sich und ihre Familien gefunden, fernab von den überfüllten und oft schmutzigen Megastädten.

Weiteren Milliarden Aureanern war der Segen einer geregelten Arbeit zuteil geworden. Sie hatten endlich sinnvolle Aufgaben bekommen, was auch der allgemeinen Verwahrlosung der Jugend entgegenwirkte.

Die gewöhnlichen Bürger liebten und verehrten den jungen Imperator. Und angesichts der Tatsache, dass er seinen Versprechungen stets Taten folgen ließ, war seine Machtposition deutlich gefestigt worden.

Von all diesen Dingen hatte Flavius nichts mitbekommen, als er nach drei Jahren Tiefschlaf endlich wieder die Augen aufschlug und verstört umherblinzelte, während seine Kältekammer geöffnet wurde.

Mit einem müden Schnaufen richtete sich der Rekrut auf und kroch benommen aus der stählernen Kiste, wobei ihm die Angehörigen des Schiffspersonals die Schläuche und Kabel vom Körper entfernten.

»He! Legionär! Alles klar?«, sagte einer der Männer, grinste und fuchtelte mit der Hand vor Flavius halb zugekniffenen Augen herum.

Der junge Mann antwortete mit einem Brummen. Vor Erschöpfung sank er auf die Knie. Dann hielt er sich die Hände vor das Gesicht und stöhnte leise.

»So, der hier ist jetzt auch wach!«, bemerkte der Mann und überließ Flavius ein paar anderen Mitarbeitern des medizinischen Stabes.

Diese stützten Princeps, als er wie ein Kleinkind den Treppenaufgang heruntertorkelte, unverständliches Zeug brabbelte und nach wie vor nicht richtig wusste, wo er war.

»Nicht schlapp machen, Junge!«, hörte Flavius neben sich.

»Was soll das?«, hauchte er.

»Schön mitkommen! Es ist alles klar!«, antwortete ein uniformierter Mann.

»Was wollt ihr?«

»Nichts! Schon gut! Nicht aufregen!«

Sie brachten Flavius in einen Raum, wo bereits mehrere Legionäre auf langen Pritschen lagen. Die meisten hatten sich in ihre Decken eingerollt und erinnerten an Säuglinge kurz nach der Geburt.

Der Aufgewachte hatte weiterhin massive Orientierungsschwierigkeiten und fiel fast von seiner Pritsche herunter. Einer der Männer vom Schiffspersonal eilte herbei, um ihn aufzufangen.

»Der hier will einen Ausflug machen«, klang es in Princeps Ohr.

»Geben Sie ihm noch eine Stabilisierungsspritze«, meinte ein hochgewachsener Mann neben Flavius' Liegeplatz.

Den Stich der winzigen Injektionsnadel bemerkte Princeps kaum. Sein Körper war noch kalt und ließ sich nur schwer bewegen. Irgendwann verließen die Männer von der Crew den Ruheraum und wandten sich weiteren Legionären zu, die gerade aufgewacht waren.

Flavius konnte sich nach einer Weile kaum noch daran erinnern, wie lange er schon auf der Pritsche lag. Vielleicht eine Woche oder auch länger. Um ihn herum war die Umgebung verschwommen und ein Gewirr aus Stimmen und seltsamen Geräuschen tanzte um seinen Kopf herum.

Nach und nach kamen die Gefühle und sein Verstand wieder zurück; irgendwann realisierte er, dass er sich an Bord eines riesigen Sternenschiffes befand.

Schließlich ließ sich sogar die hübsche Krankenschwester sehen, sie begrüßte ihn mit einem freundlichen Lächeln.

»Hallo, Flavius!«, sagte Eugenia leise und strich ihm über die Hand. Princeps lächelte zurück und war froh, dass sie gekommen war.

Auf die aus dem Kälteschlaf erwachten Soldaten wartete in den folgenden Wochen ein umfangreiches Sportprogramm. Kleitos war inzwischen ebenfalls aus der ersten Kälteschlafphase erwacht, während Flavius die Zeit bis zur Wiedererweckung seines Freundes bereits mit intensivem Krafttraining oder zielloser Nichtstuerei totgeschlagen hatte. Jetzt waren es nur noch ein paar Monate, bis die Kriegsflotte das Proxima Centauri System erreichte. Noch immer eine lange Zeit, aber der schlimmste Teil des Hinfluges war geschafft.

Princeps hatte sich mit Eugenia in den letzten Wochen mehrfach unterhalten und wenn er ehrlich war, wirkte die Hoffnung, die junge Frau zu sehen, für ihn wie ein Lebenselixier.

Für morgen hatten sie sich in einer der Bars im mittleren Bereich des Sternenschiffes verabredet. Flavius konnte es kaum erwarten, einmal etwas mehr Zeit mit Eugenia zu verbringen und musste zugeben, dass der Raumflug zumindest in diesem Punkt auch eine gute Seite hatte.

Heute jedenfalls war er mit dem Aufzug in die oberen Decks der Polemos gefahren, um seinen Freund Kleitos zu begrüßen, der noch immer in einem der Ruheräume ausharrte.

Der Rekrut stellte sich ganz nah an Jarostow heran und lächelte auf ihn herab, während dieser ihm benommen zublinzelte. Die starken narkotischen Wirkstoffe im Blut des Kameraden würden erst in einer Woche ganz abgebaut sein, hatte ihm ein Arzt erklärt. Flavius konnte sich vorstellen, wie sich sein Freund fühlte.

»He, Alter! Wie geht es dir?«, flüsterte ihm Princeps ins Ohr.

»Hmmm...«, murrte Kleitos und krallte sich an seinem Kissen fest.

»Ich bin es! Dein Freund Flavius!«, erklärte dieser und legte seine kühle Hand auf Kleitos Stirn.

»Princeps...Flavius Princeps...«, murmelte der junge Soldat, wobei er zu lächeln begann.

»Ja, genau! Du bist wieder unter den Lebenden! Es ist alles klar!«

»Alles klar...«, kam leise zurück.

Flavius verschwand, um kurz darauf mit einem isotonischen Getränk zurückzukehren.

»Hier, Kleitos! Nimm einen Schluck! Du brauchst jetzt viel Flüssigkeit.«

»Ja, ja...«

Der aus dem Kälteschlaf erweckte Rekrut ergriff den Becher mit zitternden Fingern und gab ein erschöpftes Schnaufen von sich.

»Danke, Flavius!«, hauchte er. Dann sank er müde auf die Pritsche zurück.

»Lassen Sie ihn bitte noch eine Weile liegen, Soldat. Ich fürchte, dass Sie ihn zu sehr anstrengen«, hörte Princeps einen Arzt hinter sich sagen.

Flavius verabschiedete sich von Kleitos und ließ die Ruhekammer hinter sich. Bald würde sein Freund wieder auf den Beinen sein und ihm als Gesprächspartner zur Verfügung stehen, dachte er erleichtert. Irgendwie würden sie beide diesen Flug schon überstehen.

Als Flavius durch die Korridore des Schiffs schlenderte, lief ihm Zenturio Sachs über den Weg. Der Hüne grüßte ihn freundlich.

»Na, warst du oben bei den Schläfern?«, fragte er grinsend.

Princeps nickte und erzählte dem Offizier von seinen Eindrücken.

»Der Kriegseinsatz wird viel schlimmer, Junge!«, war alles, was Manilus Sachs dazu zu sagen hatte. »Ich habe heute die neuesten Nachrichten von Thracan gehört. Diese verdammten Rebellen haben den Raumhafen von Remay erobert. Offenbar verfügen sie jetzt auch über Raumschiffe.«

Flavius traute seinen Ohren nicht. »Wie bitte? Den Raumhafen?«

»Ja! Das kam heute als offizielle Botschaft von Terra über das interstellare Komm-Netzwerk. Es ist wirklich wahr. Ich konnte es auch kaum glauben.«

»Was ist mit der Hauptstadt selbst?«

Sachs überlegte. »Die wird vermutlich belagert. Ich weiß es auch nicht. Darüber wurde nichts berichtet.«

»Das hört sich aber gar nicht gut an, Zenturio. Werden unsere Streitkräfte denn überhaupt ausreichen, um diese Rebellion niederzuschlagen?«

Der Offizier zuckte mit den Achseln und klatschte in die Hände. »Wir werden es sehen, wenn wir auf Thracan ankommen. Scheinbar haben die planetaren Streitkräfte des stellvertretenden Gouverneurs schon einige Niederlagen gegen die Rebellen hinnehmen müssen. Das vermute ich jedenfalls, sonst wären diese Hunde wohl nicht bis vor die Tore Remays gekommen.«

»Was wurde denn noch berichtet?«

»Ach, Junge! Ich kann es dir doch auch nicht im Detail sagen. Da musst du schon Aswin Leukos fragen. Uns haben sie jedenfalls nur von der Sache mit dem Raumhafen berichtet.«

Sachs verschwand und stiefelte den Gang breitbeinig hinunter, während Flavius mit einem mulmigen Gefühl im Magen zurückblieb.

Schließlich fuhr Flavius mit dem Aufzug in eines der unteren Decks hinab und kam nach einem längeren Fußmarsch zu dem Gang, in dem die Gemälde und Porträts der alten Imperatoren hingen.

Gedankenverloren betrachtete er sie noch einmal; dann blieb er vor dem ersten der Bilder stehen. Es stellte den mystischen König der Urzeit, Artur den Großen, dar. Prüfend betrachtete Flavius das Ölgemälde, das erst Jahrtausende nach dem legendären Herrscher angefertigt worden war. Natürlich war dieses Exemplar kein Original, sondern nur eine Kopie. Das echte Porträt hing vermutlich im Museum von Asaheim oder einem ehrwürdigen Archivatorenzentrum irgendwo im Goldenen Reich, dachte Princeps.

Ob Artur der Große tatsächlich so ausgesehen hatte, konnte er nicht beurteilen. Auf diesem Bild hatte er jedenfalls blondes Haar und ein edles, schmales Gesicht mit wachen Augen. Der Maler des Porträts hatte ihm sogar einen Heiligenschein verpasst. Unter dem Bildnis befand sich eine kleine Titanplatte, auf der folgender Text eingraviert war:

»Ich bin Artur der Große! Der von Gott erwählte Herrscher über die Völker des Lichts!

Artur der Große, der das alte Reich in seiner Herrlichkeit errichtet hat.

Artur der Große, Sohn des Göttlichen und Verkünder seines Willens.

Artur der Große, der die Stadt Hyperboreia erbauen ließ.

Artur der Große, der die Lichtgeborenen errettet hat.

Artur der Große, der mit einem silbernen Schiff den Mars bereisen ließ.

Artur der Große, der in der Schlacht um Hyperboran gesiegt hat.

Artur der Große, der die Steinstädte von Russan errichten ließ.

Artur der Große, der die Steinstädte von Teudalan errichten ließ.

Artur der Große, der die Steinstädte von Canamerica mit Himmelsfeuer verbrannte.

Artur der Große, der die Steinstädte auf den Inseln von Angla zerstört hat.

Artur der Große, der den Geist der Aureanerkaste erweckt hat.

Artur der Große, der unfehlbare, göttliche und weise Erlöser der Schaffenden und Treuherzigen reinen Blutes.

Sein Name ist heilig, sein Reich ist gekommen, sein Wille ist geschehen, im Auftrag des Himmels für uns Lichtkinder auf Erden.«

(„Das Hohelied vom Heiligen Kistokov" von Hieronymus Vurba aus dem Jahre 711 nach Roger Thulmann)

Flavius musste angesichts der alten Sprache und der aus einer vergangenen Epoche stammenden Bezeichnungen der Länder und Kontinente Terras schmunzeln.

Für einen Moment stellte er sich den sagenhaften Geburtskrieg vor seinem geistigen Auge vor, sah riesige Rauchpilze, Feuerorkane und endlose Schwärme von Soldaten.

Er selbst war nur ein Zahnrad in einer Maschinerie von Herrschaft, Macht und Krieg, die schon durch die Jahrtausende gewandert war. Und so wie sich an den gewöhnlichen Soldaten eines Artur des Großen oder eines Gutrim Malogor schon nach kurzer Zeit niemand mehr erinnert hatte, würde es auch in seinem Fall sein, wenn er auf einem der Schlachtfelder Thracans blieb.

Juan Sobos hatte dem Imperator in der heutigen Senatssitzung eine Petition überreicht, in der er um die Einstellung der Siedlungsmaßnahmen für ein halbes Jahr bat, damit die grundbesitzenden Familien ihre Land- und Vermögensverhältnisse besser ordnen konnten. Damit versuchte er, Zeit zu gewinnen, doch sein Vorhaben scheiterte an der Entschlossenheit des Archons.

Der Monarch hatte inzwischen eine beängstigend große Popularität beim einfachen Volk erlangt und wurde von Milliarden Aureanern als Wohltäter gefeiert.

Das Problem der Beschäftigungslosigkeit innerhalb der obersten Kaste der Menschheit zerschmolz langsam wie ein Schneehaufen im Frühling, während die mit Menschenmassen verstopften Megastädte Terras durch die Siedlungsmaßnahmen zunehmend entlastet wurden.

Auch die vielen Millionen Ungoldenen, die nun Schritt für Schritt aus dem Goldenen Reich verbannt wurden, vermisste der größte Teil der Aureaner nicht.

All dies ging jedoch auf Kosten der reichen Patriziersippen, die sich trotz der Aufrufe zum Widerstand, die Sobos fast wöchentlich verkündete, immer hilfloser fühlten.

Die Medienanstalten im Goldenen Reich unterstanden mittlerweile wieder der Kontrolle des Imperiums, was bedeutete, dass ihre ehemaligen Besitzer, allesamt mächtige Patrizier, enteignet worden waren. Diese Maßnahme stellte zugleich Platons jüngsten Schlag ins Gesicht der Nobilitas dar.

»Wird uns Patriziern nach Euren großartigen Reformen denn noch der Dreck unter den Fingernägeln bleiben, Majestät?«, rief Sobos durch den Senatssaal und ein zynisches Murmeln folgte seiner Anfrage.

Der junge Kaiser lächelte gelassen und versuchte, sich vor der wieder einmal wie eine angriffslustige Tierherde wirkenden Optimatenfraktion keine Blöße zu geben.

»Senator Sobos! Jeder Quadratmeter, den ich im Zuge meiner notwendigen Landreformen als Siedlungsgebiet für aureanische Familien benötigt habe, ist seinen ehemaligen Besitzern doch bisher ordnungsgemäß mit Geldern aus der Staatskasse abgekauft worden, oder nicht?«, entgegnete Platon.

»Ja, mit lächerlichen Summen. Dieses Land ist weitaus mehr wert und das wisst Ihr!«, schnaubte der Grundherr aus Braza.

»Keine Patriziersippe wird nach der Beendigung dieser notwendigen Maßnahmen Hunger leiden müssen. Das verspreche ich«, gab der Archon zurück; ein paar nicht-optimatische Senatoren lachten.

Sobos starrte seinen politischen Gegner mit hasserfüllten Augen und geballten Fäusten an.

»Ihr beschwört großes Unheil herauf, wenn Ihr die Enteignungsmaßnahmen nicht sofort stoppt, Imperator!«, brüllte der Optimatenführer.

»Es sind keine Enteignungsmaßnahmen, da ja alle entsprechend entschädigt werden. Was soll ich denn noch tun, Senator Sobos?«, versuchte ihn Platon zu beruhigen.

»Stoppt diesen Wahnsinn! Die Zeiten altaureanischer Herrlichkeit sind vorbei und es kann nicht sein, dass der Nobilenstand wirtschaftlich ruiniert wird, nur weil Ihr diesen antiquierten Ideen nachhinkt!«, bellte Sobos durch die Halle.

»Sollen vielleicht lieber Milliarden Aureaner langsam ruiniert werden? Soll unsere gesamte Kaste vielleicht lieber zu Grunde gehen? Unser ganzes Imperium?«, keifte der Archon wütend zurück.

Nun schrien Hunderte von Senatoren wild durcheinander und die Angehörigen der verschiedenen Fraktionen standen kurz davor, sich die Köpfe einzuschlagen.

»Mich interessiert dieser verfluchte Aureanerpöbel nicht!«, grollte Sobos und hämmerte mit den Fäusten auf die Lehne seines Stuhles.

Nun kochte auch in Platon die Wut auf; wie ein Panther sprang er aus seinem Thronsessel.

»Gut, dass Ihr so offen sagt, was Euch eure Kastengenossen bedeuten, Senator! Es ist eine Schande, dass Ihr überhaupt in einem solchen Gremium sitzen dürft. Freunde und Berater des Imperators seid ihr Senatoren einst gewesen und hattet euch dem Wohl der aureanischen Kaste verpflichtet, die euch all den Reichtum und die Macht überhaupt erst gebracht hat.

Wie viele Reiche sind an diesem selbstsüchtigen Denken schon zu Grunde gegangen? Wie viel Großes, das die Ahnen mit Schweiß und Blut erkämpft haben, wurde dadurch wieder leichtfertig zu Grunde gerichtet?«

»Das ist altaureanisches Geschwätz, Bursche!«, fauchte Sobos und erhob sich von seinem Platz.

Platons Kinnlade sank nach unten, er riss die Augen auf.

»Was? Wie bitte? Habt Ihr mich eben als »Bursche« bezeichnet, Senator Sobos?«

Der korpulente Patrizier ging aus dem Saal und beachtete den wütenden Imperator nicht.

»Kommt zurück, Sobos! Ich befehle es! Kommt sofort zu mir!«, schrie ihm Platon außer sich vor Zorn nach.

Einige Minuten später schleiften zwei Wachen den schimpfenden Senator auf Befehl des Kaisers die Stufen des Senatorensaals hinunter und stießen ihn Platon vor die Füße. Plötzlich herrschte in der ganzen Halle eine gespenstische Ruhe; keiner der Senatoren wagte es noch, einen Laut von sich zu geben.

»Habt Ihr mich eben tatsächlich als »Bursche« bezeichnet, Senator Sobos?«, herrschte ihn der junge Monarch an.

Der Grundherr aus Braza schwieg und warf ihm nur einen giftigen Blick zu.

»Ihr seid hiermit für ein Jahr aus dem Senat von Asaheim ausgeschlossen, Senator Sobos! Habt Ihr das verstanden? Und wenn Ihr mir noch einmal eine derartige Unhöflichkeit entgegenbringt, lasse ich Euch öffentlich auspeitschen, vollständig enteignen und schicke Euch dann auf irgendeinen Kolonieplaneten an der äußersten Grenze meines Sternenreiches.

Dann beweise ich Euch, wie sehr mir die altaureanischen Traditionen am Herzen liegen! Ich habe Euch schon einmal gewarnt, Sobos!«, schrie der Archon und hielt seinem

Rivalen den Zeigefinger wie einen kampfbereiten Speer unter die Nase.

Sobos fletschte grimmig die Zähne, schluckte aber die nächste Dreistigkeit herunter.

»Verschwindet jetzt, Senator! Ich möchte Euch ein Jahr lang nicht mehr sehen!«, zischte Platon, während sich der schwerfällig schnaufende Grundherr aufrichtete und wie ein getretener Köter von den Wachsoldaten aus dem Senatssaal geführt wurde.

Ankunft auf Thracan

Flavius hatte mit Eugenia vor ein paar Tagen einen netten Abend voller kleiner Späße und langer Unterhaltungen verbracht. Dadurch war seine Laune deutlich verbessert worden, so dass er, den Umständen entsprechend, zufrieden durch die Gänge der Polemos lief.

Es gefiel Princeps auf dem riesigen Sternenkreuzer zwar noch lange nicht, aber die Tatsache, dass sich die hübsche Frau aus Midheim an Bord befand, machte den Raumflug wesentlich erträglicher.

Der heutige Tag stand im Zeichen eines intensiven Sportprogramms, denn das Oberkommando der Legion erachtete es als äußerst wichtig, dass die aus dem Tiefschlaf erweckten Soldaten wieder körperlich auf Vordermann gebracht wurden.

So mühten sich Flavius und Kleitos schon seit einer Stunde mit schweißtreibenden Laufübungen ab. Immer unter der Aufsicht ihres hünenhaften Ausbilders.

»Bewegung! Bewegung!«, schrie Zenturio Sachs und musterte seine Truppe, die unentwegt von einem Ende der Sporthalle zum anderen rannte.

Princeps betrachtete einen der Berufssoldaten vor sich. Der Mann sah aus, als hätte man seine Muskeln mit einer Luftpumpe aufgeblasen. Der Legionär hatte immens breite Schultern und war über zwei Meter groß.

»Was für eine Kampfsau!«, dachte Flavius.

Und dieser Soldat war nicht der Einzige, dessen Körper nach jahrelangem Training und wohl auch der einen oder anderen genetischen Manipulation derartige Ausmaße erlangt hatte. Viele der älteren Legionäre waren ebenfalls furchterregende Muskelprotze.

»Stop!«, brüllte Sachs. Er stellte sich vor seine Kämpfer.

»Gehen wir heute noch in den Kraftraum, Zenturio?«, fragte einer der Berufssoldaten dazwischen.

Der Offizier winkte ab. »Das könnt ihr freiwillig machen, wenn ihr Lust dazu habt. Offiziell steht nur Laufen auf dem Programm.«

»Stellt euch hinter die Linie! Wir fahren mit einer Sprintübung fort«, erklärte Sachs grinsend.

Die Truppe Legionäre nahm Aufstellung und der Zenturio fasste jeweils fünf Mann zu einer Gruppe zusammen.

»Wettrennen! Bis zum Ende der Halle!«

Sachs kramte eine Trillerpfeife aus der Hosentasche und postierte sich neben den Männern. Ein schriller Pfiff ertönte und die ersten fünf Soldaten rasten so schnell sie konnten über das Übungsfeld.

»Verdammt! Schleicht doch nicht wie alte Omas!«, schimpfte ihnen Sachs nach, um anschließend wieder sein hämisches Grinsen aufzusetzen.

Kleitos hatte sich neben Flavius hinter die Aufstellungslinie begeben und knuffte diesem mit dem Ellbogen in die Seite.

»Was ist denn?«, murrte Princeps.

»Sieh mal! Dort oben! Wir haben Besuch!«, sagte Kleitos.

Am anderen Ende der Sporthalle war jemand durch eine kleine Tür hereingekommen und hatte sich auf einer Bank niedergelassen. Es war Eugenia Gotlandt.

»Was macht sie denn hier?«, flüsterte Flavius, der jungen Frau verhalten zuwinkend.

»Offenbar hast du einen Fan«, antwortete Kleitos mit einem Schmunzeln.

Kurz darauf waren die beiden Rekruten an der Reihe. Zenturio Sachs gab ihnen mit einem lauten Pfeifen das Signal zum Lossprinten. Flavius nahm all seine Energie zusammen und raste wie ein Verrückter. Eugenias Anwesenheit beflügelte seinen Ehrgeiz.

Blitzartig schoss Princeps an Kleitos und drei weiteren Berufssoldaten vorbei und ließ sie hinter sich. Mit einem gehörigen Vorsprung erreichte er als Erster die Wand am anderen Ende der Sporthalle, wo er einen triumphierenden Schrei ausstieß.

»Mensch, kannst du rennen!«, schnaufte Kleitos hinter ihm.

»Der Junge hat gewonnen! Gut! Alle Sieger der Fünfergruppen treten nachher noch einmal gegeneinander an«, rief Sachs, während Flavius langsam zu den anderen Soldaten zurücktrottete.

Verlegen drehte er sich um und blickte zu Eugenia herüber. Die schöne Krankenschwester lächelte ihm zu und hob ihren Daumen in die Höhe.

Derweil kam Sachs zu Flavius herüber. Diesmal trug er ein noch breiteres Grinsen im Gesicht als sonst.

»Der Junge, der die Aliens gesehen hat, ist der Gruppensieger! Hört! Hört!«, flüsterte er Princeps zu.

Dieser versuchte, freundlich zu bleiben, und gab dem Ausbilder ein kurzes Lächeln zurück.

Es ging noch eine Weile mit den Sprintübungen weiter. Mittlerweile hatte es sich Eugenia auf der kleinen Sitzbank gemütlich gemacht. Flavius gewann noch ein weiteres Rennen und musste sich erst relativ spät gegen eine Gruppe durchtrainierter Berufssoldaten geschlagen geben.

Sicherlich war Eugenia stolz auf ihn, dachte er. Nach dem Training verschwand sie jedoch, ohne ihn anzusprechen. Vermutlich hatte sie nur länger Pause gehabt und musste nun zurück zu ihrer Dienststelle.

Flavius war jedenfalls froh, dass sie an ihn gedacht hatte, und freute sich darauf, die Krankenschwester möglichst bald wiederzutreffen.

»Ich will diesen Bastard endlich tot sehen!«, knurrte Sobos, der vor Rodmilla Curow auf und ab schritt.

Die Meuchelmörderin versteinerte ihre Miene und verschränkte die Arme vor der Brust. Dann antwortete sie: »Das ist nicht mal eben erledigt, Senator! Ich habe mich inzwischen unter die vielen Bediensteten im Archontenpalast gemischt und das Vertrauen einiger Oberservitorinnen gewonnen. Trotzdem kann ich nicht einfach in die inneren Gemächer spazieren und Platon umbringen. So etwas erfordert eine lange und gewissenhafte Vorbereitung.«

»Und wann können wir mit dem Tod dieses kleinen Hurensohns rechnen?«, zischte der Optimatenführer.

»Das kann ich nicht sagen! In den nächsten Monaten werde ich versuchen, in den inneren Kreis zu gelangen. Meine Bewerbung als Dienstdame für diesen Bereich des Archontenpalastes läuft, aber ich muss strenge Sicherheitskontrollen über mich ergehen lassen«, erklärte Rodmilla.

»Meine Leute haben Ihnen doch eine perfekt gefälschte Identität verschafft, oder nicht? Dann muss das doch möglich sein!«

»Ja, ist es auch, aber nicht von heute auf morgen! Es geht doch darum, keinen Verdacht zu erregen, Senator. Wenn

Ihr jetzt ungeduldig werdet und drängt, gefährdet Ihr meinen Auftrag«, warnte die Assassinin.

Der Grundherr aus Braza fauchte einen üblen Fluch und bäumte sich vor der schlanken Frau auf.

»Wenn Platon verreckt ist, werde ich der neue Imperator des Goldenen Reiches. Das ist bereits so gut wie sicher. Große Teile der Senatorenschaft werden mich dabei unterstützen. Es geht hier um unser aller Vermögen, verstehen Sie das eigentlich nicht?«

»Doch, natürlich!«

»Also! Wir bezahlen Sie nicht so fürstlich, damit Sie ihre Zeit vertrödeln! Wir verlieren mit jedem neuen Tag Unsummen! Damit das klar ist!«

»Sicherlich! Das ist mir bewusst! Dennoch...«

»Ich ertrage diese Ausflüchte nicht mehr! Wir zahlen Ihnen auch noch einige Millionen drauf, wenn Sie diesen Hund endlich ausschalten!«, schrie Sobos voller Jähzorn.

»Er wird dieses Jahr nicht überleben. Ich gebe Ihnen mein Wort darauf, Senator«, gab Rodmilla zurück.

Der Optimatenführer schob seine wulstige Unterlippe nach oben und klatschte in die Hände. Nervös zog er sich die Falten seiner Toga gerade, während er ein paar unverständliche Satzfetzen murmelte.

»Gerne würde ich Credos Platon persönlich mit einem Dolch von oben bis unten aufschlitzen! Dieser überhebliche, kleine Drecksack! Dann würde ich ihm sein hämisches Lachen mit einer scharfen Flexklinge erweitern...«, wetterte Sobos.

»Ihr hasst ihn aus tiefstem Herzen, nicht wahr?«

»Oh, ja! Darauf können Sie wetten, Fräulein Curow!«

»Aber er ist mutig. Das muss man ihm lassen!«, gab die Auftragsmörderin zurück.

Sobos Blick schoss wie ein Pfeil an ihrem Kopf vorbei; der korpulente Senator kniff die Augen zusammen.

»Bewundern Sie ihn etwa?«

»Nun, er hat Schneid! Aber das interessiert mich nicht. Er wird sterben, egal, ob ich ihn bewundere oder nicht.«

»Er hat sein Ende selbst heraufbeschworen, als er den Nobilenstand angegriffen hat!«, brummte der Grundherr.

Rodmilla lächelte sarkastisch. »Wer sich mit den Patriziersippen anlegt, den kann man doch nur aufgrund seines Mutes bewundern, oder nicht?«

»Tun Sie, was Sie wollen! Aber töten Sie ihn!«, grollte Sobos.

»Ich habe beschlossen, den Imperator mit toxischen Nanosonden ins Jenseits zu befördern«, bemerkte Fräulein Curow.

»Sie wollen ihn vergiften?«

»Ja!«

»Nanosonden sind eine gute Idee. Dann sieht es wie ein Herzstillstand aus.«

»So ist es, Senator.«

»Beeilen Sie sich aber mit der Sache. Ihnen wird eine große, zusätzliche Vergütung winken, wenn Sie es in Bälde schaffen«, sagte Sobos mit einem gönnerhaften Grinsen.

»Wie ich schon sagte: Credos Platon wird dieses Jahr nicht überleben. Darauf gebe ich Euch mein Wort, Senator!«, erwiderte die Auftragsmörderin.

Drei lange Monate an Bord der Polemos waren inzwischen vergangen und Flavius ärgerte sich, dass er bei Bewusstsein war. Er musste dem Kälteschlaf mittlerweile auch seine positiven Seiten zu Gute halten. Die Markanteste davon war, dass er das Denken abschaltete und den

Raumreisenden für Monate oder gar Jahre, ohne dass er von Grübeleien gequält wurde, in einen Zustand völliger Gedankenlosigkeit einbettete.

Die Kälteschlafphase des Hinfluges hatte Flavius jedenfalls überstanden und er musste sich eingestehen, dass das Ruhen in einer Schlafkammer vielleicht gar nicht das Schlechteste war. Das »Nichtdenken« hatte wirklich seine Vorteile, wenn man jahrelang in einem gigantischen Blechkasten, umgeben von Schwärze und Vakuum, eingesperrt war.

»Der Mensch ist nicht für solche Weltraumflüge gemacht«, hatte ihm Offizier Sachs, der inzwischen selbst unter den üblichen Depressionen und klaustrophobischen Ängsten eines Astronauten litt, vor einigen Tagen erklärt, als sie sich noch einmal in einer Bar über den Weg gelaufen waren.

Eugenia Gotlandt hatte Flavius indes schon seit drei Wochen nicht mehr gesehen. Offenbar arbeitete sie inzwischen im vorderen Teil des Schlachtschiffes und war demnach nicht mehr so häufig in seinem Bereich anzutreffen. Gelegentlich schickte Flavius ihr eine Kurznachricht mit seinem Kommunikationsboten, denn erfreulicherweise hatte die hübsche Krankenschwester ihm ihre Kontaktdaten zukommen lassen.

Kleitos war zum Glück meistens an seiner Seite und zog mit ihm täglich aufs Neue durch das Sternenschiff. Vorgestern waren sie aus lauter Langeweile bis in die Nähe der Maschinenräume gelaufen, wo sie erstmals ein paar Androiden gesehen hatten. Diese »Kunstmenschen« wurden besonders gerne als Hilfskräfte im Bereich der großen Schiffsreaktoren eingesetzt und waren ein recht exotischer Anblick.

Auf Terra wurden diese Roboter seit etwa zwei Jahrhunderten in Arbeitsbereichen verwendet, die für Menschen unangenehm oder gefährlich waren. Ihre Entwicklung, so hieß es, stecke noch in den Kinderschuhen, wobei manche Wissenschaftler bereits davon träumten, eines Tages den perfekten „Automatos" zu erschaffen; einen Androiden mit so ausgereifter künstlicher Intelligenz, dass er einem echten, fühlenden Menschen zum Verwechseln ähnlich war.

Ob es jemals dazu kommen würde, stand allerdings in den Sternen. Bisher waren derartige Dinge lediglich Wunschträume übereifriger Erfinder und Denker.

»Noch etwas über vier Monate, dann haben wir es geschafft«, stöhnte Kleitos, der genervt den Gang herunterschlurfte.

»Ich habe so die Schnauze voll! Gestern hatte ich wieder einen schrecklichen Alptraum. Vor meinem geistigen Auge bin ich in die Tiefen des Weltraums herabgesunken. So ein elender Scheiß!«, murrte Flavius.

»Es geht mir inzwischen auch nicht anders. Einer aus meiner Schlafkammer ist vor drei Tagen komplett durchgeknallt, weil er Platzangst bekommen hat. Der war mitten in der Nacht aufgeschreckt und ist dann wirres Zeug brabbelnd im Zimmer herumgetorkelt. Plötzlich fing er an, einen anderen Soldaten anzugreifen. Er hat ihn sogar in den Bauch gebissen! Diese ganzen Sachen nehmen zu, je länger dieser verdammte Flug dauert«, meinte Kleitos.

»War das auch ein Rekrut?«

»Nein, sie haben uns gesagt, dass der Mann eigentlich schon vier Raumflüge hinter sich hat und seit sieben Jahren in der Legion ist. Aber selbst die erfahrenen Soldaten sind vor solchen psychischen Zusammenbrüchen nicht sicher…«

»Tja, nur weil ich schon einmal im Weltraum war, heißt das auch nicht, dass ich keine Angst mehr davor habe. Im Gegenteil, es hat sich alles nur noch verschlimmert.«

»Aber den Tiefschlaf hast du gut überstanden, Flavius! Hätte ich nicht gedacht!«

»Ich wundere mich selbst, aber man gewöhnt sich offenbar an mehr, als man denkt.«

Kleitos grinste vielsagend und lenkte das Gespräch auf ein erfreulicheres Thema.

»Was macht denn die süße Krankenschwester?«

Flavius verdrehte die Augen. »Hmm, die ist jetzt irgendwo im vorderen Teil der Polemos. Ich muss mich noch einmal bei ihr melden.«

»Vielleicht kannst du sie ja rumkriegen. Du weißt schon, was ich meine, Alter«, sagte Jarostow.

»Das geht bei der nicht so einfach. Die ist eine ganz Anständige. Als ich mit ihr in der Bar war, hat sie nicht den Anschein gemacht, als könnte man sie eben mal flachlegen.«

»So ein Mist aber auch, was?«

»Spinner!«

Kleitos sah auf die Uhr. »Gleich müssen wir zum Sport!«

»Auch das noch!«, stöhnte Princeps.

»Wir treffen uns nachher im Warteraum auf Deck VI. Ich hole mal eben meine Sachen, bis gleich!«, sagte Jarostow und hastete zum Aufzug. Flavius folgte ihm wortlos.

Der terranische Imperator hatte derweil den Höhepunkt seiner Popularität erreicht. Milliarden Aureaner jubelten ihm zu und häufig war Platon bei der Ansiedelung aureanischer Familien persönlich vor Ort, um seine Erfolge zu begutachten. Mittlerweile waren auch im Zentrum von Canmergia große Gebiete ihren patrizischen Besitzern weggenommen und neuen Siedlern zur Verfügung gestellt worden.

So reisten jeden Tag mehr und mehr Goldmenschen mit ihren Kindern an, um sich auf den ihnen zugeteilten Landparzellen niederzulassen.

Die gewöhnliche Siedlerfamilie bekam ein kleines Haus, das innerhalb weniger Tage von Baumaschinen aus dem Boden gestampft wurde, und ein dazu gehörendes Stück Feld. Auf einer derartigen Landparzelle zu leben, war ein ganz anderes Gefühl, als in einem engen Habitatskomplex hausen zu müssen. Zudem konnte man dort auch selbst Nahrungsmittel anbauen und war nicht mehr von den Großgrundbesitzern abhängig.

Die Medien des Goldenen Reiches veranstalteten derweil eine große Kampagne, in der die Landreform des Kaisers angepriesen wurde, während Abermillionen Aureaner die überfüllten Megastädte verließen und mit ihren Kindern in die freigewordenen Regionen zogen.

Alles in allem war das globale Siedlungsprojekt des Kaisers ein gewaltiger Erfolg. Und da der Archon inzwischen vom einfachen Volk unterstützt wurde, fiel es seinen Gegnern im Senat immer schwerer, Widerstand zu leisten.

Sobos fürchtete, dass Platon dem Stand der Großgrundbesitzer vielleicht doch noch wirtschaftlich das Rückgrat brechen konnte, wenn er nicht schnellstens beseitigt wurde.

Der junge Monarch hatte seine Getreuen und ihn mit seiner Entschlossenheit schneller überrumpelt, als sie es sich eingestehen wollten. Mit jedem verstreichenden Tag gewöhnten sich mehr und mehr Aureaner an die neuen Gegebenheiten und hießen sie gut. Etwas Schlimmeres konnte den Optimaten überhaupt nicht passieren.

Somit konspirierten Platons politische Gegner fieberhaft hinter verschlossenen Türen und hofften darauf, dass der verhasste Archon zeitnah einem Attentat zum Opfer fiel.

Juan Sobos hatte inzwischen auch Kontakt zu einigen terranischen Generälen aufgenommen und sie durch Bestechungen auf seine Seite gezogen. Der Grundherr aus Braza versprach den korrupten Heerführern umfangreiche Privilegien und gewaltige Reichtümer, wenn sie ihn bei seinem politischen Umsturz unterstützten.

Doch noch war die Zahl der Soldatenführer, die sich kaufen ließen und ihrem Imperator den Rücken kehrten, zu gering. Der in den Augen von Sobos gefährlichste Feldherr Terras, Aswin Leukos, war aber glücklicherweise nicht mehr auf der Erde, um den Zersetzungsversuchen in den Reihen der Legionen Einhalt gebieten zu können.

Der Oberstrategos war Platon nicht bloß treu ergeben, sondern liebte und verehrte ihn aus ganzem Herzen. Demnach war Leukos bereit, dem Archon bei all seinen Vorhaben zu folgen. Der General war ein Altaureaner bis ins Mark und absolut nicht käuflich. Das wussten die optimatischen Verschwörer nur zu gut und daher musste auch er eines Tages ausgeschaltet werden – genau wie der Imperator selbst.

Der oberste Feldherr von Terra studierte mit Entsetzen die neuesten Meldungen vom Planeten Thracan, die er soeben erhalten hatte. Um ihn herum hatten sich vier weitere Offiziere seines Führungsstabes versammelt, die ebenfalls ungläubig auf die Bilder und Berichte starrten, die vor einigen Stunden von den Sensoren der Ultimus aufgefangen worden waren.

Sämtliche Meldungen trugen das elektronische Siegel des Archons und waren der Raumflotte offenbar von Terra aus nachgeschickt worden. Das alles war recht verwirrend.

»Teile von Remay sind von der Rebellenarmee, die von UPC-Mitgliedern angeführt wird, zerstört worden. Der stellvertretende Statthalter Poros hat einen verzweifelten Hilferuf nach Terra gesandt. Wir sollen so schnell wie möglich nach Proxima Centauri fliegen und unsere Reaktoren voll auslasten«, murmelte Leukos und fummelte nervös an seinem Mantel herum.

»Diese Rebellenstreitmacht muss wirklich gewaltig sein, wenn sie sogar schon die Hauptstadt des Planeten bedroht«, meinte einer der Legionsführer.

»Haben wir denn von Thracan selbst noch keine Nachrichten erhalten? Die wissen doch, dass wir im Anflug sind!«, wunderte sich ein anderer Offizier.

»Nein, bisher nicht!«, antwortete Leukos, der nachdenklich über die Kommandobrücke sah. »Warum kommt diese Nachricht von Terra? Ich verstehe das alles nicht!«

»Ist Magnus Shivas denn inzwischen der neue Statthalter, Oberstrategos?«

»Ja, ich denke schon. Der Befehl des Imperators müsste Thracan inzwischen erreicht haben.«

Leukos ließ seine Offiziere auf der Kommandoplattform allein und eilte mit wehendem Mantel davon.

Nun, so dachte er, wollte er selbst Kontakt mit dem Statthalter von Thracan aufnehmen, um sich über die genauen

Geschehnisse auf dem Planeten Auskunft geben zu lassen.

»Warum haben wir bisher noch nichts von den Thracanai selbst gehört?«, flüsterte er vor sich hin.

Der führende General des Goldenen Reiches zog sich in seine Kabine zurück und studierte eine Karte des Proxima Centauri Systems. Zwischendurch fiel ihm eine mögliche Antwort ein. Vielleicht war das Unmögliche eingetreten und die Rebellen hatten inzwischen nicht nur Remay erobert, sondern auch den Statthalter und seine Getreuen ermordet. Hatten sie etwa schon den gesamten Planeten in ihrer Gewalt und blockierten die Kommunikationskanäle?

Das war eine gewagte Vorstellung, doch die Ereignisse ließen diese schreckliche Vermutung nicht unwahrscheinlich erscheinen.

War der politisch so bedeutsame Planet einfach von einer riesigen Rebellion überrannt worden? Nein, das konnte nicht sein. Dazu hatten weder die mysteriösen UPC-Terroristen, noch irgendwelche aufständischen Slumbewohner die militärischen Mittel. Oder etwa doch?

Leukos kam an diesem Tag nicht mehr zur Ruhe und brütete einen Schlachtplan nach dem anderen aus, um seinen aureanischen Brüdern auf Thracan zu helfen.

Nach sechs Jahren und zwei Monaten erreichten die terranischen Schlachtschiffe und die sie begleitenden Raumkreuzer das Proxima Centauri System. Eine ockergelb leuchtende Sonne begrüßte die Reisenden und hinter dem flackernden Gestirn konnte man das Doppelsternsystem von Alpha Centauri erkennen.

Die Sternenschiffe hatten ihre Geschwindigkeit in der letzten Phase des Fluges Schritt für Schritt gedrosselt und glitten nun fast gemächlich durch den Raum, während sich vor den Augen der jubelnden Schiffsbesatzung das Sonnensystem von Proxima Centauri ausbreitete.

Thracan, der wie die Erde den dritten Planet dieses Systems darstellte, war schnell erreicht. Der Himmelskörper schimmerte als bräunlich-grüne Kugel in der Finsternis des Alls. In Richtung der Sonne befanden sich die Planeten Ardor und Crixus, wobei Letzterer der dem Zentralgestirn zugewandte Nachbar von Thracan war. Crixus hatte eine feuerrot anmutende Oberfläche und war ebenfalls mit großen menschlichen Städten bedeckt.

Der vierte Planet des Systems, Glacialis, war ein Himmelskörper voller Meere und Eiswüsten, der auch schon vor Jahrtausenden von terranischen Kolonisten besiedelt worden war.

Zwischen Glacialis und Crixus befand sich Thracan, das wirtschaftliche und politische Zentrum Proxima Centauris und der nächstgelegenen Sonnensysteme. Dort lebten etwa 17 Milliarden Menschen, was den Planeten zu einer der wichtigsten Kolonien des Goldenen Reiches machte.

Die fünf übrigen Planeten, die um das Zentralgestirn kreisten, waren weniger bedeutsam. Drei von ihnen waren Gasriesen und lediglich auf ihren Monden befanden sich einige Mienen oder kleinere Flottenstützpunkte. Die anderen beiden waren kalte, tote Welten ohne nennenswerte Besiedlung.

Ardor, der von der Sonne aus gesehen erste Planet des Systems, befand sich zu nahe an ihr, um für Menschen bewohnbar zu sein. Scherzhaft bezeichneten ihn die Thracanai deshalb auch als »Kochtopf«.

Leukos hatte inzwischen Kontakt zu Magnus Shivas, dem neuen Statthalter von Thracan, aufgenommen und sich über weitere Einzelheiten bezüglich der Verhältnisse auf dem Planeten in Kenntnis setzen lassen.

Erst vor wenigen Monaten hatte Shivas die Nachricht erhalten, dass Platon ihn zum neuen Statthalter ernannt hatte. Bis zu diesem Zeitpunkt hatte Nero Poros, als offizieller Stellvertreter des ermordeten Cyril Spex, die Regierungsgewalt in Händen gehabt.

Wütend und enttäuscht hatte Poros seinen Posten geräumt, wobei er Shivas seitdem mit unübersehbarem Neid gegenüber stand. Der neue Herrscher von Thracan war ebenfalls als Nobile mit altaureanischer Gesinnung bekannt, weshalb ihn Platon auch zum Nachfolger von Spex ernannt hatte.

Shivas versicherte dem Oberstrategos von Terra indes eindringlich, dass weder die Hauptstadt des Planeten von anaureanischen Rebellen belagert wurde, noch sonst irgendwo Kämpfe tobten.

Leukos und sein Führungsstab reagierten verwirrt auf diese Nachrichten, hatten sie doch vollkommen gegenteilige Vorstellungen von den Geschehnissen im Proxima Centauri System gehabt.

Schließlich tauchten die imposanten Lictor Schlachtschiffe und die der Flotte folgenden Versorgungskreuzer durch die Atmosphäre Thracans nach unten und landeten ohne Zwischenfälle nahe der planetaren Hauptstadt Remay.

Von Rebellen, die den Raumhafen besetzt hielten oder den anrückenden Schlachtkreuzern von Terra sogar eigene, erbeutete Kriegsschiffe entgegenschickten, war nichts zu sehen. Vielleicht waren sie inzwischen auch wieder von Shivas Truppen vertrieben worden?

Auf größere Kämpfe deutete jedoch nichts hin. Die Riesenstadt Remay erstreckte sich friedlich und majestätisch über eine weite Ebene auf dem Nordkontinent des Planeten. Irgendwelche Zerstörungen waren nicht auszumachen.

Den Legionären und Angehörigen der Schiffsbesatzungen war dieser Umstand indes mehr als recht, denn sie waren glücklich, dass die Raumreise endlich vorüber war und sie wieder festen Boden unter den Füßen spürten.

Als die Tausenden von Soldaten und Zivilisten aus den Bäuchen der Kriegsschiffe ins Freie strömten, erschallte lauter, unbeschwerter Jubel über den Raumhafen von Remay.

»Wir sind endlich angekommen!«, rief Flavius voller Freude, atmete tief durch und umarmte seinen Freund Kleitos, während die Masse der anderen Legionäre an ihm vorbeirannte.

Verwirrung

Senator Sobos war mit dem ältesten seiner zwölf Söhne hinaus zu den riesigen Plantagen im Süden von Canmeriga geflogen, welche ebenfalls zu seinem beeindruckend großen Landbesitz gehörten. Neben diesen zwölf Söhnen hatte der Patrizier noch acht Töchter und mehrere Dutzend uneheliche Kinder, die er mit diversen Konkubinen aus der Nobilität oder auch anaureanischen Dienstmädchen gezeugt hatte.

Doch in erster Linie interessierte sich Sobos für seinen ältesten, männlichen Nachkommen, der eines Tages sein Wirtschaftsimperium erben sollte. Die übrigen Kinder waren ihm hingegen gleichgültig.

Misellus trottete neben seinem Vater her. Aufgeregt lauschte er, was dieser ihm zu sagen hatte. Der Knabe war 17 Jahre alt und hatte den eckigen Kopf seines Erzeugers geerbt. Kleine hellbraune Augen lugten aus tiefen Höhlen hervor und für sein Alter war Misellus schon reichlich untersetzt.

Beeindruckt betrachtete der junge Mann ein paar riesige Erntemaschinen, die große Teile des vor ihm liegenden Weizenfeldes mit ihren stählernen Fühlern und Greifern bearbeiteten. Zwischen den Maschinen schritten anaureanische Arbeiter umher, die sie überwachten oder abgeschnittenen Halme aufsammelten, um sie in große, schwebende Behälter zu werfen.

»Weißt du, wie teuer so eine Erntemaschine ist, mein Sohn?«, fragte Sobos seinen Jungen mit gelangweiltem Gesichtsausdruck.

»Nein, Vater! Ich tippe mal auf zwei Millionen VEs!«, meinte dieser.

Der Grundherr lächelte. »Nein, nein! Das ist viel zu wenig. Das kannst du locker mal drei nehmen. Dann kommen noch Wartungskosten und so weiter dazu. Diese Dinger kosten ein Vermögen und man benötigt Hunderte von ihnen für all die Agrarsektoren …«

»Sind sie so teuer?«

»Ja, das sind sie!«

Juan Sobos kratzte sich am Kopf, wobei sein lockiges Haar am Hinterkopf bebte.

»Du wirst es nicht glauben, Misellus, aber ich habe ausgerechnet, dass 100 anaureanische Arbeiter wesentlich billiger als eine dieser Erntemaschinen sind. In der Anschaffung kosten sie fast nichts, was einen sehr wichtigen Punkt darstellt. Sie sind einfach da, man braucht sie sich bloß zu nehmen. Dann muss man sie nur noch irgendwo unterbringen und füttern, damit sie nicht sterben.«

Misellus wunderte sich. »Aber eine Maschine arbeitet Tag und Nacht, Vater!«

»Ja, das ist korrekt, aber das können diese Arbeitssklaven auch. Ich werde mir in Zukunft viel, viel mehr von ihnen auf meine Landgüter holen und einige der Erntemaschinen durch sie ersetzen lassen«, erklärte Sobos.

»Was sagt der Imperator denn dazu? Das ist doch offiziell verboten und…«, antwortete der Sohn, doch sein Vater blickte ihn mürrisch an.

»Dieses Problem wird bald erledigt sein, Misellus. Darüber brauchen wir heute nicht zu sprechen. Und nun höre zu: Der anaureanische Arbeiter der Zukunft wird eine cybernetische Lobotomie verpasst bekommen, so dass er nur noch ein rudimentäres Denken besitzt. Damit wird er so ähnlich wie eine Maschine funktionieren, nur eben wesentlich billiger sein.«

Misellus sah seinen Vater entgeistert an. »Wird so ein Arbeiter dann wie ein Cyborg sein?«

»Ja, in gewisser Weise, aber nicht ganz so ausgereift. Und die Ungoldenen werden das freiwillig mit sich machen lassen, denn auf diese Weise können sie für ihre Familien arbeiten bis sie umfallen und sie ernähren. Die ganze Sache ist jedenfalls günstiger, als so viele Erntemaschinen zu unterhalten.«

»Das ist genial, Vater!«, freute sich Misellus.

»Die untere Kaste der Menschheit wurde in den letzten Jahrhunderten immer als Arbeitsreservoir unterschätzt. Es sind Milliarden und sie kosten nichts. Sie sprießen wie Pilze aus dem Boden und wir müssen sie uns nur nehmen."

Sobos ältester Sohn blickte seinen Vater ehrfurchtsvoll an und schwieg, während dieser ihm weitere Geheimnisse des Geschäftslebens offenbarte.

»Unsere Familie ist deshalb eine der reichsten Sippen auf Terra geworden, weil sie immer zuerst an sich gedacht hat«, sagte der Senator. »Wir sind wichtig! Wenn du dich um die anderen kümmerst, dann dankt es dir sowieso niemand. Also kümmere dich von Anfang an um dich selbst!«

»Ja, das werde ich, Vater!«, gelobte Misellus.

»Bald werde ich der Archon des Goldenen Reiches sein, mein Sohn!«, stieß Juan Sobos aus und blickte über die Weizenfelder, die sich bis zum Horizont ausdehnten.

»Wirklich?«, fragte sein Sohn ungläubig.

»Da kannst du sicher sein! Und du wirst eines Tages mein Nachfolger werden, Misellus! Ich werde eine Dynastie begründen, die Terra bis in die ferne Zukunft beherrschen wird. Dann wird alles den Sobos gehören. Jeder Baum, jeder Strauch und jeder Mensch. Egal, ob oberste oder unterste Kaste. Für mich spielt das keine Rolle. Es ist immer der am nützlichsten, der uns am besten dienen kann.
Was sind denn die vielen Aureaner schon? Nutzlose Fresser, die bloß mehr Rohstoffe und Nahrungsmittel verbrauchen als jene braven, dummen Anaureaner, die man notfalls auch wie ein Tier in einem Erdloch halten kann«, verdeutlichte Sobos mit kaltem Blick.
»Aber wir sind doch auch Goldmenschen, Vater«, meinte Misellus verwirrt.
»Das spielt keine Rolle. Du musst dieses Kastendenken schnell vergessen. Es schadet dem geschäftlichen Weitblick, mein Sohn!«, rügte ihn der Grundherr.
»Dieser Planet und sämtliche Kolonien sollen unser Weidegrund werden, Misellus! Wir brauchen uns nur alles zu nehmen. Und wir können es, wenn wir es wirklich wollen!«, murmelte Sobos, während er seine Felder begutachtete.
Misellus trottete ihm still bis zu dem luxuriösen Gleiter hinterher, der sie nach Canmeriga gebracht hatte.
»Alle, die uns nutzen können, sind gut. Und alle anderen müssen wir dazu bringen, dass sie uns eines Tages nutzen«, sprach Sobos mit eindringlicher Stimme. »Hast du das verstanden, Misellus?«
Der Knabe nickte und gab dem Flugisten eine knappe Anweisung, sie wieder nach Braza zurückzubringen.

Einen Tag nach der Landung auf Thracan hatte Leukos den Statthalter in dessen Residenz am Stadtrand von Remay aufgesucht, um mit ihm die weitere Vorgehensweise in diesem Krieg abzusprechen. Die Legionäre Terras marschierten derweil mit einer prunkvollen Parade durch die Straßen der Hauptstadt des Planeten und ließen sich vom aureanischen Volk huldigen.

Das Verworrenste an der ganzen Sache war jedoch die Tatsache, dass der Oberstrategos nirgendwo Anzeichen eines bewaffneten Konflikts erkennen konnte. Magnus Shivas war indes aufgrund des Erscheinens seines Gastes erstaunt; schweigend sah er den terranischen Feldherren an.

Der Statthalter von Thracan war ein beeindruckender Anblick. Ein in eine strahlend weiße Toga gehüllter Nobile, dessen Haare die Farbe seines Gewandes hatten. Shivas war hochgewachsen und wirkte trotz seines Alters noch athletisch.

Sein schmales Gesicht besaß eine aristokratische Form. Er hatte forschende blaue Augen und eine schlanke, langgezogene Nase. Der Patrizier machte den Eindruck eines lebenserfahrenen Mannes und seine Erscheinung ließ auf einen vertrauenswürdigen Charakter schließen.

Umso verdutzter war Leukos, als ihm der thracanische Statthalter von den Verhältnissen auf seiner Heimatwelt erzählte und nicht den Eindruck machte, als würde er scherzen.

»Es gibt also keinen Bürgerkrieg auf Thracan? Keine Rebellion oder sonst etwas?«, vergewisserte sich Leukos noch einmal. Nachdenklich nippte er an einem vergoldeten Becher.

»Nein, Oberstrategos! Vor über sechs Jahren ist Cyril Spex zwar von einigen Wirrköpfen ermordet worden, doch diese Angelegenheit haben wir längst selbst geregelt. Die Männer wurden gefasst und hingerichtet. Einen Aufstand hat es aber niemals gegeben.«

»Aber das kann nicht sein! Was ist mit den Bildern von aufständischen Anaureanern, die unsere Kastengenossen abschlachten? Was ist mit den Berichten von einer Belagerung Remays?«

Der Statthalter lachte laut auf. »Eine Belagerung Remays? Wie kommt Ihr auf so etwas, Oberstrategos?«

Leukos stellte den Becher auf einen kleinen Tisch und sprang verärgert aus seinem Sessel.

»Wollt Ihr mich für dumm verkaufen? Auf Terra wurden zahllose Berichte in den Simulations-Transmittern gezeigt, die von einem systemweiten Aufstand der UPC und irgendwelcher Anaureaner sprachen! Ich habe sie selbst gesehen!«, schimpfte der terranische General.

»So glaubt mir doch, Oberstrategos!«, gab Shivas verärgert zurück. »Es gibt hier keine Rebellion und auch keinen Bürgerkrieg! Belagerung von Remay durch die UPC oder anaureanische Rebellen? Das ist vollkommen lächerlich!«

Leukos verstand die Welt nicht mehr und sank verwirrt in seinen Sessel zurück. Für einige Sekunden fehlten ihm die Worte.

»Ich hatte zunächst Gerüchte gehört, dass eine terranische Kriegsflotte im Anflug sei. Dann war mir vor einigen Monaten aber die Nachricht zugeschickt worden, dass doch keine terranischen Legionen im Anmarsch wären. Die Mitteilung war vom Imperator persönlich.«

Das Gesicht des Oberstrategos verwandelte sich in eine ungläubige Grimasse. »Wie bitte?«

»Ja, es ist die Wahrheit! Wir waren alle verwundert, als plötzlich zehn Kriegsschiffe angekommen sind. Ihr sollt hier eine Rebellion niederschlagen und uns retten, General? Vor wem sollt Ihr uns denn bitteschön retten?«, fragte Shivas sarkastisch.

»Vor diesen verdammten Rebellen! Das wurde uns jedenfalls erzählt! Ich lasse mich nicht gerne für dumm verkaufen, Statthalter! Was soll dieser ganze Unsinn?«, schnaubte Leukos.

Der Statthalter schüttelte den Kopf. »Ich verstehe das auch nicht, aber Ihr seht ja selbst, dass hier kein Krieg tobt.«

»Auch nicht auf dem Ostkontinent, wo die anaureanischen Slumstädte sind?«, hakte der Oberstrategos nach.

Shivas grinste abfällig. »Nein, auch dort findet kein Krieg statt. Man hat Euch offenbar mit falschen Informationen von Terra fortgeschickt!«

»Wollt Ihr jetzt behaupten, dass mich der Imperator belogen hat? Was hätte er denn davon? Ich bin sein treuester Diener!«, knurrte Leukos.

Sein Gegenüber schlug die Hände über dem Kopf zusammen und rief: »Ich weiß es doch auch nicht! Macht gefälligst nicht mich dafür verantwortlich, General! Hier gibt es keinen Krieg!«

Der Oberstrategos stieß einen wüsten Fluch aus und eilte aus dem Raum. Vollkommen verstört taumelte er durch einen der Ausgänge der gewölbeartigen Residenz; anschließend lief er hinaus auf die Straße.

»Ich muss die Sache mit meinen Offizieren besprechen«, stammelte er leise und rannte aufgeregt zu seinem Gleiter, um zurück zum Raumhafen zu fliegen.

Shivas blickte dem Terraner hinterher, schüttelte den Kopf und wusste nicht, was er von diesem Szenario halten sollte.

»Die Rebellen belagern Remay? Einen größeren Unsinn habe ich noch nie gehört!«, flüsterte er und ging in seine Residenz zurück.

Flavius und Kleitos hatten den Tag in der thracanischen Hauptstadt verbracht und sich an der Truppenparade beteiligt. Inzwischen waren sie erschöpft und freuten sich darauf, gleich ins Bett gehen zu können.

Nur noch einen letzten Schluck Alkohol wollten sie sich in einer Bar der Polemos genehmigen, dann sollte für heute endgültig Schluss sein.

»Remay ist eine beeindruckende Stadt, nicht wahr?«, sagte Kleitos, wobei er gähnen musste.

»Ja, das ist richtig, allerdings bin ich langsam etwas verwirrt. Hast du gehört, wo wir jetzt eingreifen sollen?«, wollte Princeps wissen.

»Du meinst, wo wir diese Rebellen bekämpfen sollen?«

»Ja! Das Oberkommando muss doch irgendeinen Plan haben, oder?«

»Keine Ahnung!«

»Seltsam ist das«, murmelte Flavius. »Die haben uns doch erzählt, dass ganz Thracan im Ausnahmezustand ist. Ich verstehe das alles nicht.«

Kleitos lehnte sich auf die Theke der Bar und schnaufte leise. Er gab keine Antwort.

»Was ist denn jetzt?«, hakte Princeps nach.

»Was weiß ich? Hier in Remay ist jedenfalls kein Krieg!«, stöhnte Kleitos müde.

»Und du hast nicht gehört, wo vielleicht sonst irgendwo Kämpfe stattfinden?«

»Nein, aber sie werden es uns noch früh genug sagen«, maulte Jarostow.

»Dieser Militäreinsatz ist völliger Unsinn! So kommt es mir jedenfalls vor …«

»Lass mich damit in Ruhe. Ich will heute nichts mehr davon hören«, wehrte Kleitos ab.

Plötzlich piepste Flavius Kommunikationsbote, der Rekrut griff aufgeregt in seine Hosentasche. In den letzten Tagen waren einige Nachrichten seiner Eltern von den dafür zuständigen Stellen der Armee an ihn weitergeleitet worden; diesmal war es jedoch Eugenia. Princeps öffnete den kleinen Bildschirm des Gerätes und die Krankenschwester lächelte ihm entgegen.

»Hallo, Flavius! Wie war die Parade?«, fragte sie.

»Imposant!«, antwortete der Legionär grinsend.

»Ich war mit ein paar Leuten vom Schiffspersonal in Remay. Die Stadt ist wirklich schön«, erklärte Eugenia.

Princeps hielt sich die Hand vor den Mund, um ein Gähnen zu unterdrücken. Dann erwiderte er: »Ja, Remay ist schön, aber ich habe langsam das Gefühl, dass dieser Militäreinsatz nicht viel mehr als ein besonders langer und wenig geliebter Urlaub ist.«

»Wie meinst du das?«

»Na ja, hier gibt es keinen Krieg. Oder hast du etwas davon mitbekommen?«

Die junge Frau verdrehte die Augen. »Ach, so! Mich wundert das auch. Aber sei doch froh, dass alles friedlich ist.«

Flavius verharrte für einige Sekunden vor dem Bildschirm und sagte nichts.

»Es ist jedenfalls besser, als Mord und Totschlag vor unserer Nase, oder?«

»Das ist richtig!«, gab der Rekrut zurück. »Trotzdem wundert mich die ganze Sache irgendwie. Was sollen wir denn dann hier auf Thracan?«

»Wenn alles ruhig ist, fliegen wir in den nächsten Tagen wieder nach Terra zurück. Das wäre doch das Beste für uns alle!«, meinte Eugenia.

Der junge Mann nickte. »Und was machst du morgen so?«

»Morgen?«

»Ja!«

»Bisher ist nicht viel geplant. Ein bisschen Schiffsdienst bis Mittag, dann habe ich frei. Wieso?«, wollte Eugenia wissen.

Princeps lächelte. »Dann könnten wir ja mal zusammen nach Remay fliegen und uns dort ein wenig umsehen."

Die hübsche Frau schlug die Augen auf. »Das ist keine schlechte Idee. Ich melde mich morgen Mittag mal, wenn ich Dienstschluss habe.«

»Alles klar. Ich freue mich drauf!«, antwortete Flavius und zwinkerte seinem Freund Kleitos zu.

Eugenia verabschiedete sich und die beiden Soldaten genehmigten sich noch ein letztes Getränk. Anschließend gingen sie in ihre Unterkünfte und legten sich schlafen. Nun galt es erst einmal abzuwarten, was in den nächsten Tagen anstand.

Vier Lichtjahre von Thracan entfernt wälzte sich Platon nervös in seinem Bett. In den letzten Wochen hatten sich die Schlafstörungen des jungen Archons immer weiter verschlimmert, denn seine vielfältigen Sorgen suchten ihn inzwischen vor allem in den finsteren Stunden der Nacht heim.

Nachdem der Kaiser im Schlaf bereits mehrere Kissen aus seinem Bett geworfen und seltsame Satzfetzen vor sich hin gebrabbelt hatte, schoss er plötzlich wie eine Kanonenkugel nach oben und stieß einen lauten, klagenden Schrei aus.

»Was ist los mit mir?«, stammelte Platon, sich einige Schweißperlen von der Stirn wischend.

Verwirrt starrte der Imperator zum Fenster seines Schlafgemachs herüber und hielt sich die Hand an die Brust. Sein Herz hämmerte vor Aufregung, er atmete schwer. Nach ein paar Minuten hörte Platon klackernde Schritte draußen auf dem Flur. Kurz darauf öffnete sich die Tür mit einem leisen Summen. Jemand machte das Licht an und sah auf ihn herab. Es war Clautus Triton.

»Geht es Euch nicht gut, Majestät?«, fragte der alte Mann besorgt.

»Ich weiß nicht...«, murmelte der Kaiser und schlich aus seinem Bett.

»Kann ich Euch helfen, Herr? Euer Bio-Scanner hat mich aufgeweckt. Er hat stark erhöhte Adrenalinwerte angezeigt und der Alarm wurde aktiviert«, erklärte Triton.

Platon strich sich mit der Hand über das Gesicht und stöhnte leise.

»Bringen Sie mir bitte ein Wasser, Clautus!«, bat er.

Der Berater eilte aus dem Schlafraum des Kaisers und kam wenig später mit einem Glas zurück. Gierig trank Platon; anschließend lief er nervös durch den Raum.

»Ich habe etwas Schreckliches geträumt, Clautus...«

»Was denn, Eure Exzellenz?«

»Juan Sobos hat mich im Traum erschossen!«, erklärte der Archon geschockt.

Clautus legte dem jungen Mann die Hand auf die schweißnasse Schulter und versuchte, ihn zu beruhigen.

»Das war bloß ein böser Traum, Herr. Doch jetzt ist er vorbei, kein Grund zur Sorge«, sprach Triton.

Der Kaiser rannte zum Fenster und blickte über ein weites Feld aus Blumenbeeten und Hecken. Draußen war niemand.

»Dieser fette Hund Sobos! Vielleicht sollte ich ihn einfach töten lassen!«, schrie Platon und schmetterte das Wasserglas gegen die Wand.

Clautus zuckte zusammen. Er eilte in eine Ecke des Schlafgemachs, um die Glassplitter vom Boden aufzuheben.

»Herr, Ihr müsst Euch beruhigen. Niemand kommt einfach in die inneren Gemächer des Archontenpalastes und kann Euch etwas tun.«

»Ach, nein, Triton? Sie haben sicherlich schon einen ganzen Schwarm Meuchelmörder aufgescheucht, die mir an die Gurgel wollen«, zischte Platon.

Clautus schwieg. Tief im Inneren wusste er, dass die Sorgen des Imperators berechtigt waren. Eine so mächtige Gruppe wie die Optimaten war in ihrer Gemeinheit keinesfalls zu unterschätzen.

»Ich werde morgen noch einmal den gesamten Palast einer Sicherheitsprüfung unterziehen lassen, Majestät«, versprach der ergraute Berater und bemühte sich zu lächeln.

Der Kaiser atmete aufgeregt und tigerte erneut nervös durch sein Schlafzimmer. Wütend ballte er die Fäuste und stellte sich wieder ans Fenster, um heraus auf den Garten zu blicken.

»Sebotton von Innax hat einst den halben Senat ermorden lassen, andere Imperatoren haben ihn einfach abgeschafft. Im großen terranischen Bürgerkrieg vor 3000 Jahren haben die…«, murmelte Platon leise vor sich hin, während ihn Clautus ansah.

»Herr, bitte beruhigt Euch und versucht, wieder zu schlafen. Ich werde Euch einige Medikamente holen«, versprach Triton.

»Ja, in Ordnung! Das wäre nett!"

Clautus verschwand und der Imperator blieb grübelnd in seinem Schlafraum zurück, wo er weiter aus dem Fenster in die Dunkelheit stierte.

Als ihm Clautus ein paar Beruhigungspillen überreicht hatte, fuhr der Archon mit seinen Ausführungen fort.

»Ich bin kein Kaiser, der seine Gegner ohne mit der Wimper zu zucken umbringen lässt. Ich bin auch kein Mann des Krieges, der sofort überall Gewalt anwendet. Allein der Feldzug nach Thracan ist mir im Grunde zuwider. Ich will Frieden mit den Kolonien und das Goldene Reich wieder aufbauen und für die Zukunft stabil machen."

»Aber diese Optimaten verstehen Eure höheren Ziele nicht mehr. Sie leben nur für ihren Reichtum, Majestät. So ist das eben…«, antwortete Clautus.

»Und was soll ich jetzt tun? Ihnen die Legionen auf den Hals hetzen? Sie ermorden lassen?«, rief der Kaiser wütend. »So bin ich nicht, mein Freund!«

»Nein, Eure Exzellenz! Es ist besser, die breite Masse der Aureaner für sich zu gewinnen, wie ihr es gerade tut. Damit kann man im Kampf gegen die Optimaten mehr erreichen, als nur mit brutaler Gewalt«, meinte Clautus.

»Ich sollte Aswin Leukos noch einmal eine Nachricht schicken. Ich habe mich seit über einem Jahr nicht mehr bei der Flotte gemeldet. Die Politik hier auf Terra lässt mir keinen einzigen Tag Ruhe. Hoffentlich geht es dem Oberstrategos gut. Jedenfalls denke ich, dass es ein Fehler gewesen ist, ihn nach Thracan zu schicken«, sagte der Archon. Er sah Clautus mit seinem jugendlichen Gesicht an, das schon ungewöhnlich viele Sorgenfalten trug.

Der alte Berater zuckte mit den Achseln. »Lasst Leukos seine Aufgabe erledigen und kümmert Euch erst einmal um Terra. Ich bin sicher, dass Shivas und er diese Rebellion niederwerfen werden.«

»Zur Hölle mit der Politik und ihren schmutzigen Ränkespielen!«, knurrte Platon und legte sich auf sein Bett.

Aswin Leukos schritt vor seinen Offizieren auf der Kommandoplattform der Ultimus auf und ab. Der Oberstrategos wirkte sichtlich ungehalten, sein Blick hatte sich verfinstert.

»Sind die Späher zurück?«, wollte er wissen

Ein Legatus trat aus der Gruppe der Legionsführer heraus, um sich vor Leukos zu stellen.

»Jawohl, Herr General! Alle 24 Spähgleiter sind zurück und haben sich den Ostkontinent genau angesehen. Dort scheint alles friedlich zu sein.«

Leukos grinste gequält. »Aha? Das habe ich mir schon gedacht. Was zum Orkus tun wir dann hier?«

Die Legaten sahen betreten zu Boden und gaben sich alle Mühe, den giftigen Blicken ihres Anführers auszuweichen.

»In den letzten Tagen erhalte ich ständig neue Nachrichten vom Imperator. Er verlangt, dass wir die Rebellion mit allen Mitteln niederwerfen. Allerdings werden wir ihn enttäuschen müssen, denn hier auf Thracan geschieht ja nichts«, murrte Leukos.

»Magnus Shivas hält diese UPC übrigens bloß für einen Haufen Spinner, Oberstrategos! Oder sehe ich das falsch?«, kam von einem Offizier.

 Leukos schnaufte frustriert und winkte ab. »Die UPC! Wenn ich ehrlich bin, dann hat sich der Statthalter fast totgelacht, als ich ihm erzählt habe, dass wir auf Terra glauben, dass die UPC das ganze Proxima Centauri System auseinander nimmt.«

Die Legaten stießen ein erstauntes Raunen aus und wussten nicht, was sie sagen sollten. Der oberste Feldherr Terras glotzte sie hilflos an.

»Was machen wir denn jetzt, Herr? Fliegen wir nach Terra zurück?«, fragte einer der Legionsführer.

»Nein! Platon und der Senat verlangen ihre Rache und wir müssen sie ihnen liefern«, schimpfte Leukos verzweifelt.

»Sollen wir jetzt einfach irgendwelche Anaureaner zusammenschießen oder wahllos angebliche UPC-Terroristen an die Wand stellen, Oberstrategos?«, rief ein verärgerter Offizier aus.

»Vermutlich so in der Richtung. Die letzte Nachricht des Archons lautete, dass uns in einer Woche genau gesagt wird, wen wir als Rache für das Attentat vernichten sollen. Bis dahin sollen wir die Legionen kampfbereit machen und noch einmal unser Kriegsmaterial überprüfen. Magnus Shivas weiß auch schon Bescheid und ruft seine planetaren Streitkräfte zusammen.

Ich gehe davon aus, dass wir uns um diese Slumstädte auf dem Ostkontinent kümmern sollen. Allen voran San Favellas, woher die Mörder von Cyril Spex stammten. Genauere Anweisungen des Imperators folgen noch, wie ich bereits erwähnt habe."

Die anwesenden Offiziere stießen ein ungläubiges Lachen aus und schüttelten die Köpfe. Diese Mission wäre ein gigantischer Witz, meinten sie.

»Dann haben wir 100.000 Legionäre im Grunde für nichts nach Thracan geschickt?«, schnaubte ein Offizier.

Leukos sah ihn verbittert an und faltete die Hände. »Wir tun jetzt einfach, was uns befohlen wird. Und dann geht es zurück nach Terra."

»Aber General, das ist doch lachhaft! Wir haben hier eine riesige Streitmacht versammelt, nur um…«, beschwerten sich die erbosten Offiziere.

»Ich kann es nicht ändern! Dass diese ganze Sache sehr seltsam ist, weiß ich auch. Trotzdem haben wir unsere Befehle und werden sie nicht in Frage stellen. Lassen sie uns diesen Mist schnell erledigen. Danach fliegen wir wieder zurück zur Erde.

Sie können mir glauben, meine Herren, dass ich bezüglich dieser Mission sowohl dem Imperator als auch den Senatoren zahlreiche Fragen stellen werde, wenn wir wieder zu Hause sind. Und jetzt heißt es: Wegtreten!«, grollte Leukos.

Die schimpfenden Legionsführer verließen die Kommandoplattform und verschwanden in anderen Teilen des riesigen Schlachtkreuzers. Ihre zynischen Kommentare, die sie bei ihrem Abgang einander zuflüsterten, hallten noch einige Tage lang in Leukos' Kopf nach.

Maßlos verärgert und enttäuscht von den vielen Fehlinformationen und der mangelhaften Planung dieses Feldzuges, schlich der Oberstrategos zurück in sein Quartier, wo er auf weitere Befehle des Archons wartete.

Die Vergeltungsaktion

Inzwischen hatte Leukos eine neue Nachricht von Terra erhalten, die das persönliche Siegel des Imperators trug. Ihr Inhalt war kurz, prägnant und ließ keine Fragen offen. Credos Platon verlangte die völlige Vernichtung von San Favellas, jener hauptsächlich von Anaureanern bewohnten Slumstadt, aus der die Mörder von Cyril Spex gekommen waren. Der Oberstrategos hatte derartiges bereits erwartet, doch schockierte ihn die Brutalität des Befehls zutiefst.

»Alle Einwohner von San Favellas sollen als Warnung an die übrigen Rebellen getötet werden. Eine halbe Million Ungoldene sollen jedoch gefangen genommen und anschließend im Umkreis der Stadt an Kreuze genagelt werden!«, lautete die Order des Kaisers.

Shivas reagierte auf die Anweisung des terranischen Herrschers mit völligem Unverständnis, wobei er sich jedoch, ebenso wie Leukos und seine Legionen, dem Willen Platons beugen musste.

Weiterhin wurde der thracanische Statthalter verpflichtet, auch seine eigenen planetaren Streitkräfte gegen San Favellas zu schicken, um die terranischen Legionäre bei ihrem Vernichtungsschlag zu unterstützen.

Schließlich ließ Leukos seine Soldaten auf den Ostkontinent des Planeten bringen, wo sie ein riesiges Lager aufschlugen. Dann wurden die Truppen zusammengerufen.

Den 100.000 Soldaten von der Erde folgten weitere Verbände thracanischer Streitkräfte und eine ganze Armada aus Panzern, Geschützen, Bombern und Kampfläufern.

Flavius ließ diese Dinge einfach geschehen und tat, was ihm befohlen wurde. Sein einziger Gedanke war, dass der Wahnsinn hoffentlich bald vorbei sein würde. Zudem stimmte es ihn glücklich, dass der Bürgerkrieg auf Thracan, wenn es ihn denn überhaupt gab, nicht so verheerend zu sein schien, wie die schrecklichen Gräuelberichte auf Terra hatten vermuten lassen.

So versammelte sich die gewaltige Armee aus terranischen und thracanischen Soldaten auf einer zerklüfteten, von rötlichen Gebirgsausläufern umgebenen Ebene auf dem Ostkontinent des Planeten.

Oberstrategos Aswin Leukos machte sich indes daran, seine Truppen mit einer kurzen Ansprache auf den baldigen Angriff einzuschwören.

Flavius und Kleitos befanden sich im hinteren Teil des gewaltigen Menschenteppichs aus Soldaten, der das Plateau wie ein riesiges Laken bedeckte.

Die Legionen hatten sich in starren Formationen aufgestellt. An den Seiten der großen Blöcke aus Soldaten in metallisch glänzenden Körperpanzern standen die Offiziere der jeweiligen Kohorten. Leuchtende, rote Banner mit goldenen Verzierungen und weitere imperiale Feldzeichen aus Gold und Bronze gaben dem Szenario einen erhabenen Hauch.

Hinter den Soldaten befanden sich lange Linien aus Panzern und Geschützen, während imperiale Caedes Bomber mit gelblich-orangen Feuerschweifen über den Horizont zischten.

Dort standen sie nun. Die gefürchteten Legionäre Terras – und Flavius war mitten unter ihnen. Sie hatten sich einige Kilometer von San Favellas entfernt postiert, um die Stärke des Goldenen Reiches zu demonstrieren. Morgen wollten sie ausrücken, um allen Bewohnern der Slumstadt den Tod zu bringen.

Leukos hingegen zweifelte am Sinn des kommenden Vernichtungsschlages; er wirkte gereizt. Man hatte ihn, wenn er ehrlich zu sich selbst war, für nichts durch das All fliegen lassen.

»Terra macht sich hier auf Thracan lediglich lächerlich!«, brummte er einem seiner Offiziere ins Ohr, bevor er auf eine Bühne trat, um seine Ansprache zu beginnen.

»Soldaten von Terra!

Mit dem Mord an Cyril Spex haben sich niedere Elemente und schändliche Blutsverräter an unserer Kaste gegen die heilige Ordnung des Goldenen Reiches gewandt.

Wer einen Statthalter des Imperators ermordet, soll behandelt werden, als hätte er den Imperator selbst ermordet. So schreibt es das Gesetz vor und wir sind hier versammelt, um dafür zu sorgen, dass die Gesetze des Imperiums auch hier auf Thracan eingehalten werden!

Unser Befehl lautet: Rache! Wir sollen an San Favellas ein Exempel statuieren! Wir sollen den Rebellen auf diesem Planeten unsere Botschaft überbringen. Und diese Botschaft lautet: „Wer sich gegen das Goldene Reich auf Terra stellt, der ist des Todes!"

Viele von Euch, meine Legionäre, werden gegen sich gehen müssen, wenn von ihnen verlangt wird, dass sie jeden Einwohner von San Favellas töten sollen, der ihnen vor den Blaster kommt. Aber das ist der Befehl des Kaisers und wir werden ihn ausführen!

Wer dabei erwischt wird, dass er sich nicht gemäß der Order verhält, den erwartet die Hinrichtung wegen Befehlsverweigerung. Ich weiß, dass die kommenden Tage für uns alle hart werden, doch wir müssen die Sache hier jetzt schnell erledigen. Anschließend geht es zurück nach Hause!«

Leukos ging von der Bühne herunter und verschwand in einem Pulk seiner Offiziere. Es war ihm anzumerken, dass ihm die ganze Angelegenheit äußerst unangenehm war. Magnus Shivas, der heute mitgekommen war, verzog angewidert den Mund und warf dem terranischen Feldherren einen vielsagenden Blick zu.

Kurz kam Leukos zu ihm herüber; er entschuldigte sich für die militärische Farce, die Thracan jetzt erwartete.

»Trifft Credos Platon auf Terra öfter solche weisen Entscheidungen?«, fragte Shivas sarkastisch.

»Nein!«, entgegnete der Oberstrategos. »Platon ist eigentlich ein hervorragender Archon. Ich verstehe das alles nicht, Statthalter.«

»Dann tut Euer blutiges Handwerk und lasst uns diesen Irrsinn anschließend so schnell es geht vergessen«, antwortete Shivas zerknirscht.

In den frühen Mittagsstunden des folgenden Tages wurde der Angriff auf San Favellas eröffnet. Zu diesem Zweck waren bereits sechs Legionen in der Nacht losmarschiert, um sich im Westen der Slumstadt zu formieren. Vier weitere Legionen hatten sich ebenfalls in der Morgendämmerung auf den Weg gemacht, um die Stadt von Osten her einzukreisen.

Die planetaren Streitkräfte der Thracanai, wozu fünf Legionen und etwa 300000 Mann Hilfstruppen gehörten, legten einen zweiten Belagerungsring um die riesige Slumstadt, deren zusammengezimmerte Hütten und schäbige

Wohnblöcke sich über viele Quadratkilometer erstreckten.

Flavius, Kleitos und die 562. Legion waren zunächst im Lager geblieben und sollten später mit Antigrav-Truppentransportern zu ihren Einsatzorten geflogen werden.

Der Angriff auf San Favellas war hervorragend vorbereitet, wobei ein solcher Aufwand, ja die gesamte Operation, sowohl Leukos und seinen Soldaten als auch Magnus Shivas zunehmend lächerlicher vorkamen.

Dies alles war ein Strafgericht, obwohl der Statthalter von Thracan immer wieder betonte, dass sich die Anaureaner von San Favellas sich in den letzten Jahren ruhig verhalten und nichts mit der UPC zu tun hatten.

Dennoch wünschte der Imperator ein blutiges Exempel und somit gab es keine Diskussionen über die Sinnhaftigkeit dieses Militäreinsatzes.

»Wohin fliegen die uns denn gleich, Kleitos?«, fragte Flavius und seine Stimme hallte dumpf unter dem Visier seines Helms aus gehärtetem Flexstahl wider.

Jarostow deutete auf den holographischen Bildschirm, den sein Kommunikationsbote aufleuchten ließ.

»Wir gehen mit unserer Kohorte durch dieses Planquadrat und arbeiten uns dann weiter nach Norden vor. Liest du eigentlich nie die Befehle? Das ging doch eben an alle Legionäre raus!«, erklärte Kleitos, der sich ebenfalls seinen Helm aufzog.

Princeps stieß ein leises, metallisch nachklingendes Schnaufen aus. »Ach, zum Teufel mit diesem ganzen Unsinn. Hauptsache, es ist schnell vorbei. Zenturio Sachs sagt, dass wir den Bewohnern dieser Stadt nur ein wenig

Angst einjagen sollen. Dass wir sie alle umbringen sollen, meint Leukos wohl kaum ernst.«

»Natürlich ist das ernst gemeint, du Narr! Das ist der offizielle Befehl des Archons, Flavius!«, knurrte Kleitos.

Flavius hielt für einen Augenblick inne. Er gestand sich ein, dass er den Gedanken, in Kürze auf einem richtigen Schlachtfeld zu stehen, bis zu diesem Augenblick erfolgreich verdrängt hatte. Dies war keine Übung im Phalangieren, sondern echter Krieg.

Verstört stand Princeps in seiner Legionärsrüstung mit den breiten Schulterpanzern und den Flexstahlplatten, die seinen Brustpanzer bildeten, im Lager herum, während die erfahrenen Soldaten neben ihm aufbrachen, um in die Transporter zu steigen.

»Was ist los mit dir, Mann?«, wollte Kleitos wissen, er klopfte Flavius auf den Helm.

»Nichts! Schon gut!«, antwortete dieser verstockt.

»Hast du deine Pila im Gepäck?«

»Ja, habe ich!«

»Und die Energiezellen für den Blaster? Bei dir muss ich immer nachfragen, Princeps! Wie eine Mama!«

»Ja, sind auch dabei«, stöhnte der Rekrut aus Vanatium und lehnte sich auf seinen eckigen Legionärsschild, der metallisch in der aufgehenden Sonne schimmerte.

»Warum soll ich einfach irgendwelche Leute erschießen, die mir nichts getan haben? Das ist doch nicht gerecht!«, schimpfte Flavius jetzt.

Jarostow ließ das Visier hochfahren, so dass dieser sein ungläubiges Gesicht sehen konnte. Die kantigen Züge des jungen Legionärs versteinerten sich.

»Lebst du in einer Traumwelt, Princeps? Was zur Hölle ist bloß los mit dir? Das ist ein verdammter Befehl! Ich kann es doch auch nicht ändern. Unsere Kohorte ist gleich dran, also mach dich verdammt nochmal fertig!«, zischte Kleitos.

Plötzlich hörten sie die raue Stimme von Zenturio Sachs hinter sich erschallen. Der brutal wirkende Veteran rannte an ihnen vorbei und der rote Federbusch auf seinem Helm schwankte leicht im Wind, während er sich bewegte.

»Die 9. Kohorte der 562. Legion zu mir!«, brüllte der Offizier aus voller Kehle. Angewidert trottete Flavius in seine Richtung.

Sachs marschierte vor seinen Männern auf und ab, wobei er wild herum gestikulierte.

»Dass keiner von euch seine Ausrüstung verschlampt hat, Männer! Ich will keinen sehen, der seinen Blaster auf dem Scheißhaus vergessen hat!«, bellte er.

Die Berufssoldaten vor ihm stießen ein raues Lachen aus; dann sprangen sie auf die Ladeflächen der bereitstehenden Truppentransporter.

Jarostow schleifte den verunsicherten Flavius mit sich und herrschte ihn zwischendurch immer wieder an, wenn er sich wie ein störrischer Esel weigerte, den gepanzerten Kampfgleiter zu betreten.

»Es gibt jetzt kein Zurück mehr! Komm schon oder willst du mit dem Zenturio aneinander geraten?«, schrie der Kamerad.

Nach einer kurzen Pause erhoben sich die Transporter in die Lüfte und jagten mit atemberaubendem Tempo auf die Slumstadt zu. San Favellas war riesig, wie Flavius erstaunt bemerkte, als er aus einem der Fenster nach unten blickte. Hier und da konnte er schon die ersten Formationen von Soldaten, Panzern und Geschützen erkennen, die sich am Rande der schmutzigen Metropole versammelten.

Die Häuser und Habitatskomplexe von San Favellas übersäten die rötliche Ebene von einem Ende bis zum anderen. Princeps konnte sich ausmalen, dass selbst ganze Kohorten in diesem endlosen Gewirr aus Gebäuden und Straßen verloren gehen konnten. San Favellas erinnerte an eine Stadt in einem Wüstengebiet auf Terra. Im Süden Aricas gab es ähnliche Slumstädte, wie dem jungen Aureaner einfiel.

Wenig später gingen die Transportgleiter in den Landeanflug und luden die Soldaten hinter ein paar großen, bräunlichen Felsen ab.

Flavius klopfte sich den überall vom Wind verteilten Staub von seinem Brustpanzer ab, bis er einsah, dass dies auf Dauer zwecklos war. Angespannt wartete er auf weitere Befehle.

»Alles klar?«, hörte Princeps seinen Freund Kleitos hinter sich fragen und drehte sich um.

Flavius ließ sein Visier nach oben fahren und atmete einen Schwall stickiger Luft ein, die von der gigantischen Slumstadt herüberwehte.

»Nein! Gar nichts ist klar, Kleitos!«, murrte er, wobei er seinen Kameraden hilfesuchend ansah.

Es dauerte keine halbe Stunde mehr, bis die 9. Kohorte der 562. Legion den Befehl zum Angriff erhielt. Entschlossen bewegten sich die Soldaten auf San Favellas zu.

Mehrere Dutzend Kampfläufer flankierten die Truppe, in der sich Flavius befand, und deckten ein paar Slumhütten mit einem Feuerhagel ein. Es dauerte nur Sekunden, dann waren die zusammengezimmerten Behausungen der Anaureaner nur noch ein Haufen qualmender Schutt.

»Pila bereithalten!«, schallte es aus dem Vox-Transmitter in Flavius Helm und der junge Legionär bereitete sich darauf vor, seinen vor Energie glühenden Speer auf das nächstbeste Ziel zu schleudern.

Er schnaufte leise, wobei sein Herz in einem verrückten Tempo hämmerte. Jetzt wurde es ernst, jeden Augenblick konnte ein Feind zwischen den Trümmern der Slumhütten hervorbrechen.

Die Legionäre rückten in geschlossener Formation durch die Straßen vor, während ihnen plötzlich Blasterfeuer entgegenzischte. Flavius konnte eine Reihe dunkler Gestalten erkennen, die aufgeregt durcheinander schrieen und auf die Legionäre schossen. Diese antworteten mit ihren Pila, die mit grellen Blitzen zwischen den Ungoldenen aufschlugen und die meisten von ihnen töteten.

Der Rest der Angreifer flüchtete in die verwinkelten Gassen im Hintergrund oder wurde von den Legionären zusammengeschossen.

»Waffen bereithalten! Schießt auf alles, was sich bewegt!«, lautete Sachs Anweisung und die Soldaten setzten einige Gebäude mit Flammenwerfern in Brand.

In einiger Entfernung sah Flavius eine Frau schreiend aus einer Qualmwolke herausrennen, nur um ihr Leben wenige Sekunden später vor den Mündungen einiger Blaster auszuhauchen.

Der junge Soldat wandte seinen Blick angewidert von dem Werk der Zerstörung ab, das seine Kameraden neben ihm anrichteten, und kauerte sich hinter sein Schild.

Nach einer kurzen Pause rückten Princeps und die anderen Soldaten weiter vor. Offenbar waren die meisten Bewohner dieser verwahrlosten Gassen schon in einen anderen Teil der gigantischen Slumstadt geflüchtet. Sie kamen wenig später zu einem großen Bombenkrater, mitten im Häusermeer von San Favellas. Die Kohorte stoppte, die Legionäre gingen hinter ein paar Trümmern in Deckung.

»Das hier war ein Ignis-Geschoss! Seht euch die Verwüstung an«, sagte einer der Soldaten mit einer gewissen Faszination. Er deutete auf das Loch im Boden.

Es dauerte nicht lange, da marschierte die Kohorte weiter und tastete sich durch die nächsten Straßenzüge der Slumstadt, wo sie von einer großen Anzahl Anaureaner angegriffen wurde. Ganze Schwärme wütender Gestalten strömten zwischen den Gebäuderuinen hervor und begannen, auf die Legionäre zu schießen.

»Schildwall bilden! Pila bereit! Erster Mann deckt, zweiter Mann feuert!«, hörte es Flavius aus seinem Vox-Transmitter schallen. Verstört ging er in Position.

Mit lautem Geschrei kamen die Anaureaner näher; sie wurden immer zahlreicher. Viele von ihnen schwangen Knüppel und Eisenstangen, andere warfen primitive Sprengsätze auf die Legionäre, während der Rest mit veralteten Blastern um sich feuerte.

Flavius stockte der Atem. Er klammerte sich an seinem Pilum fest. Ein Sprengsatz schlug irgendwo zwischen den Kameraden ein und riss drei von ihnen in Stücke. Abgehackte Schreie drangen aus einer Staubwolke, im Augenwinkel erblickte Princeps den verstümmelten Körper eines Soldaten. Derweil waren die Angreifer noch näher herangekommen. Laut brüllend liefen sie auf die Legionäre zu.

»Pilum werfen!«, schrie Zenturio Sachs und die terranischen Soldaten schleuderten den Angreifern eine ganze Salve von Wurfspeeren entgegen. Wo die Geschosse auftrafen, da explodierten sie mit gleißenden Energieentladungen. Dutzende Slumbewohner wurden von den Feuerbällen verbrannt; ihr Ansturm geriet ins Stocken.

»Vorrücken! Geschlossene Linie! Erster Mann deckt, zweiter Mann feuert!«, lautete der nächste Befehl und die Kohorte marschierte langsam voran.

Die Ungoldenen waren inzwischen zu der Erkenntnis gelangt, dass sie die Legionäre nicht mit halbherzigen Angriffen aufhalten konnten. Sie flohen zurück in die Nebenstraßen. Blasterfeuer zischte ihnen hinterher.

Blitzartig kamen mehrere Kampfläufer aus dem Hintergrund nach vorne zu den Soldaten und nahmen die Verfolgung der fliehenden Slumbewohner auf. Irgendwo am Horizont wurde die Stadt wieder mit Ignis-Bomben unter Feuer genommen. Schwarze Qualmwolken stiegen in einiger Entfernung gen Himmel.

Während die Kohorte weiter und weiter in das Straßengewirr von San Favellas vorstieß, wurde es Flavius zunehmend mulmiger. Er sah einen Anaureaner auf dem schlammigen Boden liegen, der ein großes, verkohltes Loch in der Brust hatte. So sah man nach einem tödlichen Blastertreffer aus.

Der junge Soldat betrachtete den dunklen Teint und die breite Nase des toten Mannes. Er fand den Anblick des Fremden seltsam und ungewohnt. Noch immer wollte Flavius nicht wahrhaben, dass er sich in einer hässlichen Schmutzstadt befand und töten sollte.

»Was stehst du hier herum?«, schnauzte ihn plötzlich einer der älteren Legionäre an und riss ihn mit sich. »Wir sollen diesen Straßenzug sichern!«

Princeps nickte und trottete den anderen hinterher. Wieder steckten die Soldaten Gebäude in Brand oder drangen in Slumhütten ein, um noch den einen oder anderen Bewohner zu erschießen.

Nach einer halben Stunde kehrten auch die Kampfläufer von ihrer Verfolgungsjagd durch die Gassen des Slumviertels zurück. Vier von ihnen waren zerstört worden.

»Diese verdammten Ratten haben Plasmaraketen«, erklärte Flavius Nebenmann, während er besorgt seine Waffe musterte.

»Passt da hinten auf! In den großen, grauen Gebäuden dort drüben sind offenbar ein paar Anaureaner mit etwas besseren Waffen«, warnte Zenturio Sachs die Truppe über Funk.

Der Kampf dauerte an, bis die Sonne unterging. Flavius erlebte seinen ersten Kriegseinsatz. Dieser war jedoch nicht spektakulär und schon gar nicht heroisch gewesen. Es war bloß ein reines Zerstören und Töten, ein blutiges Exempel im Namen von Imperator und Senat.

Der erste Tag war vorüber und sowohl Flavius als auch Kleitos hatten es geschafft, wieder lebendig ins Lager zurückzukehren. Während die beiden zusammen mit ein paar älteren Soldaten um einen Heizstrahler herum auf Decken saßen, bombardierten die Caedes Bomber und Geschütze San Favellas noch immer.

Das dumpfe Grollen der Ignis-Geschosse und das ständige Leuchten der Granateneinschläge hörten auch in den tiefen Stunden der Nacht nicht auf. Den unglücklichen

Bewohnern der Slumstadt sollte keine Ruhepause ge-
gönnt werden, hatten die Anführer der terranischen Legionen beschlossen.

»Pack das Ding weg, Flavius!«, flüsterte Kleitos seinem
Kameraden zu und kniff die Augen zu einem dünnen
Spalt zusammen.

Princeps hatte Anstalten gemacht, seinen Neurostimulator aus dem Gepäck zu holen. Nervös schob er ihn wieder zurück in seinen Rucksack und spähte umher.

»Ich brauche unbedingt ein paar Glücksgefühle, sonst
drehe ich heute Nacht durch«, zischelte Flavius, seinen
Freund verzweifelt anstarrend.

»Reiß dich zusammen! Wenn du mit dem »Neuro« von einem Offizier erwischt wirst, dann gibt das nur Ärger«,
warnte Kleitos.

»Was tuschelt ihr zwei denn so?«, knurrte ein bulliger Berufssoldat dazwischen. Genervt glotzte er die beiden Rekruten an.

»Schon gut, alles klar, Kamerad!«, sagte Jarostow und
winkte mit einem besänftigenden Lächeln ab.

»Das ist eine Scheiße, was?«, sagte der Legionär.

»Dieser ganze Kampfeinsatz, oder wie?«

»Ja, was denn sonst, Bursche? So einen Unsinn habe ich
noch nie erlebt. Ich war schon auf der Venus mit dabei
und habe den Feldzug gegen die Kolonisten auf Trema
im Lorall-System mitgemacht. Da hat man wenigstens gegen richtige Männer gekämpft, aber das hier ist Schwach-
sinn«, erklärte der Veteran.

»Wie lange sind Sie denn schon in der Legion?«, wollte
Flavius wissen.

»Du kannst ruhig »Du« sagen, Junge. Ich bin seit 16 Jahren dabei. Das ist euer erster Krieg, nicht wahr?«

»Ja!«, gaben die zwei Rekruten kleinlaut zurück.

Der Soldat grinste; Flavius erkannte, dass er eine lange Narbe auf der Stirn hatte. Der grimmig wirkende Mann sah im halbdunklen Schein des Heizstrahlers furchterregend aus. Princeps war froh, wenn er so jemandem nicht als Gegner gegenübertreten musste.

»Habt ihr heute welche kaltgemacht?«, fragte der Berufssoldat und sah erwartungsvoll zu den beiden »Frischlingen« herüber.

Flavius und Kleitos zögerten mit ihrer Antwort, während der Legionär lachte.

»Also noch nicht?«

»Ich habe mein Pilum geworfen und…«, erwiderte Kleitos, doch der Veteran unterbrach ihn.

»Aber du hast nichts getroffen, wie? Macht euch keine Sorgen, ihr werdet das Töten schon lernen. Ich habe heute 21 Ungoldene niedergestreckt, aber ich bin nicht stolz darauf. Ein solch sinnloses Abschlachten finde ich erniedrigend für einen echten Soldaten der Legion. Was hat sich der Imperator denn dabei gedacht, uns so einen Befehl zu geben?«, beschwerte sich der erfahrene Kämpfer.

»Das fragen wir uns alle, Kamerad«, gab Jarostow zurück.

Princeps musterte den Veteran indes mit sichtbarem Unbehagen. Er hatte sein behütetes Leben auf Terra hinter sich gelassen und saß nun einem gut ausgebildeten Killer gegenüber, der gnadenlos mordete und dem es offenbar nichts ausmachte.

Das durfte alles nicht wahr sein. Was war das nur für ein nie endender Alptraum? Das Töten wollte der junge Aureaner aus Vanatium ganz gewiss nicht lernen. Zudem fühlte er eine gewisse Verachtung für den stumpfsinnig dreinschauenden Legionsveteranen.

262

Hatte der Mann kein Gewissen? War er bloß ein seelenloser Befehlsempfänger, dem man das eigene Denken schon abtrainiert hatte?

»Hast du heute wirklich 21 Menschen getötet?«, fragte Princeps den Soldaten schließlich erneut.

Dieser schloss die Augen und zählte seine Opfer noch einmal leise murmelnd durch.

»Ja, ich glaube, es waren 21…oder einer mehr«, meinte der Legionär nüchtern.

»Und sie tun dir nicht leid?«, hakte Flavius nach.

Der Veteran stierte auf den Boden. »Es ist nun einmal mein Beruf. Aber dieser Kampf hat nichts Ehrenhaftes und der Befehl ist eine verdammte Sauerei. Männer, Frauen und Kinder niederzumachen, ist eigentlich keine Aufgabe für einen echten Kämpfer der Legion. Selbst wenn es nur Minderwertige sind.«

»Aber wir sollen es trotzdem tun…«, murmelte Kleitos.

»Ja, und ich empfehle euch beiden, nicht so viel über solche Dinge nachzudenken. Auch das gibt sich mit der Zeit. Es läuft im Krieg so und uns Soldaten fragt nun einmal niemand nach unserer Meinung. Wir sind Terras Hammer, heißt es bei der Legion immer. Und wir zerschmettern den Feind überall dort, wo es der Imperator wünscht!«

»Man denkt nach einer gewissen Zeit nicht mehr, wenn man in der Legion ist«, fasste Princeps die Worte des Berufssoldaten noch einmal im Kopf zusammen.

Wortlos erhob sich der Rekrut von seinem Platz und ging in sein Zelt. Er wollte keinesfalls so enden wie dieser geistlose Veteran. Das nahm er sich fest vor.

Der Untergang von San Favellas

Flavius verbrachte eine unruhige Nacht am Rande der Slumstadt. Am folgenden Morgen fuhren die Legionäre mit ihrem Angriff fort und fraßen sich wie ein Schwarm Treiberameisen durch die verdreckten Straßen von San Favellas.

Wo die Soldaten durchgezogen waren, blieben nur brennende Trümmer und zahllose Tote zurück. Der Widerstand der Bewohner nahm jetzt stetig zu, denn diese kämpften um ihr nacktes Überleben. Inzwischen waren auch die planetaren Hilfstruppen tief in das gewaltige Labyrinth aus baufälligen Wohnblocks eingedrungen und befanden sich in blutigen Straßenkämpfen mit den verzweifelten Anaureanern.

Hunderttausende Einwohner von San Favellas waren in der letzten Nacht in das kahle Ödland außerhalb der Stadt geflüchtet, wo sie nun von Kampfläufern und Bomberschwadronen gejagt wurden.

Princeps stürmte mit seinen Kameraden in einen riesigen, verrotteten Habitatskomplex und hielt sich dabei den Schild über den Kopf. Irgendwo donnerte eine Explosion in der unteren Etage des vielstöckigen Gebäudes und ließ den Boden erzittern.

Derweil stießen die Legionäre in halbdunkle Gänge vor, wo sie plötzlich von einer großen Anzahl zorniger Gestalten angegriffen wurden. Wie Schatten sprangen die Anaureaner aus den dunklen Ecken und Wohnkammern heraus, um mit allerlei primitiven Schlagwaffen und Laserpistolen auf die Terraner los zu gehen.

Flavius taumelte umher, während ein Haufen knüppelschwingender Schemen auf ihn und seine Kameraden zuraste. Laserfeuer prasselte gegen sein Schild. Für einen Augenblick verlor Princeps die Orientierung. Panik ergriff ihn; er tappte verängstigt durch die Düsternis und klammerte sich an seinen Blaster.

Derweil wurden die ersten Legionäre von den Angreifern über den Haufen geschossen oder in finstere Ecken gezogen, um dort gemeuchelt zu werden.

Princeps ging noch ein paar Schritte zurück, während er spürte, wie das Adrenalin in seinen Kopf schoss und ihm die Luft wegblieb. Zwei Männer stürmten direkt auf ihn zu, sie schwangen große, schartige Äxte. Reflexartig schleuderte ihnen Flavius ein Pilum entgegen und traf die Schulter eines Angreifers. Sofort detonierte das Wurfgeschoss mit einem gleißenden Energieball, der den halben Gang erleuchtete. Die beiden Männer wurden zerfetzt und ihr Blut spritzte gegen die graue Wand des Korridors.

»Willst du unsere eigenen Leute umbringen, Junge?«, schrie Flavius einer der anderen Soldaten nach und schlug ihm wütend gegen den Schulterpanzer.

Princeps reagierte nicht darauf. Stattdessen ergriff er den Blaster und feuerte panisch um sich. Die nächsten Hausbewohner kamen angestürmt und griffen unter lautem Gebrüll an. Princeps stellte seinen Blaster auf Schnellfeuer, kauerte sich hinter sein Schild und schoss mitten in den Pulk der Anaureaner, die daraufhin mit lauten Geschrei durcheinander purzelten.

»Zieht euch aus diesem Habitatskomplex zurück! Wir werden ihn bombardieren!«, schallte eine aufgeregte Stimme aus dem Vox-Transmitter und die ganze Kohorte verließ in Windeseile das Gebäude.

Alle schnauften und japsten in ihren Rüstungen und unter den stickigen Helmen, nachdem sie durch eine Vielzahl dunkler Korridore geflüchtet waren. Anschließend gingen die Legionäre irgendwo in Deckung, denn Zenturio Sachs hatte Kampfgleiter angefordert, die den riesigen Habitatskomplex und die umliegenden Gebäude zerstören sollten.

Es dauerte nur wenige Minuten, da zischten zwei Dutzend Caedes Bomber vom Horizont heran und deckten den halben Stadtteil mit einem Teppich aus Vakuum- und Brandgeschossen ein. Der schäbige Habitatskomplex brach wie ein poröser Termitenhügel in sich zusammen und wirbelte eine riesige Staubwolke auf. Nach einer weiteren Viertelstunde war der gesamte Stadtbezirk nur noch ein Flammenmeer.

»Wo Kleitos wohl gerade steckt?«, fragte sich Flavius, das Zerstörungswerk der Bomber mit einer Mischung aus morbider Bewunderung und Entsetzen betrachtend.

War er dafür ein zweites Mal durch das All geflogen? Um irgendwelche Slumbewohner auf einem fernen Planeten niederzumetzeln?

Heute hatte der Rekrut aus Vanatium jedenfalls zum ersten Mal ein Leben genommen. In den vergangenen Tagen war Princeps noch unsicher gewesen, hatte sich immer in den letzten Reihen der Formation verkrochen und seinen älteren Kameraden das Massakrieren der Stadtbewohner überlassen.

Vielleicht hatte aber auch bereits einer seiner halbherzig geworfenen Pila irgendwen getötet. Er wusste es nicht genau. Diesmal jedoch hatte er genau gesehen, wie seine

Blasterschüsse und Wurfspeere Gegner ins Jenseits befördert hatten.

Für den widerwilligen Soldat aus behütetem Hause war dieses Gefühl verstörend. Allerdings ließ die Hitze des Gefechtes keine Zeit, um moralische Fragen zu erörtern. Nur manchmal hielt Flavius kurz für ein paar Sekunden inne und dachte darüber nach, was er hier eigentlich tat.

Einmal war er sogar von einem Vorgesetzten angeschrien worden, als er einen toten Anaureaner länger betrachtet und nicht zu den anderen Soldaten aufschlossen hatte.

»Wie sagte der gute, alte Sebotton von Innax damals schon immer: »Das Schicksal eines Ungoldenen ist für einen Goldmenschen grundsätzlich uninteressant!«, waren die Worte des Veteranen gewesen, wobei dessen Stimme dumpf unter dem Helmvisier nachgeklungen hatte.

»Sebotton von Innax war allerdings ein äußerst brutaler Gewaltherrscher«, hatte Flavius geantwortet und den Mann verstört angesehen. Anschließend hatte er geschwiegen und gehorcht.

Flavius, Kleitos und Hunderttausende von Soldaten kämpften sich noch eine Woche lang durch San Favellas. Mittlerweile war die Slumstadt nur noch eine endlose Landschaft aus Schutt und Trümmern.

Von den 30 Millionen Einwohnern der Metropole lebte nach dem Vernichtungsfeldzug der Legionen kaum noch jemand. Nur wenige Slumbewohner hatten es geschafft, den Angreifern durch die weiten Ebenen, welche San Favellas umgaben, zu entkommen.

Die schmutzige Riesenstadt war völlig dem Erdboden gleich gemacht worden, ganz so, wie es der Imperator angeordnet hatte. Zudem hatten die Legionäre etwa 500.000

Gefangene gemacht, die nun rund um die zerstörte Siedlung gekreuzigt werden sollten.

Der Rachefeldzug der terranischen Truppen und ihrer Verbündeten war äußerst brutal gewesen, was allerdings wenig an der Tatsache änderte, dass nach wie vor niemand mit Sicherheit wusste, ob die Bewohner von San Favellas überhaupt etwas mit dem Attentat auf Cyril Spex zu tun gehabt hatten.

War die Slumstadt tatsächlich das Zentrum einer planetaren oder gar systemweiten Verschwörung aufrührerischer Anaureaner und Unabhängigkeitskämpfer gewesen? Nicht nur Aswin Leukos, sondern auch Flavius und zahllose andere Legionäre hatten berechtigte Zweifel an dieser Vermutung.

Nein, eigentlich wussten sie die Antwort längst, denn auf Thracan gab es keine Rebellion und offenbar hatte es auch nie eine gegeben.

Die Einwohner von San Favellas hatten sich lediglich gewehrt, als sie angegriffen worden waren. Das war alles. Mit einem organisierten Aufstand der unteren Kaste oder der UPC hatte das nichts zu tun. Allerdings war nun davon auszugehen, dass die Vergeltungsgelüste der aureanischen Öffentlichkeit auf Terra endlich befriedigt waren.

Die unglücklichen Bewohner der Slumstadt hatten indes den Preis dafür bezahlt, wobei ihre rücksichtslose Vernichtung den Herrschaftsanspruch Terras in blutiger Klarheit unterstrich.

Mit einer solchen Härte hatten terranische Soldaten seit langer Zeit nicht mehr auf einem Kolonieplaneten zugeschlagen. Diesmal war sogar eine ganze Armada von Legionären, Bombern, Kampfläufern und Panzern auf Befehl des Imperators angerückt, um eine schmutzige Stadt in der Einöde auszulöschen.

Die Bewohner von San Favellas hatten gegen diese überlegene Armee keinerlei Chance gehabt und die Berge von Toten, die sich zwischen den rauchenden Trümmern auftürmten, sollten nur eines beweisen: »Widerstand ist zwecklos!«

In den folgenden Tagen wurden die Bilder der hingerichteten Slumstadt nicht nur zur Erde, sondern auch zu allen anderen Koloniewelten des Goldenen Reiches geschickt.

Schließlich ließ Leukos seine Legionäre mit der Kreuzigung der Gefangenen beginnen. Zwar war der Oberstrategos von dem barbarischen Racheakt und Platons Vorstellungen angewidert, doch beugte er sich dem Willen des Archons und der Senatoren.

Die Abendsonne schien durch das kleine Fenster in Platons Schlafzimmer und tauchte den mit prunkvollen Gemälden und Wandteppichen ausgestatteten Raum in ein melancholisches Licht.

Der junge Kaiser seufzte. Traurig blickte er auf den Horizont, den die Dämmerung in einen tiefroten Schein hüllte.

Heute hatte ihm ein Senator erzählt, dass die Rebellion im Proxima Centauri System inzwischen nicht nur Thracan, sondern auch Crixus gänzlich ergriffen hatte. Ob die terranischen Legionen der Sache noch Herr werden konnten, bezweifelte Platon mittlerweile. Weiterhin wurmte es ihn, dass er sich direkt zu Beginn seiner Amtszeit mit einem Krieg gegen aufrührerische Kolonisten hatte befassen müssen.

Die Friedenspolitik seines Vorgängers Xanthos war ihm immer ein Vorbild gewesen und eigentlich lag ihm viel daran, die mühsam hergestellte Harmonie zwischen Terra und seinen Kolonieplaneten nicht leichtfertig zu verspielen.

»Hoffentlich ist das Chaos auf Thracan nicht so schrecklich, wie es die Berichte aus dem Proxima Centauri System vermuten lassen«, sagte er kaum hörbar zu sich selbst und stieß ein klagendes Schnaufen aus.

Langsam machte sich der Archon daran, schlafen zu gehen, wobei er hoffte, dass ihn seine zahlreichen Sorgen in dieser Nacht nicht im Traum quälten.

Plötzlich öffnete sich die Tür und eine hochgewachsene Dienerin betrat freundlich lächelnd das Schlafgemach.

»Störe ich, Eure Majestät?«, wollte sie wissen.

Platon schüttelte den Kopf. »Was gibt es denn?«

»Ich wollte Euch nur noch einen Tee bringen, bevor Ihr zu Bett geht, Herr!«, antwortete die Frau.

»Einen Tee?«

»Habt Ihr nicht noch gewünscht, einen zu bekommen? Oder habe ich die Oberservitorin missverstanden?«, wunderte sich die Dienerin.

Der Kaiser blickte die Dame verwundert an. »Ich habe keinen Tee bestellt. Aber lassen Sie es gut sein. Stellen Sie ihn dort drüben auf den kleinen Tisch.«

Die Servitorin verneigte sich unterwürfig und befolgte die Anweisung des Imperators.

»Lasst ihn Euch schmecken, Eure Exzellenz!«, sagte sie leise.

»Was ist es denn für ein Tee?«, wollte der Archon wissen. Er sah die Dienerin an.

»Erdbeeren … Ein Erdbeertee«, gab die Frau ein wenig überrascht zurück und machte Anstalten, den Raum wieder zu verlassen.

»Aha?«, murmelte Platon.

»Habt Ihr sonst noch einen Wunsch, Majestät?«

»Nein, ich möchte jetzt nur gerne schlafen!«

»Sehr wohl, Majestät!«

»Sind Sie neu im Servitorenstab, gute Frau?«, fragte der Imperator schließlich noch.

Die Dienerin hielt den Atem an und blickte sich nervös um. Dann setzte sie wieder ihr mildes Lächeln auf.

»Ja, Herr!«

»Ich hoffe, es gefällt Ihnen hier im Palast.«

»Ja, Majestät! Ich freue mich, Euch bedienen zu dürfen«, erwiderte die Dame, während sie unsicher an ihrer Schürze herumfummelte.

»Dann wünsche Ich Ihnen eine erholsame Nacht«, sagte Platon freundlich.

»Ebenso, Eure Exzellenz!«, gab die Servitorin zurück und verließ das Schlafgemach mit schnellen Schritten.

Nach einigen Minuten nahm der Imperator die Tasse von dem kleinen Tisch und ließ den feinen Erdbeergeruch in seine Nase steigen.

Dann setzte er sich auf die Bettkante, zog seine Kleider aus und nahm einen tiefen Schluck des wohlschmeckenden Getränks. Mit einem lauten Gähnen sank Credos Platon in einen Berg samtweicher Kissen und zog sich eine mit vergoldeten Mustern bestickte Decke über seinen Körper.

Nachdem er den Tee ausgetrunken hatte, rollte er sich wie ein Kind zusammen und wartete darauf, dass ihn der Schlaf unter seine Fittiche nahm.

Draußen, vor der Tür des kaiserlichen Schlafgemachs, hatte sich die Servitorin in eine halbdunkle Ecke des Flurs gestellt. Sie nahm ihre kleine Haube vom Kopf und strich sich mit Erleichterung durch ihre schweißnassen Haare.

Mit der Akribie eines Jägers suchte die Frau die Umgebung ab, um sicher zu gehen, dass sie niemand gesehen hatte. Schließlich verschwand Rodmilla Curow mit einem kaum erkennbaren Lächeln in einem der Nebenräume.

Zur gleichen Zeit schritt der oberste Feldherr von Terra durch die verbrannten Ruinen von San Favellas. Noch immer lag der beißende Gestank von explodierten Ignis-Geschossen, chemischen Flammenwerfern und verkohlten Slumhütten in der Luft.

Leukos rümpfte die Nase. Angewidert betrachtete er die furchtbare Zerstörung, die seine Legionen hinterlassen hatten. Hunderte von Leichen lagen in den mit Schutt und verkohlten Trümmern bedeckten Straßen der Slumstadt rund um den Feldherren.

Im Umkreis von San Favellas waren die Ebenen außerhalb der Stadt ebenfalls mit unzähligen Toten bedeckt. Die meisten der Einwohner, die in ihrer Panik versucht hatten, den Legionen zu entkommen, waren hier von Kampfläufern und Jagdgleitern zusammengeschossen worden.

Der terranische Feldherr, dessen weiß glänzende Rüstung inzwischen mit Schmutz und rötlichen Staubpartikeln verunstaltet war, nahm seinen Helm vom Kopf und warf einen angeekelten Blick auf das ihn umgebene Szenario des Todes.

»Geht es Euch nicht gut, Herr?«, fragte ihn einer seiner Legaten, der angesichts des Gestanks ebenfalls pikiert die Nase rümpfte.

»Schon gut! Gehen wir, Throvald!«, antwortete Leukos und machte auf dem Absatz kehrt.

»Seid Ihr zufrieden mit dem Ergebnis, Oberstrategos?«

Leukos setzte ein zynisches Lächeln auf. »Ja, welch großartiger Beweis der Vernichtungskunst unserer Legionen. Ein professionelles Abschlachten. Dafür hat es sich gelohnt, durch das All zu fliegen, nicht wahr?«

Der Legionsoffizier schwieg und kehrte zu einer Schar Soldaten zurück, die Leukos aus einiger Entfernung skeptisch beäugten.

Indes ging der General langsam zurück zu seinem Gleiter, wobei er unterwegs kurz anhielt, um einige Anaureaner, die offenbar von einem Pilum getroffen worden waren, zu betrachten.

Ihre Haut war teilweise zu einem Brei zerschmolzen, der eine schwarzbraune Farbe angenommen hatte. Einem der Toten fehlte der Kopf. Vielleicht war er durch einen Hieb mit dem Gladius enthauptet worden.

Gedankenverloren stieß Leukos mit dem Fuß gegen den Torso des Leichnams und dieser zuckte unheimlich. Daneben lag eine Frau, die mit kalten Augen in den Himmel starrte. Sie hatte einen Blastertreffer abbekommen.

Ein solches Massaker hatte Leukos in seiner ganzen Laufzeit als Soldat noch nicht gesehen. Seine Krieger hatten hier keine reguläre Armee niedergemetzelt, sondern einfach die Bewohner einer ganzen Stadt getötet.

Kopfschüttelnd ging der Oberstrategos weiter; er setzte seine stählerne Kopfbedeckung wieder auf, damit ihn das

Visier und der im Helm integrierte Luftfilter vor dem beißenden Brandgeruch schützen konnten.

»Euer Gleiter wartet, Herr!«, drängelte ein breitschultriger Offizier und bat den Feldherren, die Stätte des Todes zu verlassen.

»Man könnte meinen, dass Ihnen der Anblick nicht gefällt, Zenturio!«, stichelte Leukos und betrachtete das vom Ekel gezeichnete Gesicht des Mannes.

»Nun, Herr, es war der Befehl des Archons…«, stammelte der Offizier, der sich die Hand vor den Mund hielt.

Plötzlich kam ein Schwarm thracanischer Piktographierer aus dem Hintergrund, um noch ein paar Bilder von der zerstörten Stadt einzufangen. Sie schenkten Leukos ein kurzes Begrüßungslächeln und begannen dann, das grauenerregende Szenario zu filmen.

Einer der Männer kam zu dem terranischen Feldherrn herüber und fragte ihn, ob sie auch nicht stören würden, doch dieser winkte ab.

»Machen Sie ruhig ihre Aufnahmen von unseren Heldentaten!«, erklärte er.

»Milliarden Menschen werden diese Bilder sehen. Nicht nur auf Terra, sondern auch…«, sagte der Piktographierer, doch Leukos befahl ihm zu schweigen.

»Und Sie glauben, dass sich das Goldene Reich einen Gefallen tut, wenn es der Menschheit seine Grausamkeit so offen präsentiert?«

Der Medienvertreter grinste. »Wir berichten lediglich darüber und tun, was uns unsere Vorgesetzten befehlen. Genau wie Ihr! Wir haben diese Anaureaner auch nicht getötet, sondern Eure Legionäre, General!«

»Nun, das ist leider wahr!«, gab Leukos kleinlaut zu und warf einen letzten Blick auf die Trümmerwüste, während er sich langsamen Schrittes auf seinen Gleiter zubewegte.

Juan Sobos und einige Dutzend Senatoren der Optimatenfraktion hatten sich in einer Villa im Hochland von Indakuresch zusammengefunden, wo sie schon den ganzen Tag auf ein Lebenszeichen von Rodmilla Curow warteten.

Es war mittlerweile kurz vor Mitternacht und die Patrizier wurden langsam ungeduldig. Vor allem Sobos hielt es kaum noch auf seinem Platz; immer wieder lief er von einem Ende der von Säulen aus Marmor umgebenen Terrasse zum anderen.

»Wenn die Operation erfolgreich war, dann steht das Imperium morgen vor einem historischen Umbruch«, murmelte der Grundherr aus Braza, einen seiner Getreuen mit verbissener Miene ansehend.

»Und Ihr seid sicher, dass Platon nicht doch heimlich einen Nachfolger per Testament bestimmt hat, Senator?«, fragte der Mann.

»Nein! Das hätte er laut Gesetz öffentlich bekannt geben müssen, sonst hat es keine Gültigkeit. Ich bin mir sicher, dass der Jungspund an so etwas noch keinen Gedanken verschwendet hat«, zischte Sobos. Er stiefelte davon, um kurz darauf mit einer Weinflasche in der Hand zurückzukommen.

»Wo ist Senator Plochakrow eigentlich?«, erkundigte sich einer der anderen Nobilen.

Sobos machte eine flüchtige Handbewegung. »Vermutlich ist er mit einer Hure auf sein Zimmer gegangen. Es wäre allerdings schön, wenn er in diesen Stunden ein wenig mehr Ernsthaftigkeit zeigen könnte«, fauchte der Optimatenführer.

»Sollte der Archon diese Nacht nicht überleben, dann bestimmt der Senat von Asaheim seinen Nachfolger«, flüsterte Sobos und kratzte sich mit speckigen Fingern an seinem Doppelkinn.

»Was haben Sie gesagt, Senator?«

»Nichts! Schon gut! Warum meldet sich die Curow nicht?«

»Vielleicht ist sie doch ertappt worden und wir müssen jemand anderen ansetzen, um Platon zu erledigen«, meinte einer der Patrizier.

»Ich bin kein verfluchter Hellseher! Wenn sie sich doch endlich melden würde!«, wetterte Sobos.

Der Grundherr aus Braza zog seinen Kommunikationsboten erneut aus der Tasche und starrte das Gerät an. Dies hatte er in den letzten Stunden schon mehrfach getan, doch bisher hatte die Attentäterin keine Nachricht geschickt.

»Leukos müsste das Proxima Centauri System inzwischen erreicht haben. Meinen Sie nicht auch, Senator Sobos?«, hörte der Optimatenführer einen seiner Fraktionskollegen hinter sich sagen.

»Ja, ich denke, dass dieser Narr mittlerweile da hinten ist und dumm aus der Wäsche schaut. Sein Gesicht würde ich zu gerne sehen«, erwiderte Sobos mit einem feisten Grinsen, wobei seine Backen wie ein Pudding wackelten.

»Das wäre ein Anblick für die Götter!«, stieß der andere Nobile mit einem lauten Lachen aus.

Sobos Blick verfinsterte sich wieder; nervös fuchtelte er mit dem Kommunikationsboten in der einen und der Weinflasche in der anderen Hand herum.

»Aber Leukos ins All zu schicken, auf dass er auf Thracan Phantome jagt, nützt uns herzlich wenig, wenn der Rest unseres Planes in die Hose geht. Diese Curow soll sich endlich melden!«

Der andere Senator verschwand und ließ Sobos allein am Rande der Terrasse stehen. Dieser öffnete die Weinflasche und nahm einen kräftigen Schluck zu sich. Schließlich setzte er sich auf einen Sessel und betrachtete den sternenbehangenen Nachthimmel über seinem Kopf.

Derweil war die Mitternachtsstunde schon verstrichen und es dauerte noch eine Weile, bis der Kommunikationsbote endlich mit einem leisen Piepen auf sich aufmerksam machte.

Gierig riss ihn Sobos aus der Tasche seiner Toga und tippte sich durch das Menü. Rodmilla Curow hatte sich soeben gemeldet. Der Senator konnte es kaum erwarten, die Zeilen ihrer Kurznachricht zu lesen.

»Heute schmeckt der Tee im Archontenpalast besonders gut!«, stand in leuchtenden Lettern auf dem kleinen Display des Gerätes und Sobos Mundwinkel zogen sich zu einem teuflischen Schmunzeln nach oben.

»Ha!«, rief er, die klobige Faust in die Höhe reckend. Anschließend ließ der Optimatenführer ein lautes, triumphierendes Heulen über die Terrasse hallen, welches an einen hungrigen Wolf erinnerte.

Die übrigen Patrizier eilten zu Sobos herüber und betrachteten ihn mit erwartungsvollen Gesichtern, wobei sie der Grundherr aus Braza mit glänzenden Augen anlächelte. Mit vor Stolz geschwellter Brust verkündete Sobos seinen Getreuen: »Wir sind am Ziel, Freunde! Unser Plan ist aufgegangen!«

Als sich der nächste Tag über Asaheim erhob, erwachte der Archontenpalast langsam zum Leben und es breitete sich das übliche, hastige Treiben innerhalb der riesenhaften Kaiserresidenz aus. Schwärme von Dienern huschten durch die Räume und Gänge, Wachsoldaten bezogen Position und in lange Gewänder gekleidete Beamte und Würdenträger gingen an ihre Plätze zurück.

Clautus Triton war heute noch früher als sonst aufgestanden, was wirklich etwas heißen sollte. Der in die Jahre gekommene Berater des Archons hatte in dieser Nacht schlecht und unruhig geschlafen. Immer wieder hatte er sich in seinem Bett gewälzt und war durch düstere Vorahnungen, die an seinem Unterbewusstsein gerüttelt hatten, aufgeschreckt worden.

Langsam schritt der Mann durch den inneren Kreis des Palastes und musterte ab und zu sein Chronometer mit sichtlichem Unverständnis. Eigentlich war der Imperator genauso ein Frühaufsteher wie er selbst. Heute aber war er offenbar im Bett geblieben.

»Hat seine Majestät das Frühstück noch nicht eingenommen?«, fragte Clautus die für den inneren Palastbereich zuständige Oberservitorin.

»Nein, Ihre Exzellenz ist noch nicht aufgewacht. Niemand hat ihn bisher gesehen«, antwortete die Frau verwundert.

»Nun, dann werde ich selbst nach dem Archon sehen«, bemerkte Triton und bewegte sich im Eiltempo auf das Schlafgemach des Imperators zu.

Die Tür des kaiserlichen Schlafzimmers öffnete sich, nachdem sie das genetische Profil des Beraters erkannt hatte, mit einem leisen Summen. In ihrem Scanner waren lediglich ein paar Dutzend DNS-Profile gespeichert, was bedeutete, dass lediglich bestimmte Würdenträger, ausgewählte Beamte, überprüfte Angehörige des Dienstpersonals und natürlich er selbst den Schlafraum des Imperators betreten duften.

Clautus unternahm einen weiteren Schritt und ließ das elektronische Portal hinter sich. Anschließend wanderte sein Blick durch das Gemach.

Dort lag Credos Platon. Die Decke hatte sich der junge Archon weit über den Kopf gezogen, so dass man nur seine blonden Haare erkennen konnte.

»Herr?«, flüsterte Clautus. »Ich bin es! Wollt Ihr nicht langsam aufstehen?«

Eine Antwort blieb aus. Entgeistert näherte sich Triton dem Bett des Kaisers und stellte sich daneben.

»Majestät? Geht es Euch gut?«, fragte er leise.

Der Imperator schwieg noch immer und gab keine Regung von sich. Clautus schnaufte verlegen. Dann zog er sanft die Decke vom Kopf seines Herrn.

»Möchte Eure Exzellenz denn nicht aufstehen? Ihr habt heute Morgen einen Termin«, sagte der Berater.

Plötzlich schoss dem alten Mann ein entsetzlicher Schreck durch die Glieder. Er konnte weder hören noch sehen, dass der Imperator atmete. Die Adern des Archons hatten sich an dessen Hals wie dicke, kleine Schläuche vergrößert und leuchteten bläulich unter der weißen Haut.

»Herr! Was ist mit Euch?«, rief Clautus von Furcht ergriffen und streifte die Decke gänzlich von Platons Körper herunter.

Seltsam verkrümmt lag der Kaiser da und rührte sich auch jetzt nicht. Clautus riss die Augen auf; er spürte, wie ihm die Luft wegblieb.

Hastig fühlte er Platons Puls, doch dieser war nicht mehr vorhanden. Verstört taumelte Triton einige Schritte zurück und keuchte einen gewaltigen Schwall Luft aus seinen Lungen. Daraufhin wurde ihm schwindlig, so dass er ohne Orientierung durch den Raum torkelte.

»Der Archon ist tot!«, stammelte er und fiel über die Tasse, die neben dem Bett des Kaisers in einer feuchten Lache auf der Fußmatte lag.

Triton richtete sich wieder auf und eilte aus dem Schlafgemach heraus. Mehrere Dienerinnen kamen ihm entgegen. Sie mussten den alten Mann stützen, der einen Schwächeanfall zu erleiden drohte.

»Ruft die Wachen! Der Archon ist tot!«, stöhnte Clautus mit schmerzverzerrtem Gesicht und griff sich an die Brust.

Die Dienerinnen rannten durch die noch offene Tür des kaiserlichen Schlafraums, spitze Schreie hallten über den Gang. Es dauerte nicht lange, da befand sich der gesamte Archontenpalast in hellem Aufruhr.

Machtwechsel

Während das Goldene Reich innerhalb eines einzigen Tages, nachdem die Simulations-Transmitter den plötzlichen Tod des beliebten Imperators verkündet hatten, von einer Woge des Entsetzens und der Trauer ergriffen wurde, war Juan Sobos mit einem seiner engsten Gefolgsleute in den Süden von Braza geflogen.

Mit einem dauerhaften Lächeln, das tiefe Genugtuung widerspiegelte, schritt der Senator über einen schlammigen Fußweg, der durch dichten Dschungel führte. Nach einer Weile kamen Sobos und sein Mitstreiter zu einer großen Lichtung.

»Was hat denn das zu bedeuten?«, rief der Gast aus Arica aus, wobei Sobos mit einem hämischen Lachen antwortete.

»Nicht schlecht, oder?«, sagte der Optimatenführer.

Völlig verwundert starrte Sobos' Fraktionskollege auf den seltsamen Anblick vor sich. Die Lichtung war mit zahlreichen Slumhütten und Attrappen von großen Wohnblöcken bedeckt. Ausgebrannte Gleiter und verkohlte Schuttberge türmten sich zwischen den Gebäuden auf. Die ganze Szenerie erinnerte an ein erst kürzlich verlassenes Schlachtfeld.

»Das kann nicht sein, Sobos!«, brummte der Patrizier und klatschte vor Verzückung in die Hände. »Ist es das, was ich denke?«

»Ja!«

»Du verdammter Schlingel!«

Der brazanische Grundherr setzte ein diabolisches Grinsen auf und erwiderte: »Hier sind die Bilder entstanden, die all den braven Aureanern gezeigt haben, wie schlimm es auf Thracan zugeht. Hier, im Süden von Braza.«

»Das ist genial, Sobos!«, jubelte der Optimat und klopfte sich auf die Schenkel.

»Wenn man mit den Besitzern der wichtigsten Medienstationen befreundet ist, kann man jeden Bürgerkrieg auf dem holographischen Bildschirm inszenieren«, erklärte Sobos lachend.

»Das ist genial!«, wiederholte sein Gast begeistert.

»Es war kein geringer Aufwand, den ganzen Betrug aufzuziehen, aber es hat sich gelohnt. Adieu, Credos Platon! Adieu, Aswin Leukos!«

»Und es ist niemandem aufgefallen?«, wunderte sich der Nobile zu Sobos Rechten.

»Nun, ich habe frühzeitig damit angefangen, diese Schreckensbilder zu produzieren, um das ganze Imperium, einschließlich des Archons, damit in Angst und Schrecken zu versetzen. Und es gibt noch andere Orte hier im Umkreis, wo wir gefälschte Berichte hergestellt haben. Den Rest haben unsere Digitalgraphiker erledigt.

Als Platon unseren Leuten die Medien weggenommen hatte, war es bereits zu spät gewesen. Der Stein war schon ins Rollen gebracht worden. Leukos hatte Terra verlassen und alles ist so gelaufen, wie ich es geplant habe«, erläuterte der Optimatenführer.

»Unfassbar!«, stieß sein Gast aus.

»Und sogar nachdem Platon unseren Leuten die Medien entrissen hatte, wurde weiter mit den Bildern und Berichten gearbeitet, die ich hier habe produzieren lassen. Ich habe sie alle aufs Kreuz gelegt und nun werden wir uns das Goldene Reich unter den Nagel reißen!«

Sobos Fraktionskollege lief zu den Slumhütten, um sie näher zu betrachten. Manche von ihnen konnte man mit einem Fußtritt in sich zusammenfallen lassen, was nichts daran änderte, dass sie hervorragende Attrappen waren.

»Es war für meine anaureanischen Hilfsarbeiter ein großer Spaß, einmal vor laufenden Aufnahmegeräten Gleiter anzuzünden und Goldmenschen zu jagen. Das war wirklich amüsant.«

Der befreundete Senator begann derweil, die Attrappen mit Steinen zu bewerfen; dabei freute er sich wie ein kleiner Junge. Sobos sah ihm grinsend zu und rieb sich die Hände.

Nach einer Weile hatte sich der begeisterte Gast wieder beruhigt und folgte Sobos zu seinem Gleiter. Die beiden Optimaten trotteten durch den Dschungel von Braza zurück und ihr Lachen hallte so laut durch das grüne Dickicht, dass man es noch über den Baumwipfeln hören konnte.

Offiziell war Platon an Herzversagen im Schlaf gestorben. Dies hatten zumindest die Ärzte erklärt. Dass der idealistische Archon jedoch in Wirklichkeit ermordet worden war, konnten sich viele Aureaner denken. Doch Beweise für diese Behauptung hatte niemand.

Juan Sobos war indes einer der Ersten, der in der Öffentlichkeit sein »tiefes Bedauern« äußerte. Ihm folgten Hunderte von Senatoren, die auf den Bildschirmen der Simulations-Transmitter mehr oder weniger glaubhaft ihre Krokodilstränen vergossen. Der Zorn vieler Aureaner und die ständigen Vorwürfe ließen Sobos kalt. Auch wenn man ihn als Mörder beschimpfte, so würde sich das einfache Volk nach einiger Zeit wieder beruhigen, sagte er sich.

Jedenfalls war der verhasste Archon tot, was bedeutete, dass der von den Optimaten beherrschte Senat über dessen Nachfolger entscheiden konnte. Wer es sein würde, stand bereits fest, auch wenn der Öffentlichkeit noch vorgegaukelt wurde, dass man bezüglich dieser Frage intensiv beriet.

Das optimatische Netzwerk wartete lediglich darauf, dass sich die verstörten Volksmassen beruhigten, und begann mit eifrigen Vorbereitungen für einen politischen Umsturz im großen Stil.

Schließlich erkor Sobos Antisthenes von Chausan, einen skrupellosen Mann mit optimatischer Gesinnung, schon kurz nach dem Tod des Imperators zum zukünftigen Oberstrategos von Terra aus. Der 41jährige Sohn eines anaureanischen Dieners, dessen Vater vor einigen Jahrzehnten von einer reichen Patrizierfamilie aus Canmeriga adoptiert worden war, und einer aureanischen Nobilen, war für seinen unterschwelligen Hass auf die Angehörigen der obersten Kaste bekannt und nahm das Angebot des Optimatenführers mit Begeisterung an.

Antisthenes konnte er voll und ganz für seine Machtpläne instrumentalisieren, versprach es Sobos seinen Fraktionskollegen, denn bald sollte die Zeit anbrechen, wo die noch verbliebenen politischen Gegner auch mit Gewalt gebrochen werden mussten.

Zudem galt es, Platons Reformen mit allen Mitteln rückgängig zu machen, wofür notfalls Legionen notwendig waren, die von einem Individuum wie Antisthenes befehligt wurden.

Aswin Leukos und seine Soldaten auf dem fernen Planeten Thracan wussten von den Geschehnissen auf Terra nichts. Sie taten ihre blutige Pflicht und erfüllten den Willen ihres Monarchen. Zumindest glaubten sie das.

Flavius rang nach Luft und sein Herz pochte vor Erregung. Um den jungen Rekruten herum befand sich ein wahrer Wald aus stählernen Kreuzen, an denen wimmernde und gequälte Gestalten hingen.

Stunde um Stunde wurden neue Kreuze hinzugefügt. Princeps hatte sich so gut es ging vor dem Aufstellen der Mordinstrumente gedrückt, doch die wachsamen Augen der Legionsoffiziere ließen ihm kaum eine Möglichkeit, sich allzu lange in der Masse seiner Kameraden zu verstecken.

»Hilf mal mit anpacken, Rekrut!«, herrschte ihn ein Veteran der 341. Legion von Terra an und Flavius musste ihm helfen, ein schweres Stahlkreuz aus einem Transportgleiter zu ziehen.

So ging es eine ganze Stunde lang. Kleitos war ein paar hundert Meter weiter ebenfalls mit dieser grauenhaften Arbeit beschäftigt. Nach einer Weile hatte der Legionärstrupp Dutzende von neuen Kreuzen auf dem rötlichen Wüstenboden verteilt. Flavius rang nach Luft; er fühlte, wie sich sein Magen zusammenkrampfte.

»Bewegung!«, hörte er hinter sich einen Trupp Soldaten schreien. Die Männer zerrten eine Gruppe von jammernden Gefangenen mit sich und prügelten sie mit elektrischen Schlagstöcken vorwärts.

Die unglücklichen Anaureaner zappelten wie Fische im Netz; einige von ihnen versuchten, sich irgendwie zu wehren, doch die verzweifelten Schläge der zerlumpten

Gestalten prallten wirkungslos an den Helmen und Panzern der Legionäre ab. Diese antworteten mit ihren Knüppeln und hieben mehrere Gefangene zu Boden.

Zwei der Legionäre schleiften einen Mann in Richtung des Stahlkreuzes, das neben Flavius auf dem Boden lag. Princeps zuckte zusammen und wusste nicht, was er tun sollte. Am liebsten wäre er einfach fortgelaufen.

»Hilf uns gefälligst!«, knurrte einer der Soldaten, um den entsetzten Rekruten daraufhin zu zwingen, den schreienden Mann mit festzuhalten.

Mit vereinten Kräften warfen sie den Gefangenen, der ein erschütterndes Wimmern ausstieß, zu Boden und legten ihn anschließend auf das stählerne Kreuz.

Flavius ließ von dem Mann ab und ging ein paar Schritte zurück. Angewidert torkelte er umher und sah mit an, wie seine beiden Kameraden dem schreienden Anaureaner mit einer Druckluftpistole Nägel durch die Handflächen jagten.

»Halte seine Beine fest, Junge!«, fauchte einer der Legionäre in Flavius' Richtung.

Princeps tat, was ihm die Berufssoldaten befahlen. Er presste die Füße des Gefangenen gegen den blanken Stahl. Mit einem Zischen schoss ein weiterer Nagel durch das Fleisch des Ungoldenen. Anschließend wurde das Kreuz aufgestellt.

»Wenn ich den Befehl verweigere, werde ich erschossen!«, bohrte es in Princeps' Gehirn und er stieß ein verzweifeltes Stöhnen aus.

Der todgeweihte Mann am Kreuz blickte mit schmerzverzerrtem Gesicht auf ihn herab. Flavius versuchte, seinem Blick auszuweichen. Kalter Schweiß lief ihm den Rücken herunter und er ließ das Visier seines Helms nach oben fahren, um einigermaßen atmen zu können.

Schon wurden die nächsten Gefangenen hergebracht; Princeps blieb keine Verschnaufpause. Das blutige Grauen ergriff ihn mit seinen Klauen und sollte ihn bis zum Ende dieses entsetzlichen Tages nicht mehr loslassen. Der junge Legionär musste noch beim Aufstellen vieler Kreuze helfen und nach einigen Stunden wurde die Sache fast zu einer unmenschlichen Routine.

Als die Abenddämmerung einsetzte, war die Ebene rund um die zerstörte Stadt mit noch mehr Kreuzen bedeckt. Mittlerweile waren es Tausende und noch immer wurden neue aufgestellt.

Flavius betrachtete die vielen Unglücklichen um sich herum, die an den Kreuzen einem langsamen Tod entgegengingen. Verkrustete Blutströme liefen an den stählernen Balken herunter, während sich das unaufhörliche Klagen der Gepeinigten durch das Gehör des terranischen Soldaten fraß.

Schließlich kam Kleitos zu ihm herüber. Dieser war kreidebleich und von oben bis unten mit Blutspritzern bedeckt. Hilfesuchend sah er sich um. Die beiden Freunde schwiegen und richteten ihre Blicke entsetzt auf das grauenhafte Schauspiel vor ihren Augen.

»Morgen machen wir weiter!«, rief ein Vorgesetzter neben ihnen und gab den erschöpften Legionären endlich die Erlaubnis, zu ihren Unterkünften zurück zu kehren.

Flavius musste sich eingestehen, dass er nach den Gemetzeln der letzten Tage nicht mehr derselbe Mensch war. Sein freundliches Gemüt und sein gutes Herz schienen in den Trümmern von San Favellas mit untergegangen zu sein.

Flavius schüttelte den Kopf und machte schließlich auf dem Absatz kehrt, um dem Rest seiner Kameraden zu folgen. Kleitos trottete ihm wortlos hinterher.

Das Grauen von Thracan würden sein Leben bis zum Ende vergiften, dachte er sich. War aus dem netten Jungen aus Vanatium innerhalb weniger Tage ein kaltherziger Mörder geworden?

Plötzlich drehte sich Flavius ein letztes Mal um und warf einen hastigen Blick auf das Meer der stählernen Kreuze in der Abenddämmerung. Kleitos stoppte ebenfalls, um es ihm gleich zu tun.

»Ist das die Herrlichkeit des Goldenen Reiches?«, fragte Flavius seinen Freund, doch dieser gab ihm keine Antwort und ging davon.

Weitere Romane von Alexander Merow im Buchhandel:

Romanserie „Beutewelt"

Beutewelt I – Zukunft in Ketten
Beutewelt II – Aufstand in der Ferne
Beutewelt III – Organisierte Wut
Beutewelt IV – Die Gegenrevolution
Beutewelt V – Bürgerkrieg 2038
Beutewelt VI – Friedensdämmerung
Beutewelt VII – Weltenbrand

Romanserie „Das aureanische Zeitalter"

Das aureanische Zeitalter I – Legionär Princeps
Das aureanische Zeitalter II – Im Schatten des Verrats
Das aureanische Zeitalter III – Die Hölle von Thracan
Das aureanische Zeitalter IV – Vorstoß nach Terra
Das aureanische Zeitalter V – Der Marskrieg

Romanserie „Die Antariksa Saga"

Die Antariksa-Saga I – Grimzhag der Ork
Die Antariksa-Saga II – Sturm über Manchin
Die Antariksa-Saga III – Die Faust des Goffrukk
Die Antariksa-Saga IV – Blinder Hass
Die Antariksa-Saga V – Späte Vergeltung

Romanserie „Postmortem"

Postmortem I – Die letzte Enklave

Romanserie „Alarvail"

Alarvail I – Der Elbenkrieger